HERMANN BAUER

Rachemokka

KAFFEEKÄNNCHENDUELL Durch Zufall finden die Versammlungen der Befürworter und Gegner eines touristischen Projekts, der Romantik-Erlebniswelt am Bisamberg rund um den Dichter Eichendorff, zur selben Zeit im Café Heller statt. Es kommt zu hitzigen Auseinandersetzungen. Nach Mitternacht entdeckt Oberkellner Leopold Marion Kirchner, das Oberhaupt der Gegner des Vorhabens, erschlagen beim Eichendorff-Denkmal. Nicht nur der Streit um das Projekt kommt als Ursache in Frage, sondern auch in Marions privatem Umfeld finden sich mögliche Motive für das Verbrechen. Leopold gerät bald in eine Zwickmühle. Denn eine schöne Unbekannte bittet ihn, nach einem Dokument zu suchen, das Marion angeblich im Heller bei sich hatte. Frau Heller und Erika Haller hoffen auf ihn als Mitstreiter gegen die für sie fatalen Pläne des Unternehmers Ludwig Bergmann. Und immer mehr Spuren führen in Marions frühere Heimat. Zur Lösung des Rätsels versucht Leopold, die Geschehnisse der Mordnacht vor Ort zu rekonstruieren.

© privat

Hermann Bauer wurde 1954 in Wien geboren. Dreißig wichtige Jahre seines Lebens verbrachte er im Bezirk Floridsdorf. Bereits während seiner Schulzeit begann er, sich für Billard, Tarock und das nahe gelegene Kaffeehaus, das Café Fichtl zu interessieren, dessen Stammgast Bauer lange blieb. Von 1983 bis Anfang 2019 unterrichtete er Deutsch und Englisch an der BHAK Wien 10. Er wirkte in 13 Aufführungen der Theatergruppe seiner Schule mit. Als Hermann Bauer 1993 seine Frau Andrea heiratete, verließ er ihr zuliebe seinen Heimatbezirk. Im Jahr 2008 erschien sein erster Kriminalroman »Fernwehträume«, dem 13 weitere Krimis um das fiktive Floridsdorfer Café Heller und seinen Oberkellner Leopold folgten. »Rachemokka« ist der 14. Kaffeehauskrimi des Autors.

Bisherige Veröffentlichungen im Gmeiner-Verlag:

Rachemokka (2021)
Grillparzerkomplott (2020)
Mordsmelange (2019)
Mord im Hotel (2018)
Stiftertod (2017)
Kostümball (2016)
Rilkerätsel (2015)
Schnitzlerlust (2014)
Lenauwahn (2013)
Nestroy-Jux (2012)
Philosophenpunsch (2011)
Verschwörungsmelange (2010)
Karambolage (2009)
Fernwehträume (2008)

HERMANN BAUER

Rachemokka

Wiener Kaffeehauskrimi

GMEINER

Immer informiert

Spannung pur – mit unserem Newsletter informieren wir Sie regelmäßig über Wissenswertes aus unserer Bücherwelt.

Gefällt mir!

Facebook: @Gmeiner.Verlag
Instagram: @gmeinerverlag
Twitter: @GmeinerVerlag

MIX
Papier aus verantwortungsvollen Quellen
FSC® C083411

Besuchen Sie uns im Internet:
www.gmeiner-verlag.de

Im Ehnried 5, 88605 Meßkirch
Telefon 07575/2095-0
info@gmeiner-verlag.de

1. Auflage 2021

Lektorat: Claudia Senghaas, Kirchardt
Herstellung: Mirjam Hecht
Umschlaggestaltung: U.O.R.G. Lutz Eberle, Stuttgart
unter Verwendung eines Fotos von: © Yadid Levy / stock.adobe.com
Druck: CPI books GmbH, Leck
Printed in Germany
ISBN 978-3-8392-0071-1

Personen und Handlung sind frei erfunden.
Ähnlichkeiten mit lebenden oder toten Personen
sind rein zufällig und nicht beabsichtigt.

KAPITEL 1

Dienstag, 23. Juni, nachmittags

»Hallo!«

Dieser laute Ruf eines neu eintretenden Gastes zerschnitt die frühnachmittägliche Ruhe im Floridsdorfer *Café Heller* wie ein Schwerthieb. Oberkellner Leopold W. Hofer, der gerade dabei war, seinem Freund, dem Gymnasiallehrer Thomas Korber, ein Krügerl Bier zu zapfen, wurde sofort in höchste Alarmbereitschaft versetzt. Betrat man ein Wiener Kaffeehaus und war kein Stammgast, so gehörte diese Art, auf sich aufmerksam zu machen, nicht zum guten Ton.

»Der Herr belieben zu telefonieren?«, fragte Leopold deshalb.

Der Gast schaute Leopold mit verwunderten, hinter einer getönten Brille versteckten Augen an. Er mochte um die 50 Jahre alt sein, war von stattlicher Größe und hatte sein leicht angegrautes, schütteres Haar streng nach hinten gekämmt. »Nee, ich grüße bloß die Leute hier«, rechtfertigte er sich.

Leopold hatte eine leise Ahnung. »Bei uns sagt man Grüß Gott oder Guten Tag, wenn man in ein Lokal kommt«, wies er den Neuankömmling zurecht.

Der setzte sich breitbeinig an einen Tisch unmittelbar vor der Theke, genau in Leopolds Blickfeld. »Mensch, ist das nicht egal, was ich sage, wenn ich reinkomme?«, ereiferte er sich. »Warum seid ihr Österreicher immer so wahnsinnig kompliziert?«

Ihr Österreicher! Leopold fühlte sich in seinem Verdacht bestätigt. Bei dem Gast handelte es sich offenbar um einen Menschen aus Deutschland. Oft verirrte sich diese Spezies ja nicht ins *Café Heller*. Umso vorsichtiger musste man sein!

Leopold fand es vorerst nicht der Mühe wert, sich zu seinem Tisch zu bemühen. Ohne näher auf seine Äußerung einzugehen, fragte er ihn aus der Distanz: »Was bekommen Sie?«

»Einen *Ka*ffe«, meldete der Gast sofort, das Wort dabei provokant auf der ersten Silbe betonend.

»Und was für einen Ka*ffee*?«, korrigierte Leopold die Aussprache überdeutlich.

»Mit Sahne und Zucker«, antwortete der Gast, als sei dies die selbstverständlichste Sache der Welt.

»So einfach ist das nicht, lieber Herr«, teilte Leopold ihm herablassend mit. »Erstens nehmen wir keine Sahne, sondern Milch. Zweitens gibt es die verschiedensten Sorten: kleiner Brauner, großer Brauner, Melange, Verlängerter, Häferlkaffee, Kapuziner – was darf's denn sein?«

Nun saß der Mann ein wenig ratlos da. »Die sind alle mit Milch und Zucker? Könnten Sie mir vielleicht mal den Unterschied erklären?«

Leopold gab es einen leichten Stich. Er hätte doch nicht so bedenkenlos aufzählen sollen. Nun ging es darum, Souveränität zu bewahren. »Ein Brauner ist ein Espresso mit Milch«, begann er. »Klein und groß versteht sich wohl von selbst. Ein Verlängerter wird zusätzlich noch mit ein wenig Wasser gestreckt. Bei einer Melange handelt es sich um einen Kaffee mit viel heißer Milch und einem Hauberl aus Milchschaum. Ein Häferlkaffee wird mittels einer Filtertüte zubereitet …«

»Das kenn ich! Das ist ein Kännchen *Ka*ffe«, unterbrach der Gast stolz. »Mit Milch und Zucker!«

»Nein, mein Herr! Das ist ein Häferlkaffee«, beharrte Leopold.

»Von mir aus! Ist ohnehin dasselbe!«

Leopold überhörte diese letzte Bemerkung. »Beim Kapuziner handelt es sich schließlich um einen Espresso mit einem Schuss Obers«, schloss er seine Ausführungen ab.

Der Gast verzog ungläubig das Gesicht. »Mit was für 'nem Schuss?«

»Einem Schuss Sahne«, half ihm da Thomas Korber auf die Sprünge und heimste dafür einen giftigen Blick von seinem Freund Leopold ein. »Ein paar Tropfen ergeben die schöne braune Färbung einer Mönchskutte, daher der Name. Sie kennen ihn wahrscheinlich unter der Bezeichnung Cappuccino.«

»Also doch Sahne«, murmelte der Gast. »Nee, so was kann ich nicht brauchen«, wehrte er ab. »Bin schon längere Zeit aus der Kirche ausgetreten. Dann nehme ich eben das Kännchen.«

»Kännchen gibt's bei uns nicht«, machte Leopold ihn aufmerksam.

»Also dann meinetwegen diesen Filterkaffe. Mit Milch und Zucker. Mensch, seien Sie doch nicht so stur!«

»Warum bist du denn wirklich so komisch?«, wollte Korber wissen, als sich Leopold anschickte, die Filtermaschine anzuwerfen.

»Wenn einer schon mit ›Hallo‹ bei der Tür hereinkommt, ist das eine denkbar schlechte Basis für eine geschäftliche Beziehung«, raunte Leopold ihm kopfschüttelnd zu.

»Außerdem hat er es nicht ein einziges Mal der Mühe wert gefunden, ›Häferl‹ zu sagen!«

Nachdem der Deutsche seinen Kaffee bekommen hatte, trank er ihn langsam und mit Genuss. Dabei schaute er sich interessiert im Lokal um, an dem er offensichtlich Gefallen fand. Das eine oder andere Mal hüstelte er auffällig und rümpfte die Nase. Schließlich rief er Leopold zum Zahlen herbei und gab ihm sogar einen Euro Trinkgeld.

»Verbindlichsten Dank, der Herr«, bemühte sich Leopold trotz seines inneren Widerstandes um Höflichkeit. »Und baldige Besserung!«

»Ist gar nichts, bin kerngesund«, winkte der Gast ab. »Das macht nur die Luft herinnen. Wirkt ziemlich verraucht. Dabei habt ihr in eurem schönen Land doch jetzt auch endlich ein Rauchverbot, oder täusche ich mich?«

In eurem schönen Land. Wieder so ein Satz, der Leopolds Nervenkostüm strapazierte. Gott sei Dank würde der Mann aus dem Nachbarland in wenigen Augenblicken aus seinem Leben verschwunden sein. »Vor dem Verbot ist aber geraucht worden«, ließ er ihn wissen. »Ziemlich viel und stark, wie es sich gehört hat. Der Rauch hängt noch herinnen. So etwas hat eine Halbwertszeit von etlichen Jahren. Sie sind der erste Gast, den das stört. Wenn jemand frische Luft haben möchte, geht er ohnehin nicht ins Kaffeehaus.«

»Ihr Wiener seid schon ein komisches Völkchen«, lachte der deutsche Gast da auf. »Daran werde ich mich gewöhnen müssen. Sonst ist es hier ja sehr gemütlich. Also tschüss und bis zum nächsten Mal!«

Leopold hatte sich offenbar zu früh gefreut. Allem Anschein nach war dieser Mann gekommen, um zu bleiben.

*

»Ich weiß nicht, was du hast«, kritisierte Thomas Korber seinen Freund, während er bedächtig weiter an seinem Bier trank. »Es ist doch heutzutage ganz normal, dass in ein Kaffeehaus Gäste aus einem anderen Land kommen, selbst in unserem Floridsdorf nördlich der Donau. Und bei einem Deutschen gibt es wenigstens keine Verständigungsschwierigkeiten.«

»Grad da«, widersprach Leopold. »Du hast es ja selbst gehört! *Kännchen*! Dass ich nicht lache!«

»Sei nicht so pitzelig. Das war ein bisschen Schattenboxen, nichts weiter. Jeder von euch hat genau gewusst, was der andere meint.«

»Da bin ich mir nicht so sicher!«

»Die Deutschen bilden jedenfalls die größte Migrantengruppe in Österreich«, stellte Korber fest. »Eigentlich ist es seltsam, dass sie im *Heller* bisher kaum zu sehen waren. Sie müssten hier öfter auftauchen.«

»Gott bewahre«, verzog Leopold gleich das Gesicht. »Die sollen bei ihresgleichen bleiben. Für solche Touristen gibt's genügend Lokale im innerstädtischen Bereich. Die brauchen nicht extra zu uns zu kommen!«

»Die leben hier, Leopold! Wie du und ich«, bemerkte Korber amüsiert.

»In Floridsdorf?«, wunderte Leopold sich.

»Selbstverständlich! Du wirst das akzeptieren müssen. Europa wächst zusammen«, belehrte Korber ihn. »Aber auch bei den Touristen ist es nicht mehr selbstverständlich, dass sie ihre Aktivitäten auf die Innenstadt, den Prater und Schönbrunn beschränken. Die Stadt Wien überlegt im Gegenteil, wie sie des wachsenden Besucherandrangs Herr wird, indem sie die Massen sinnvoll auf das gesamte Stadtgebiet verteilt.«

»Verteilt? So wie Flüchtlinge?«, fragte Leopold skeptisch.

Korber schüttelte den Kopf. »Nein, hier geht es um Anreize«, fuhr er fort. »Die Beliebtheit Wiens als Reiseziel führt dazu, dass immer mehr Menschen kommen, um sich unsere schöne Stadt anzuschauen. Dadurch staut es sich an den neuralgischen Punkten bereits derart, dass Gegenmaßnahmen erforderlich sind. Und eine Möglichkeit wäre, die Touristen zu neuen Plätzen zu locken, die genauso schön, aber noch nicht so bekannt sind.«

»Den Leuten an diesen Plätzen ist es sicher lieber, wenn die Touristen dort aufeinander picken, wo sie unter sich sind, und sie in Ruhe lassen«, gab Leopold zu bedenken.

»Wie auch immer du darüber denkst, ein großer Flächenbezirk wie Floridsdorf mit über 100.000 Einwohnern wird sich hier nicht ausschließen können und wollen«, machte Korber ihn aufmerksam.

»Man hätte doch nicht so viele Brücken über die Donau bauen sollen«, ätzte Leopold. »Andererseits: Was soll sich ein Urlauber, der von was weiß ich wo herkommt, bei uns schon anschauen? Den Wasserpark? Die Donaufelder Kirche?«

»Es gibt bereits Überlegungen den Bisamberg betreffend«, eröffnete Korber seinem Freund. »Die Lage dort ist ideal: die Natur, der herrliche Blick auf Wien, die gemütlichen Heurigen in Stammersdorf und Hagenbrunn. Es fehlt nur noch ein knalliger Aufhänger, um die Leute in Scharen anzulocken.«

»Und was soll das sein?«, wollte Leopold wissen.

»Die Sache klingt interessant, ruft aber genügend Gegner auf den Plan«, antwortete Korber. »Joseph von Eichendorff, einer der berühmtesten Vertreter der deutschen Romantik, ist während seiner Studienzeit in Wien oft am Bisamberg und um ihn herum spazieren gegangen. Er hat eine besondere Affinität zu diesem Ort entwickelt. In Erinnerung daran wurde im Jahr 1957 auf der sogenannten Eichendorff-Höhe ein Denkmal des Dichters errichtet.«

»Die Donau blitzt aus tiefem Grund. Der Stephansdom auch von ganz fern guckt übern Berg und säh mich gern«, deklamierte Leopold. »So steht's auf dem Stein. Erika und ich sind erst unlängst bei einem Spaziergang dort vorbeigekommen. Hat er nett gedichtet, der Herr von Eichendorff. Aber wie soll dieses schlichte Denkmal, das eher unscheinbar am Wegesrand steht, Touristen anziehen? Da ist doch nichts Knalliges dran.«

»Wenn du mir nicht dreingeredet hättest, wüsstest du's schon«, ärgerte sich Korber und bedeutete Leopold gleichzeitig, dass er eine erneute Füllung seines Bierglases wünschte.

»Kommt's mir nur so vor, oder trinkst du wieder mehr?«, fragte Leopold.

»Kann dir egal sein«, entgegnete Korber schnippisch. »Darf ich fortfahren? Das Denkmal wird zu einem entsprechenden Blickfang ausgebaut. Es soll zum Ausgangspunkt für ein touristisches Projekt werden. Man bedient sich der allgemeinen Ansicht, dass Teile von Eichendorffs berühmter Novelle *Aus dem Leben eines Taugenichts* hier angesiedelt sind. Der Bisamberg wird somit als Landschaft der Romantik präsentiert, und der Name Eichendorff soll vor allem deine deutschen Freunde anlocken.«

»Und du glaubst, die kommen dann alle?« Mit diesen Worten stellte Leopold ein frisch gezapftes Krügel vor Korber hin.

»Dafür muss zwar noch einiges geschehen, aber es gibt bereits intensive Beratungen zwischen Wien und den niederösterreichischen Gemeinden rund um den Bisamberg«, schilderte Korber. »Ich weiß es von einer Kollegin, die in Hagenbrunn wohnt. Der große Spielplatz unterhalb der Eichendorff-Höhe soll zu einem Erlebnisbereich umgestaltet werden. Da wird man wohl auch gastronomisch ein Schäuferl drauflegen. Von einem Eichendorff-Romantik-Feriendorf oberhalb der Stammersdorfer Kellergasse ist ebenfalls die Rede.«

Leopold kratzte sich am Kopf. »Das klingt bedrohlich«, stellte er fest. »Hat man den Bisamberg nicht zum Landschaftsschutzgebiet erklärt?«

»Von den Befürwortern des Projekts wird wohl sehr trickreich argumentiert werden«, setzte Korber ihm auseinander. »Man wird behaupten, dass, wenn überhaupt, nur ganz geringfügig in die Landschaft eingegriffen wird. Die große Wiese, die zum Festgelände werden soll, gibt's ja bereits, auch Parkmöglichkeiten in der näheren Umgebung. Man wird die Senderstraße verbreitern und noch einen zentralen Parkplatz schaffen. Angeblich muss dabei kein einziger Baum dran glauben. Und das Feriendorf entsteht sowieso außerhalb der sensiblen Zone. Also wird es gemacht, weil es für alle ein Riesengeschäft ist.«

»Dann wird's da oben laut und ungemütlich«, dämmerte es Leopold. »Und man kann wegen des Lärms und der vielen Leute nicht mehr in Ruhe spazieren gehen. Ich befürchte das Schlimmste! Überall trifft man nur mehr auf Piefke, Schlitzaugen, Katzelmacher …«

»Schön sprechen, Leopold«, wurde er da unsanft von Frau Heller unterbrochen, die durch ihre kleine Küche das Lokal betreten und den letzten Teil der Unterhaltung mitverfolgt hatte. »Das ist ja furchtbar, was Sie da von sich geben! Da verschlägt es sogar einer gestandenen Floridsdorferin wie mir die Sprache. Ihre Phobie gegenüber allem, was nicht unserem Bezirk entstammt, nimmt beängstigende Formen an. Ich bitte mir ein bisschen mehr Unvoreingenommenheit aus!«

»Aber Frau Sidonie«, bemühte sich der überraschte Leopold um Schadensbegrenzung, »es geht mir um unsere schöne Natur am Bisamberg und den Umweltschutz im Allgemeinen. Das ist heutzutage ein wichtiges Thema! Da habe ich nicht umhin können, auf die Gefahren hinzuweisen, die durch einen überzogenen Tourismus entstehen können.«

»Sie haben das auf eine sehr unflätige Art getan. Das müssen Sie sich schleunigst abgewöhnen!«

»Dann gewöhn ich mir's halt ab«, bemerkte Leopold leichthin. »Eigentlich spielt sich alles ohnehin dort oben ab und kann uns egal sein.«

»Es kann uns *nicht* egal sein«, beeilte Frau Heller sich zu sagen. »Wenn es tatsächlich, wie ich hoffe, zu den geplanten Maßnahmen am Bisamberg kommt, bedeutet das auch für das Zentrum Floridsdorfs ein gesteigertes Interesse aus aller Welt. Schließlich kommen die Leute auf ihrem Weg dorthin direkt bei uns vorbei. Wir müssen nur darauf achten, dass sie uns nicht links liegen lassen. Ich werde die neue Situation demnächst mit anderen Geschäftsleuten des Bezirkes diskutieren, damit wir die geeigneten Akzente setzen. Da ist übrigens auch Ihre Freundin Erika dabei.«

Erika Haller hatte vor Kurzem den Standort ihrer Papeterie im neunten Bezirk aufgegeben und war in ein Floridsdorfer Geschäftslokal in der Nähe des Bahnhofs und des *Café Heller* gezogen. »So habe ich mir das vorgestellt«, stöhnte Leopold. »Wenn sie diese Invasion unterstützt, sehe ich schöne Zeiten auf unsere Beziehung zukommen.«

»Stellen Sie sich nicht so an«, munterte ihn Frau Heller auf. »Es ist höchste Zeit, dass Floridsdorf aus seinem Dornröschenschlaf erwacht. Endlich tut sich etwas, das dem Bezirk jene Bedeutung verleiht, die er auch verdient. Auch wir werden uns ein wenig herausputzen müssen. Unser Schanigarten wird in neuem Glanz erstrahlen. Außerdem schwebt mir ein neues Schild über dem Eingang vor: ›Café Heller – Das romantische Wiener Traditionscafé mit dem internationalen Flair‹. Na, wie klingt das?«

»Furchtbar«, war das Einzige, was Leopold dazu einfiel. »Was ist an unserem Kaffeehaus denn romantisch?«

»Fragen Sie nicht, passen Sie lieber auf, dass Ihnen in nächster Zeit keine fremdenfeindlichen Äußerungen mehr herausrutschen«, nahm ihn Frau Heller ins Gebet. »Wer zahlt, schafft an! Der Kunde ist König, egal, woher er kommt! Merken Sie sich das!«

»Ich bin immer höflich, wenn der Gast einigermaßen in der Lage ist zu sagen, was er will«, merkte Leopold an.

»Dann haben wir uns ja verstanden. Ich möchte in dieser Hinsicht in nächster Zeit keine Beschwerden hören, sonst lernen Sie mich von einer anderen Seite kennen.« Mit diesen mahnenden Worten verschwand Frau Heller wieder durch die kleine Küche.

»Das klingt überhaupt nicht gut«, maulte Leopold in Richtung Korber. »Du kennst ja unsere Chefin, wenn sie sich für eine Idee begeistert. Ich fürchte, wir werden demnächst von lauter Fremden überrannt. Ich rechne mit dem Schlimmsten!«

»Du darfst das nicht so dramatisch sehen«, versuchte Korber, ihn zu beruhigen. »Dir fehlt eine gewisse Weltoffenheit. Das kommt daher, dass du nirgendwo hinfährst. Würdest du etwa einmal nach Deutschland reisen, könntest du feststellen, wie freundlich die Menschen dort sind.«

»Ich war noch nie in Deutschland und ich werde dort auch nie hinfahren, das kann ich dir jetzt schon versprechen«, brummte Leopold.

»Ich habe zwei Semester in Heidelberg studiert«, geriet Korber ins Schwärmen. »Es waren einige der schönsten Monate meines Lebens.«

»Und warum bist du dann nicht dortgeblieben?«

»Wenn es einem wo gefällt, heißt das noch lange nicht, dass man niemals mehr von dort zurückmöchte«, beeilte Korber sich zu sagen. »Im Gegenteil, zu Hause ist es ja dann auch wieder schön. Aber man hat eine Abwechslung gehabt und neue Menschen kennengelernt. So etwas kannst du nicht verstehen.«

Leopold murrte nur etwas Unverständliches. Danach war es eine Zeit lang still zwischen den beiden. Korber widmete sich seinem Bier und Leopold seiner Arbeit. Schließlich fragte Leopold seinen Freund doch noch: »Findest du das, was für den Bisamberg geplant ist, wirklich in Ordnung?«

»Man muss abwarten, was letzten Endes herauskommt«, gab sich Korber bedeckt. »Aber eines ist klar: Es wird, fürchte ich, diesbezüglich in naher Zukunft einiges an Unruhe geben. Es gefällt nicht jedem, dass es Veränderungen an diesem schönen Fleckchen Erde geben soll.«

»Einer, dem das sicher nicht gefällt, wird, wenn ich mich nicht sehr täusche, heute noch im Kaffeehaus vorbeischauen«, kündigte Leopold an. »Da bin ich schon sehr gespannt darauf, was er sagt.«

*

Thomas Korber hatte sich auf einen Platz beim Fenster zurückgezogen, um kurz vor Notenschluss noch ein paar Deutschhefte durchzusehen. Er hatte bei Leopold ein weiteres Krügel Bier bestellt. In letzter Zeit verspürte er wieder mehr Verlangen nach Alkohol. Es schmerzte ihn, dass Leopolds uneheliche Tochter Sabine Patzak nicht mehr bei ihm wohnte.

Korber und Sabine waren einander ohne Leopolds Wissen nähergekommen. Als die Burgenländerin ein Studium in Wien beginnen wollte, hatte Korber ihr deshalb eine Wohngemeinschaft mit ihm angeboten, bis sie eine eigene Bleibe hatte. Das Zusammenleben hatte gut funktioniert. Obwohl ihm Sabine klargemacht hatte, dass es sich dabei um ein Arrangement auf Zeit handelte, hatte Korber bis zum Schluss gehofft, dass sich daraus etwas Dauerhaftes entwickeln würde. Deshalb war nun die Enttäuschung groß, weil sie, wie angekündigt, ausgezogen war.

Er suchte die Schuld bei sich, fragte sich, welche Fehler er gemacht hatte. Er grübelte, ob er, jenseits der 40, zu alt für die Beziehung mit einer 22-Jährigen war. Aber so sehr er auch nachdachte, es nützte nichts. Derzeit waren ihm die Hände gebunden. Das Semester neigte sich, ebenso wie das Schuljahr, dem Ende zu. Sabine würde zu ihrer Mutter nach Halbturn fahren und dort den Großteil des Sommers verbringen. Zwischendurch würde sie sicher noch die eine oder andere Reise unternehmen. Es würde Wochen, vielleicht Monate dauern, bis er sie wieder zu Gesicht bekam. Ob er dann wieder den geeigneten Draht zu ihr finden würde, stand in den Sternen.

Korber trank während des Verbesserns schneller. Wie es aussah, würde er sich in der nächsten Zeit und in den Sommerferien treiben lassen, und das war gefährlich. Nicht erst einmal hatte ihn das Trinken in unliebsame Situationen gebracht. Zunächst jedoch dachte er nicht darüber nach und übte sich in Selbstmitleid.

Seine Arbeit erforderte keine allzu große Konzentration. Deshalb blickte Korber ab und zu auf und schaute, wer zur Tür hereinkam. Gerade bemerkte er eine Frau seines Alters, die ihr dunkelblondes schulterlanges Haar aus der Stirn streifte und einen hilfesuchenden Eindruck machte. Er vermeinte, ihr Gesicht bereits einmal irgendwo gesehen zu haben. Aber wo? Daran konnte er sich nicht erinnern. Sie kam ihm jedenfalls bekannt vor. Da rief sie schon: »Thomas? Was machst du denn hier?«

Jetzt dämmerte ihm, wen er vor sich hatte. »Marion! Was für eine Überraschung«, grüßte er sie. »Eigentlich sollte ich dich fragen, was *du* hier tust. Wien ist meine Heimat, und du kommst immerhin aus Deutschland. Zumindest haben wir einander dort das letzte Mal gesehen.« Korber kannte Marion Kirchner von seiner Studienzeit in Heidelberg. Das war allerdings schon eine Weile her.

»Entscheidend ist nicht, wo man herkommt, sondern wo man sich im Augenblick befindet«, gab Marion zurück und ging dabei lächelnd auf ihn zu. Sie umarmten und drückten sich fest. »Immer beim Verbessern, was?«, bemerkte sie mit einem Kennerblick auf die Aufgabenhefte.

»Ob du's glaubst oder nicht, ich bin Lehrer geworden«, gab ihr Korber Bescheid. »Und du?«

»Ich doch auch«, ließ Marion ihn wissen. »Und wie es der Zufall will, unterrichte ich seit zwei Jahren in eurem schönen Österreich, in Korneuburg.«

Korber schüttelte lachend den Kopf. »Wie klein die Welt ist. Magst du etwas mit mir trinken? Das ist mein Stammlokal, quasi mein zweites Wohnzimmer, und Leopold, der Oberkellner, ist mein Freund. Er hat nur gerade hinten bei den Kartentischen zu tun.«

Marion wehrte gleich ab. »Ich habe nicht viel Zeit«, erklärte sie. »Darum wäre es gut, wenn der Ober schnell käme. Ich bin nur da, um einen Tisch für übermorgen Abend zu reservieren.«

»Das kann ich doch machen«, bot ihr Korber an. »Übermorgen bin ich sicher auch hier. Vielleicht kommen wir da zum Plaudern.«

Marion lächelte verlegen. »Ich glaube nicht, dass das geht. Wir sind eine größere Gruppe und haben etwas Wichtiges zu besprechen.« Sie beugte ihren Kopf nun vertraulich zu ihm herab. »Es geht um das Eichendorff-Projekt am Bisamberg«, sagte sie merklich leiser. »Ich weiß nicht, ob du schon davon gehört hast.«

»Klar«, nickte Korber. »So etwas spricht sich schnell herum.«

»Die machen Ernst«, teilte Marion ihm flüsternd mit. »Wir sind der Meinung, dass man die Zerstörung dieses Naherholungsgebietes nicht widerspruchslos hinnehmen kann. Deshalb tun wir uns zusammen.«

»Und warum trefft ihr euch hier und nicht in Korneuburg?«, wollte Korber wissen.

»Die Politiker dort sind Feuer und Flamme für das Projekt«, weihte Marion ihn ein. »Wir wären zu nahe am Feind. Was wir brauchen, ist ein ruhiger Ort, wo wir uns stressfrei unsere Vorgangsweise überlegen können. Das *Heller* ist für alle Teilnehmer gut erreichbar, und hier vermutet uns keiner.« Sie warf Korber einen besorgten Blick zu. »Du wirst uns doch nicht verraten!«

»Wo denkst du hin?«, wehrte Korber sofort ab. »Ich

habe ja auch meine Zweifel, ob da alles mit rechten Dingen zugeht.«

»Dann bin ich beruhigt«, seufzte sie. Marion wirkte aber gar nicht ruhig, sondern ziemlich nervös. Besorgt warf sie einen Blick auf die Uhr. Sie schien wirklich in Eile zu sein.

»Du musst nicht auf Leopold warten«, versicherte Korber ihr. »Wenn du mir vertraust, übernehme ich die Reservierung.«

Marion überlegte. »Das würdest du wirklich tun?«, fragte sie.

»Selbstverständlich! Das ist mein Stammcafé, Leopold ist, wie gesagt, mein Freund, und die Chefin kenne ich auch. Wir machen es auf meinen Namen, da kann nichts schiefgehen«, setzte Korber ihr auseinander. »Sag mir nur, für wann und für wie viele Personen.«

»Wir sind zu zehnt und treffen uns übermorgen um 19.30 Uhr«, gab Marion an.

»Also Donnerstag um 19.30 Uhr, zehn Personen«, notierte Korber sich. »Da wird man euch nach hinten zu den Kartentischen setzen. Um diese Zeit habt ihr dort genügend Platz.«

»Danke«, atmete Marion kräftig durch. »Bitte zu niemandem ein Wort über den Zweck unseres Treffens, das ist sehr wichtig! So, jetzt muss ich aber!«

Korber versprach, dass er alles zu Marions vollster Zufriedenheit erledigen würde. Sie verabschiedeten sich mit einer weiteren Umarmung, ehe sie nach draußen flüchtete. Korber schaute ihr gedankenverloren nach. Selbstverständlich würde er am Donnerstagabend auch da sein. Er hoffte, dass sich trotz der Versammlung eine Gelegenheit ergeben würde, mit ihr ein wenig über vergangene Zeiten zu plaudern. Er erinnerte sich daran, mit ihr in Heidelberg viel Spaß gehabt zu haben. Jetzt wirkte sie ernster und ein wenig gezeichnet von den Spuren vergangener Jahre.

Korber hatte Marion damals sehr gemocht, war aber nie richtig in sie verliebt gewesen. Nun schloss er die Anbahnung einer intensiveren Beziehung nicht aus. Dabei fiel ihm ein, dass sie wahrscheinlich schon vergeben war. Ob sie wohl noch, wie ehedem, den Familiennamen Kirchner trug? Egal. Er speicherte sie vorerst so in seinem Gedächtnis ab. In seiner augenblicklichen Situation suchte er weibliche Nähe, das war das Wichtigste. Er hoffte deshalb, dass sich am Donnerstag etwas ergeben würde.

Als Leopold wieder nach vorne kam, zahlte er und tätigte ohne jeden weiteren Kommentar die Reservierung bei seinem erstaunten Freund. Dann verließ auch er das *Café Heller*.

KAPITEL 2

Dienstag, 29. Juni, abends

Leopolds Lebensgefährtin Erika Haller konnte zufrieden sein. Ihr neues Buch- und Papiergeschäft, das sie vor kurzer Zeit von Herrn Lederer übernommen hatte, lief besser, als sie es erwartet hatte. Thomas Korber hatte sie zu dem Wechsel überredet, und seine Einschätzung der Lage hatte sich als richtig erwiesen. Sie profitierte von der Nähe des Gymnasiums, des Bahnhofs und dem großen Einzugsgebiet, und wenn sie die Ärmel aufkrempelte, konnte sie hier noch viel erreichen.

Natürlich gab es gerade am Anfang viel Stress und Überstunden, aber die Gewissheit, dass sie auf dem richtigen Weg war, beflügelte Erika. Ständig kamen ihr neue Ideen, wie sie das Geschäftslokal attraktiv gestalten und einen zufriedenstellenden Umsatz erzielen konnte. Nach getaner Arbeit machte sie dann einen Sprung ins *Café Heller*, das in unmittelbarer Nähe lag. Anfangs freute sich Leopold noch über ihre Besuche, doch als er merkte, dass sie zur ständigen Einrichtung werden sollten, schwand seine Begeisterung rasch. Das Kaffeehaus war seine Arbeitsstätte, wo er seine Ruhe haben wollte, für das Familienleben gab es die gemeinsame Wohnung im Bezirksteil Jedlesee. Er hatte aber keine Chance. Erika und Frau Heller waren dicke Freundinnen geworden, duzten einander, hatten sich für gewöhnlich eine Menge zu erzählen und ließen sich durch seinen Grant nicht dabei stören.

Auch jetzt kam Erika wieder aufgekratzt zur Tür herein und drückte Leopold mit einem herzlichen »Guten Abend, Schnucki!« einen Kuss auf die Wange.

»Bist du heute wieder gut drauf«, bemerkte er irritiert.

»Sogar außergewöhnlich gut«, teilte sie ihm mit. »Die Geschäfte gehen hervorragend, Schnucki! Die Leute werden auf mich aufmerksam. Es gibt richtig viel zu tun. Ich denke, ich werde das mit einem Glas Prosecco feiern. Trinkst du auch eines, Sidonie?«

»Aber selbstverständlich«, antwortete Frau Heller gut gelaunt. »Es freut mich, dass dein neuer Laden so wunderbar anläuft.« Leopold füllte zwei Gläser mit der prickelnden Flüssigkeit. Indessen wandte sich die Chefin vertraulich an Erika Haller: »Wer weiß, vielleicht wird alles bald noch besser, wenn es mit dem Eichendorff-Projekt ernst wird.«

»Ich habe mir dazu schon einiges überlegt«, erwähnte Erika. »Mit der Hilfe von Thomas werde ich mein Sortiment in Richtung Eichendorff und die literarische Romantik erweitern. Aber das ist nur der Anfang. Mit einiger Fantasie lässt sich mit dem Begriff *Romantik* noch einiges machen. Ich denke zum Beispiel an eine Romantik-Ecke mit Liebesromanen für jugendliche Leserinnen und Leser, an romantische Postkarten, Aufkleber, Briefpapier und so weiter!«

»Oh la la«, schnalzte Frau Heller mit der Zunge. »Das klingt verdammt gut! Dann lass uns auf die vielversprechenden Entwicklungen in unserem Bezirk anstoßen. Prost, Erika!«

»Prost, Sidonie!« Sie ließen die Gläser klingen. »Magst

du auch einen Schluck, Schnucki?«, fragte Erika, nachdem sie getrunken hatte.

»Bedaure, bin im Dienst«, lehnte Leopold dankend ab. »Außerdem weiß ich nicht, was es da zu feiern gibt.«

»Freust du dich denn gar nicht mit mir?«, wollte Erika wissen, und es klang enttäuscht.

»Ich kann mich nicht freuen, wenn alles nur mehr darauf aufgebaut ist, möglichst viele Fremde in unseren Bezirk zu karren, die unsere letzten Grünoasen verwüsten«, setzte Leopold ihr auseinander. »Leider ist das so, auch wenn du davon profitierst.«

»Wir werden alle davon profitieren«, schwärmte Frau Heller. »Das ist ja der Sinn der Sache! Darum werden wir als Floridsdorfer Geschäftsleute uns gewissenhaft auf die Zukunft vorbereiten. Du bist doch übermorgen auch dabei, Erika?«

»Wobei?«, erkundigte sich Erika gut gelaunt. Der Alkohol hatte sie rasch in Stimmung gebracht.

»Bei unserer Versammlung«, erklärte Frau Heller. »Wir besprechen, wie wir als Unternehmer das Maximum aus der sich anbahnenden Entwicklung herausholen können. Ich habe dazu eingeladen. Das Ganze findet am Donnerstagabend in aller Ruhe statt. Wir sind sozusagen unter uns.«

Leopold spitzte seine Ohren. »Was, hier im Kaffeehaus?«, rutschte es ihm heraus.

»Natürlich«, beeilte Frau Heller sich zu sagen. »Wo denn, glauben Sie? Auf der Straße? Die überlassen wir den Demonstranten. Es soll ja auch Menschen geben, die gegen das Projekt sind. Die sollen dort von mir aus einen Wirbel machen. Wir hingegen werden uns hier gemütlich zusammensetzen und konstruktiv Ideen sammeln, wie wir diese einmalige Chance nutzen können. Ich denke, dass dieses Treffen auf reges Interesse stoßen wird.«

»Hoffentlich geht sich das aus«, gab Leopold zu bedenken. »Es gibt für übermorgen bereits eine Reservierung für zehn Personen bei den Kartentischen. Die möchten auch ungestört sein.«

»In meinem eigenen Haus werde ich hoffentlich noch tun und lassen können, was ich will, ohne auf andere Rücksicht zu nehmen«, reagierte Frau Heller unwirsch. »Wenn es jemandem nicht passt, soll er woanders hingehen. Wer hat denn reserviert?«

»Unser Thomas Korber«, informierte Leopold seine Chefin.

»Korber? Komisch! Der kommt doch sonst immer allein«, grummelte Frau Heller.

»Den Thomas dürfen wir nicht vergrämen«, meldete sich Erika Haller zu Wort. »Er steht mir jetzt ständig mit seinen guten Ratschlägen zur Seite.«

»Das wird überhaupt kein Problem«, lenkte Frau Heller beschwichtigend ein. »Es ist genug Platz da, um uns ein wenig auseinander zu setzen. Herr Korber kommt mit seiner Gruppe in die Ecke hinter den Billardtischen, wir nehmen schräg gegenüber Platz. So hat jeder ein bisschen Luft, und auf den Tischen dazwischen kann man sogar noch Karten spielen. Den vorderen Teil überlassen wir den anderen Gästen. Mein Heinrich wird Sie mit vollen Kräften unterstützen, und alles ist in bester Ordnung!«

Leopold glaubte nicht so recht daran. Er sah schwere Zeiten auf sich zukommen. Zwei Gesellschaften, und als Hilfe nur der Chef höchstpersönlich, der die Anstrengung mied wie der Teufel das Weihwasser. Zudem saßen auf der einen Seite Erika und Frau Heller, auf der anderen sein Freund Thomas, von dem er noch dazu gar nicht wusste, mit welcher Gruppe er plötzlich angetanzt kommen würde. Bei seiner derzeitigen Stimmungslage war alles möglich. Also beschloss Leopold, nicht viel nachzudenken und diesen Abend einfach auf sich zukommen zu lassen.

*

Nach ihrem Glas Prosecco hatte Erika noch ein zweites getrunken und war dann in blendender Stimmung nach Hause gegangen. Draußen regnete es mittlerweile intensiv und anhaltend. Das *Heller* leerte sich rasch, was eine zeitige Sperrstunde vermuten ließ. Es war nicht anzunehmen, dass jetzt noch jemand bei der Tür hereinschneien würde. Leopold begann mit dem Abkassieren. Aber wie so oft, wenn man nicht damit rechnete, kam noch ein später Gast daher.

»Othmar! Welche Überraschung«, rief Leopold aus.

Ein großer, durchtrainierter Mann mit Dreitagesbart, Regenjacke und Filzhut stellte sich an die Theke. »Es ist zum Heulen! Nichts lässt sich anfangen bei dem Sauwetter«, klagte er. »Aber irgendwo muss der Mensch ja hin! Hast du für mich noch ein Bier auf die Schnelle?«

Leopold nickte. Mit einem Besucher wie Othmar Demmer blieb er gern noch ein wenig stehen, um über dieses oder jenes zu plaudern. Wobei man mit Othmar nur über ein Thema reden konnte: die erotisierende Wirkung der Natur auf Mann und Frau. Wollte man ihm glauben, so funktionierten seine Verführungskünste im Freien am besten. Böse Zungen behaupteten, dass er in einem geschlossenen Raum nichts zusammenbrachte. Er brauchte den Himmel über sich und einen angenehmen lauen Wind, der seine Lenden streichelte. Dann konnte ihn keiner bremsen. Bei einer solch regnerischen Witterung aber waren seine Libido und damit auch seine Laune beim Teufel.

Demmer steckte seine Lippen beim ersten Schluck andächtig in den Bierschaum. »Der Sommer beginnt schlecht«, sinnierte er. »Kühl und feucht. Wie soll ich da in Form kommen?«

»Vielleicht beschränkst du dich vorläufig auf das herkömmliche Umfeld: ein Bett in einem Zimmer«, schlug Leopold vor.

»Unmöglich«, wehrte Demmer gleich ab und umarmte dabei sein Bierglas wie einen zarten Frauenkörper. »Wo bleibt da die Sinnlichkeit? Freie Liebe, freie Natur. Glaube mir, ich könnte mir überall eine Frau aufreißen, sogar in eurem Kaffeehaus, und sie dann in meine Wohnung abschleppen. Aber ein wirklicher Hochgenuss ist es nur, in weinseliger Stimmung bei einem Heurigen in der Stammersdorfer Kellergasse eine Frau kennenzulernen, mit ihr ein Glas Wein zu trinken und sie dann bei einem abendlichen Spaziergang am Bisamberg zu verführen. Gerade hat man noch den Sonnenuntergang bewundert, jetzt geht man fest aneinandergedrückt durch die einbrechende Dunkelheit auf den Wald zu. Du spürst die Unsicherheit deiner charmanten Begleiterin, wohin sie ihre Schritte setzen soll, und gleichzeitig ihr Bedürfnis nach Zweisamkeit. Du tust so, als ob alles Schicksal oder Zufall wäre, während du genau auf den Platz zusteuerst, den du für den prickelnden Abschluss des Abends auserkoren hast. Und rein zufällig hast du in einer umweltfreundlichen Tasche über der Schulter eine Decke mit, die du sonst immer unterlegst, wenn du des Nachts von einem Bankerl zur Donau hinunterschaust – sagst du ihr zumindest …«

Leopold hatte amüsiert zugehört. »Und dass in der Nacht alle Katzen grau sind, stört dich dabei gar nicht?«, wollte er wissen.

»Was bist du nur für ein fantasieloser Mensch«, rügte Othmar Demmer ihn. »Wichtig sind nicht die Details der weiblichen Rundungen, obwohl die natürlich auch sehr schön sind. Aber an so etwas sieht man sich heutzutage im Internet satt. Wichtig ist der ehrfürchtige Schauer, der einen inmitten der Natur ergreift und die urtümlichen Triebe in dir auslöst. Du fühlst dich frei und bereit zu genießen, was früher nur der Fortpflanzung diente.«

»Redest du aber heute geschwollenes Zeug daher, Othmar«, befand Leopold.

»Es hat mit Inspiration zu tun, und der Bisamberg inspiriert mich eben«, erklärte Demmer. »Der Bisamberg und natürlich auch sein bekanntester Bewohner, Florian Berndl: Pionier der Naturheilkunde und Naturbursch, Begründer des berühmten *Gänsehäufels* und schon um die Wende zum 20. Jahrhundert entschiedener Befürworter des gemeinsamen Badens von Mann und Frau. Später spärlich bekleideter Sonderling, der einsam am Bisamberg hauste, und dessen Anblick wohl manches keusche Mädchenauge erschreckte. Sein Geist schwebt immer noch über diesen Höhen.«

»Er ist aber schon eine ganze Weile tot«, erinnerte Leopold seinen späten Gast.

»1934 gestorben. Tot, aber nicht vergessen«, beeilte Demmer sich zu erwähnen. »Immerhin gibt es ein schönes nach ihm benanntes Bad am Fuß des Berges.«

»Ein anderer, der noch länger tot ist, macht ihm derzeit gehörig Konkurrenz«, machte Leopold ihn aufmerksam. »Joseph von Eichendorff. Der ist am Bisamberg nur ein paarmal auf und ab gewandert. Nichtsdestotrotz hat man ihm vor etlichen Jahren ein Denkmal gesetzt und möchte es jetzt zum Zentrum eines Tourismusprojektes machen.«

»Eichendorff war ein großer Dichter, der wohl ähnlich wie ich empfand«, geriet Demmer ins Schwelgen. »Kennst du sein Gedicht *Mondnacht*?

Es war, als hätt' der Himmel
die Erde still geküsst,
dass sie im Blütenschimmer
von ihm nun träumen müsst.

Die Luft ging durch die Felder,
die Ähren wogten sacht,
es rauschten leis' die Wälder,
so sternklar war die Nacht.

Und meine Seele spannte
weit ihre Flügel aus,
flog durch die stillen Lande,
als flöge sie nach Haus.

Kaum jemals wurden die Gefühle eines Menschen beim nächtlichen Stelldichein unter freiem Himmel treffender beschrieben. Wer den Autor dieser romantischen Zeilen allerdings für die Umgestaltung des Bisambergs zu einem Vergnügungspark missbrauchen will, ist eine traurige Gestalt, die ihre vier Wände noch nie für ein Liebesabenteuer verlassen hat.«

»Ich fürchte, du wirst umdenken müssen. Deine Platzerl sind dadurch doch in höchster Gefahr, oder?«, reizte Leopold ihn.

»Man weiß noch nichts Genaues«, relativierte Demmer. »Aber wenn es dort auf einmal Kiosks, beschriebene Wege, allerlei Attraktionen und jede Menge Leute gibt, ist es mit der Romantik vorbei. Dann wird ein natürlicher Paarungsraum vernichtet. Das muss auf jeden Fall verhindert werden. Aber wie?« Seine Hände verkrampften sich bei dieser Frage um das Bierglas.

»Ich sag dir jetzt was, aber das hast du nicht von mir«, wurde Leopold vertraulich. »Übermorgen am Abend treffen sich bei uns einige Geschäftsleute und besprechen, wie sie den neuen Hotspot für sich ausnutzen können. Da erfährt man vielleicht, wie die Sache steht.«

»Interessant«, nickte Demmer. »Andererseits muss ich natürlich meinen Gefühlen freien Lauf lassen, solange es noch geht. Wenn das ein lauschiger Frühsommerabend wird …« Er schaute fragend hinaus in die Dunkelheit.

»Immerhin geht es um deine Liebesnester«, gab Leopold zu bedenken.

Demmer kniff vertraulich ein Auge zu. »Kannst du nicht ein bisserl für mich aufpassen, was da geredet wird?«, drang er in Leopold.

»Ich muss arbeiten«, wehrte Leopold ab. »Wenn es dir wichtig ist, solltest du selber da sein. Ich könnte dir einen Platz freihalten, wo du mithören kannst. Deine Gefühle hast du nach der Unterredung auch noch.«

»Na gut, ich überleg's mir«, zwinkerte Demmer ihm zu. Nachdem er gegangen war, erinnerte sich Leopold daran, dass seine Erika auch an der Versammlung teilnahm. Sie brauchte das Projekt für ihr neues Geschäft. Ihre Beziehung stand also wieder einmal vor einer großen Herausforderung.

KAPITEL 3

Mittwoch, 24. Juni

Thomas Korber erwachte mit einem heftigen Brummen im Schädel. Mit halb geöffneten Augen riskierte er einen Blick auf die Uhr. Es war bereits nach 7 Uhr. Er musste den Wecker überhört haben. Jetzt hieß es flott auf die Beine kommen, damit er es bis 8 Uhr in die Schule schaffte.

Gott sei Dank hatte er in der ersten Stunde nur eine zweite Klasse, wo ihn der Unterricht nicht so anstrengen würde. Aber pünktlich sein musste er, um keine Abmahnung durch Direktor Marksteiner zu riskieren. Zu Unterrichtsbeginn wieselte dessen Sekretärin, Frau Pohanka, immer am Gang vor der Eingangstür auf und ab, um zu spät kommende Lehrer und Schüler zu ertappen.

Korber tastete sich ins Bad, hoffend, dass der kalte Strahl der Dusche seine Geister wiederbeleben würde. So ganz klappte es nicht, aber er fühlte sich allmählich frischer. Was war gestern bloß noch gewesen? Er war am Nachmittag aus dem *Heller* nach Hause gegangen, hatte dort seine Tasche mit den Schulsachen abgestellt und war wieder los, erst zum Heurigenlokal *Fuhrmann* gleich ums Eck, und dann …

Er war in die Innenstadt gefahren, in sein Lieblingslokal *Botafogo*, wo eine Mischung aus räumlicher Enge, Livemusik und Alkohol bei ihm meist zu jener unseligen Stimmung führte, in welcher er sich zu unkontrollierten Handlungen hinreißen ließ, an die er sich nachher kaum erinnern konnte. Häufig war dabei eine Vertreterin des weiblichen Geschlechts im Spiel, deren Gestalt und Gesicht im Dämmerlicht appetitlicher wirkten, als sie es tatsächlich waren.

Vielleicht fand sich in seiner Jacke etwas, das als Hinweis dienen konnte. Korber kramte in den Taschen, wobei ihm immer noch scharfer Schweißgeruch entgegenschlug, den das Kleidungsstück als Gedächtnisstütze aufbewahrt hatte. Tatsächlich fand er einen zerknitterten Zettel, auf dem mit Lippenstift »Auf bald, Schmusekönig« geschrieben stand. Mehr wollte er gar nicht wissen. Wahrscheinlich hatte ihn sein ramponierter Zustand davor gerettet, neben dem Faltengesicht einer überholten Lady aufzuwachen, die sich so in ihn verliebt hatte, dass er sie nur unter großen Anstrengungen wieder loswerden würde. Es hatte den Anschein, als sei er mit einer überhöhten Taxirechnung davongekommen.

Ein weiterer Blick auf die Uhr zeigte Korber, dass er keine Gedanken mehr an die feuchtfröhliche Nacht verschwenden durfte. In Windeseile trank er eine Tasse schwarzen Kaffee und würgte dazu ein halbes Butterbrot hinunter. Dann eilte er aus der Wohnung. Zum Glück erwischte er sofort eine Straßenbahn und war sogar um 7.55 Uhr an seinem Arbeitsplatz. Deshalb wunderte es ihn, dass Frau Pohanka vor dem Lehrerzimmer ungeduldig auf ihn wartete und ihn mit einem nervösen »Da sind Sie endlich« empfing.

»Rechtzeitig zum Unterricht, wie ich hoffe«, verteidigte sich Korber. Dabei drehte sich ihm vom Hinaufgehen in den ersten Stock leicht der Kopf.

»Haben Sie vergessen, dass Sie für heute um 7.45 Uhr zu Direktor Marksteiner bestellt waren?«, klang ihm Frau Pohankas Stimme unbarmherzig im Ohr.

Langsam dämmerte es Korber. Gäste waren da, die er betreuen sollte. Gäste aus Deutschland. Er räusperte sich. »Nein, aber der Verkehr …«, war aber das Einzige, was ihm als Entschuldigung einfiel.

»Sie sehen ein wenig schlampig aus«, unterbrach ihn Frau Pohanka. »Frisieren Sie sich und spülen Sie bitte hiermit Ihren Mund aus«, raunte sie ihm zu, sodass es niemand hörte, und steckte ihm ein kleines Fläschchen zu. »Frau Aberle und Herr Bader von unserer Partnerschule in Heidelberg warten bereits ungeduldig auf Sie. Ich gehe schon einmal vor und kündige Sie an.«

»Danke«, murmelte Korber verschämt. Im Spiegel der Toilette sah er dann, dass sich die Exzesse der vorigen Nacht tief in sein Gesicht gekerbt hatten. Er erfrischte sich, so gut es ging, und betrat das Sekretariat, wo die Tür zur Direktion bereits offen stand.

Direktor Marksteiner wirkte angespannt, bemühte sich jedoch um Souveränität. »Ah, Korber. Sie hatten Probleme mit dem Verkehr, wie ich höre. Nun sind Sie ja, Gott sei Dank, da. Darf ich Ihnen unsere Kollegen vom Eichendorff-Gymnasium in Heidelberg vorstellen, die uns diese Woche besuchen? Das ist der dortige Administrator, Professor Erwin Bader, mit dem ich Möglichkeiten der Kooperation in der Schulorganisation erwägen werde, und hier ist Ihre Kollegin in Deutsch, Frau Professor Monika Aberle, mit der Sie Ideen für ein gemeinsames kulturelles Projekt im Herbst austauschen werden.«

»Guada Morga«, tönte es Korber aus beiden Kehlen im schwäbischen Akzent entgegen.

»Einen schönen guten Morgen«, grüßte er zurück und musterte die beiden Gäste, während er ihnen die Hand schüttelte. Bader wirkte wie der typische in Ehren ergraute

Lehrer, dem es für einen Schulleiter am nötigen Ehrgeiz gemangelt haben mochte, dem aber die nüchterne Arbeit mit Zahlen und Systemen Freude bereitete. Vorderhand reserviert, vielleicht zugänglicher in den nächsten Tagen. Hohe Stirn, dünne Lippen, das eine oder andere Kilogramm um die Hüften zu viel. Keine Besonderheiten.

Monika Aberle sah fröhlicher aus, war aber ebenfalls nicht mehr die Jüngste. Blond gelocktes Haar, bereits die eine oder andere Falte im freundlichen Gesicht, sportlich, Kumpeltyp. Sympathisch, aber nicht die Frau, die Korber über die derzeitige Misere in seinem Liebesleben hinweghelfen konnte. Zumindest war das sein erster Eindruck.

»Nehmen Sie Frau Aberle bitte gleich in Ihren Unterricht mit, damit sie sich ein Bild machen kann, wie es bei uns so zugeht«, hörte Korber Marksteiner in seine Richtung sagen.

»Natürlich«, bekräftigte Korber und wagte ein Zwinkern in Richtung Monika Aberle. Zu seiner Erleichterung zwinkerte sie zurück.

Auf dem Weg in die Klasse machte er ihr ein Geständnis. »Ich hatte heute große Mühe, aus dem Bett zu kommen, weil wir gestern eine Feier hatten«, beichtete er. »Ich kann Sie nur bitten, mein spätes Kommen zu entschuldigen.«

»Deesch nedd schlemm«, beruhigte ihn Monika Aberle. »'s isch bloß bleed, dass ma am näggschdn Daag so frieh ähfanga muass. Ach, verzeihen Sie! Ich plappere Sie da auf Schwäbisch an! Ich meinte, das sei gar nicht schlimm. Es ist halt dumm, dass man am nächsten Tag gleich wieder zeitig mit der Arbeit beginnen muss. Kenne ich von mir selbst.«

»Scho rächd«, lächelte Korber sie an. »Ich habe ein Jahr in Heidelberg studiert. Ein bisschen was bekomme ich von der Sprache schon noch mit.«

»Vielleicht reden wir zur Sicherheit doch lieber in unserem Lehrerhochdeutsch miteinander, damit es keine Verständigungsschwierigkeiten gibt«, schlug Monika vor. »Und jetzt freue ich mich schon auf Ihren Unterricht!«

Nett ist sie auf jeden Fall, die Besucherin aus Heidelberg, dachte Korber. Ausgesprochen nett!

*

»Hier trinkst du also immer deinen Kaffee?«, wollte Monika Aberle wissen, als Korber mittags mit ihr auf einen Imbiss im *Café Heller* saß.

Korber nickte. »Das ist stark untertrieben. Ich gehe hier sozusagen ein und aus. Die Nähe zum Gymnasium ist dabei recht praktisch.« Beide duzten sich bereits und ließen sich einen Salat mit Hühnerstreifen schmecken. Korber hätte das Essen am liebsten mit einem Glas Bier hinuntergespült, begnügte sich aber mit Apfelsaft, um bei Monika, die am Mineralwasser nippte, keinen schlechten Eindruck zu hinterlassen.

»Ein schönes Kaffeehaus! Genial schlampig und unkompliziert. Wie ist es denn hier so am Abend?«, fragte seine Begleiterin.

»Wir können uns das gerne zusammen ansehen«, stellte Korber in den Raum.

»Oh fein«, war Monika hocherfreut. »Erwin, mein Kollege, ist leider etwas langweilig. Ich hatte schon Angst, dass ich mir niemanden zum Ausgehen finde. Und zu besprechen hätten wir wegen unseres gemeinsamen Projekts ja eine ganze Menge. Wie schaut's morgen aus? Heute werde ich wohl ein wenig müde sein, denke ich.«

»Morgen passt ausgezeichnet«, freute Korber sich

über Monikas Angebot. »Da wirst du auch meinen besten Freund, den Oberkellner Leopold, näher kennenlernen, der im Augenblick so geschäftig herumläuft.«

Leopold, der die letzten Worte gehört hatte, eilte herbei, um abzuservieren. »Darf ich dir meine Kollegin Aberle aus Heidelberg vorstellen? Ich habe ihr gerade von dir erzählt«, teilte Korber ihm mit. »Vergiss morgen Abend bitte deine Vorbehalte gegen alles, was Deutsch spricht und nicht aus Österreich kommt. Da möchte ich mit ihr hier nämlich ein paar unbeschwerte Stunden verbringen.

»Und was ist mit den anderen acht?«, fragte Leopold erstaunt.

»Was meinst du?«

»Du hast morgen um 19.30 Uhr für zehn Leute reserviert«, erinnerte Leopold seinen Freund.

Einmal mehr verfluchte Korber seine gestrigen Exzesse. Wie hatte er bloß vergessen können, dass ihn Marion um diese Gefälligkeit gebeten hatte? »Dann nimmst du eben zwei Plätze dazu«, trug er Leopold auf.

»Also insgesamt zwölf.«

»Nein! Einmal zehn und einmal zwei!«

Jetzt schaute Leopold Korber ganz verständnislos an.

»Du reservierst uns einen schönen Tisch für zwei Personen und setzt uns in einen kleinen Abstand zu den restlichen zehn«, erläuterte Korber ihm seine Absicht. »Ist das denn so schwer?«

»Nein, aber ungewöhnlich. Und schön langsam gehen mir die Plätze bei den Kartentischen aus«, informierte Leopold ihn. »Die Chefin hat dort nämlich selbst eine Besprechung. Sie möchte deshalb, dass es kein Gedränge gibt. Und möglichst ruhig soll es auch zugehen.«

»Glaubst du etwa, dass wir beide randalieren?«, fragte Korber. »Das ist ja lächerlich!«

Leopold ging darauf nicht weiter ein und entfernte sich mit der Gewissheit, dass sein Freund im Augenblick eine schwierige Phase durchmachte, wo man ihn besser in Ruhe ließ.

»Wir können es auch bleiben lassen, wenn es unangenehm für dich ist«, sagte Monika Aberle, die keine Ahnung hatte, worum es ging, höflich lächelnd.

»Auf keinen Fall«, lehnte Korber ihr Angebot entschieden ab. »Die andere Reservierung ist für eine Bekannte aus meiner Studienzeit. Sie kommt zufälligerweise auch aus Heidelberg und ist jetzt in Wien … Das heißt, das weiß ich nicht so genau, sie unterrichtet jedenfalls in Korneuburg, das ist gleich die nächste Stadt an der Donau nach Westen zu. Sie kommt mit einer größeren Gruppe, und der Einfachheit halber habe ich für sie auf meinen Namen reserviert«, setzte er Monika Aberle daraufhin umständlich auseinander.

Die wirkte so, als verstünde sie immer noch Bahnhof. »Ach so«, nickte sie andächtig.

»Es wird dich wahrscheinlich nicht interessieren, aber es geht ihnen darum, einen touristischen Ausbau der Eichendorff-Höhe auf unserem Hausberg, dem Bisamberg, zu verhindern«, fuhr Korber ungeniert fort. Er merkte jedoch gleich, dass er das besser nicht gesagt hätte.

Monika Aberle war sofort ganz Ohr. »Eichendorff? Meinst du etwa den Eichendorff, nach dem unser Gymnasium benannt ist?«, fragte sie.

»Ich meine den Romantiker Eichendorff«, antwortete Korber ausweichend. »Der war wohl in erster Linie Schlesier, hat aber Teile seiner Studienzeit in Heidelberg und

Wien verbracht.« Er ließ dabei unerwähnt, dass der Dichter sein Jurastudium in Wien abgeschlossen hatte.

»Des isch doch klasse«, platzte es aus Monika heraus. »Und er war bei euch auf dem Bisamberg?«

»Pssst«, bat Korber sie, etwas leiser zu sein. »Er ging dort während seines Wien-Aufenthaltes öfters spazieren. Deshalb hat man ihm nach dem Zweiten Weltkrieg ein Denkmal gesetzt. Im Augenblick wird allerdings an eine kommerzielle Nutzung des Platzes gedacht, und das ist zum Streitpunkt geworden. Es geht hin und her, verstehst du? Vorderhand soll niemand wissen, dass diesbezüglich morgen hier ein Treffen geplant ist. Darum läuft die Reservierung auch über mich.«

»Alles klar«, versicherte Monika.

»Ich habe mit der Besprechung nichts zu tun«, erklärte Korber. »Wir können uns also entspannt daneben hinsetzen, plaudern und vielleicht sogar ein wenig zuhören.«

»Klingt spannend«, freute Monika sich. »Wir werden uns einfach in Ruhe über unser Projekt unterhalten. Eichendorff ist doch schon einmal ein blendender Ansatz, oder? Sicher fällt uns rasch etwas dazu ein, was die Direktoren beider Schulen glücklich macht. Ich brauche das dann nur entsprechend auszuformulieren. Das kann ich, glaube ich, recht gut. Du brauchst dir also keine Sorgen machen, dass allzu viel Arbeit auf dich zukommt.«

Ausgezeichnet, befand Korber. Seine neue Kollegin wurde ihm immer sympathischer. Sicher würde er mit ihr morgen nicht nur über Eichendorff und die Schule sprechen.

*

Leopold hatte sich angewöhnt, an seinen freien Abenden ein kleines Nachtmahl für Erika und sich zuzubereiten. So stand bereits etwas Köstliches auf dem Tisch, wenn sie müde von der Arbeit nach Hause kam. Dafür war sie ihrem Schnucki dankbar. Beide genossen daraufhin eine entspannte Stunde mit einem guten Glas Wein, kleinen Neckereien und Gesprächen über belanglose Dinge. Diesmal schnitt Erika allerdings ein ernstes Thema an. »Ich möchte, dass wir morgen bei unserer Besprechung wirklich ungestört sind«, stellte sie dezidiert fest.

»Warum betonst du das so?«, wollte Leopold wissen. »Und vor allem, warum in meine Richtung?«

»Weil ich genau weiß, wie du zu dem Projekt stehst«, machte sie ihm klar. »Dir stoßen die neuen Entwicklungen gewaltig auf, du gibst es nur nicht zu. Aber denk bitte ausnahmsweise auch einmal an mich. Das ist eine ideale Möglichkeit, meinen Umsatz sprunghaft zu verbessern.«

Obwohl Leopold daran lag, einen Disput vor dem Schlafengehen zu vermeiden, konnte er Erikas Behauptungen nicht gelten lassen. »Inwiefern?«, fragte er vorsichtig.

»Da sieht man, dass du keine Ahnung vom Unternehmertum hast, Schnucki. So eine neue Sehenswürdigkeit schafft Kaufanreize«, belehrte Erika ihn. »Eichendorff am Bisamberg, Eichendorff in Floridsdorf, Eichendorff überall und in aller Munde. Die Leute werden mehr über ihn wissen wollen, sind neugierig, was er geschrieben hat. Wer ›in‹ sein will, muss sein Buch *Aus dem Leben eines Taugenichts* gelesen haben, in dem die Reise des Helden nach Wien und seine Tätigkeit als Gärtner im Schloss Seebarn beim Bisamberg genau beschrieben wird.«

»Diese Menschen kommen dann in Scharen ausgerechnet zu dir und kaufen dieses kleine Büchlein«, konnte sich Leopold eines gewissen Sarkasmus nicht enthalten.

»Das und noch viel mehr«, ereiferte sich Erika. »Was glaubst du, welche Möglichkeiten sich erst eröffnen, wenn ich den Begriff ›Romantik‹ gezielt einsetze? Mein Geschäft zur Spezialbuchhandlung für Romantik nördlich der Donau wird? Das sind Dinge, die über dein Begriffsvermögen hinausgehen.«

»Und wie willst du das alles anstellen?«

»Durch gezielte Werbung, durch Vernetzung mit anderen Floridsdorfer Geschäftsleuten. Darum ist unsere Besprechung so wichtig, Schnucki! Wir müssen Synergien schaffen. Dann ergibt sich die Aufmerksamkeit der Öffentlichkeit automatisch. Vielleicht kommt mich auch eines Tages das Fernsehen besuchen und macht ein Interview mit mir …«

»Ich möchte dir deine Illusionen nicht nehmen«, schnitt ihr Leopold das Wort ab, »ich möchte mir auch nicht deinen Kopf über die Realisierung dieser Träume zerbrechen. Sag mir nur eines: Warum nimmst du an, ich hätte vor, euer Treffen zu sabotieren? Noch dazu, wo meine Chefin höchstpersönlich daran teilnimmt?«

»Leider weiß ich nur zu gut, dass du dich gerne einmischst, wenn es darum geht, dem, was du für Gerechtigkeit hältst, zum Sieg zu verhelfen«, setzte Erika ihm auseinander. »Da ist es dir dann auch egal, ob du dir mit deiner Chefin in die Haare gerätst. Also denk bitte nicht einmal im Traum daran, Spione auszuschicken, die uns belauschen, unsere Diskussion durch kleine Bosheiten zu stören oder sonst etwas in dieser Richtung zu unternehmen. Wir brauchen unsere Ruhe! Es reicht, dass eine zweite Gruppe in unserer Nähe sitzt. Aber die gehört ja Gott sei Dank zu unserem Thomas Korber. Auf den kann man sich verlassen. Stifte ihn mir nur nicht an, Schnucki!«

»Das ist wieder einmal typisch, dass du Thomas mehr vertraust als mir«, schüttelte Leopold beleidigt den Kopf. »Dabei ist er gerade wieder in einer schwierigen Phase.«

»Schwierig, aber harmlos«, ging Erika darüber hinweg. Im Gegensatz zu Leopold wusste sie über Korbers Avancen bei seiner Tochter Sabine und deren wechselnden Erfolg Bescheid.

»Harmlos? Hast du eine Ahnung«, redete Leopold sofort auf sie ein. »Er will sich mit einer großen Partie amüsieren und nebenbei auf einem Zweiertisch seine neue Flamme vernaschen. Keine unbedingte Schönheit, aber das ist ja egal, wenn man wie er nur auf einen bestimmten Punkt fixiert ist, der bei jeder von euch Frauen an derselben Stelle liegt.«

»Da sind sie schon wieder, deine Verdächtigungen!«

»Verdächtigungen? Tatsachen! Eine Deutsche ist sie obendrein!«

»Jetzt mach aber mal einen Punkt mit deinen Vorurteilen!«

»Ich könnte dir über deinen lieben Thomas noch viel mehr erzählen. Er trinkt unmäßig, und in der Schule scheint er auch Schwierigkeiten zu haben. Seine Verbesserungsarbeiten macht er bei uns oder beim Heurigen – mit einem Glas Bier oder Wein neben sich. Er vergnügt sich sicher wieder in diversen Spelunken, aus denen ich ihn früher hinausgezerrt habe. Dort müsstest du ihn einmal sehen, wenn er sich ein Pupperl anlacht … Erika?«

Leopold hatte sich so in seine Tirade hineingesteigert, dass er Erikas Abwesenheit gar nicht bemerkt hatte. Sie war einfach aufgestanden und ins Bad gegangen, um sich abzuschminken. Jetzt gab es nur zwei Möglichkeiten: Kampf bis aufs Messer oder klein beigeben. Leopold entschloss sich für die friedliche Variante. Der morgige Abend würde schwer genug werden.

»Ich pass schon auf, dass ihr bei der Besprechung euren Frieden habt«, sagte er kleinlaut durch die offene Badezimmertür.

»Das will ich dir auch geraten haben«, kam es zurück, und es klang sanfter, als der Wortlaut vermuten ließ.

*

Der restliche Arbeitstag war für Thomas Korber angenehm verlaufen; kurz gesagt, er hatte Monika Aberles Gegenwart genossen. Erwin Bader hatte einen regen Gedankenaustausch mit Walter Kohut, dem hiesigen Administrator, gepflegt und war den beiden nicht weiter in die Quere gekommen. Monika hatte zwar noch die Deutschstunden von zwei seiner Kolleginnen besucht, danach aber ein Schwätzchen mit ihm geführt, bei dem sie ihrer Freude auf den morgigen Abend noch einmal Ausdruck gegeben hatte.

Auf dem Nachhauseweg hatte er noch zwei weiße Spritzer beim Heurigen *Fuhrmann* gleich bei ihm ums Eck getrunken, dann war Korber aber brav hinauf in seine Wohnung gegangen. Er war zufrieden, beinahe glücklich, und morgen, das fühlte er, musste er seinen Mann stehen. Also begnügte er sich mit einer Flasche Bier vor dem Fernseher, um am nächsten Tag in Form zu sein.

Kaum hatte er sich gemütlich eingerichtet, läutete sein Handy. Auf dem Display leuchtete der Name »Rita« auf. Im ersten Augenblick konnte Korber nichts damit anfangen. Er glaubte, niemanden zu kennen, der so hieß. Aber aus irgendeinem Grund musste er die Frau ja abgespeichert haben.

»Hallo, Schmusekönig«, hörte er eine sanfte, heisere Stimme, als er das Gespräch entgegennahm.

Oh nein! Rita war also die Unbekannte aus dem *Botafogo*. »Ja?«, war alles, was er herausbrachte.

»Warum hast du dich nicht gemeldet? Du hast doch versprochen, mich anzurufen!« Rita klang enttäuscht.

»Ich hatte einen schweren Tag … Besuch aus Deutschland …«, stammelte Korber.

»Ich erinnere mich. Du hast gestern etwas in der Richtung erwähnt. Und es als Anlass genommen, dich im entscheidenden Moment zu verdrücken«, warf Rita ihm vor.

Ihr Gedächtnis funktionierte also perfekt. Damit war auch ihr Alkoholisierungsgrad geringer als der seine gewesen. Schlecht für ihn. »Ich musste weg, sonst wäre ich in der Früh nicht rechtzeitig aufgekommen«, druckste Korber herum.

»Dabei war ich schon sooo kribbelig«, geriet Rita ins Schwärmen. »Das ist mir auch noch nie passiert, dass mir einer inmitten so vieler anderer Menschen seelenruhig einen Knopf meiner Bluse öffnet und mir auf den nackten Busen greift. Und mit so viel Gefühl! Und dann das schummrige Licht und die Musik! Und deine Zunge in meinem Mund! Ich kann gar nicht beschreiben, was ich alles gespürt habe. Und plötzlich bist du abgehauen und hast mich ganz aufgewühlt allein gelassen. Das war echt fies.«

Korber versuchte krampfhaft, ein Bild zu Namen und Stimme zu bekommen. Wie sah Rita aus? War sie in seinem Alter, jünger oder älter? Sein Hirn war leer. Er hatte nur blasse, unzusammenhängende Eindrücke, die ihm nicht weiterhalfen. »Es war ein schöner Abend. Aber das war gestern, und ...« Noch immer faselte Korber verworrenes Zeug daher, weil ihm nichts Besseres einfiel.

»Wir können es doch jetzt nicht dabei bewenden lassen«, fiel ihm Rita ins Wort. »Das schreit nach einer Fortsetzung, bei der wir uns den weiter unten liegenden Gebieten unseres Körpers widmen sollten. Den besonders empfindlichen Punkten. Du wirst staunen, wie zärtlich ich da sein kann.«

»Im Augenblick habe ich wirklich viel um die Ohren mit dem Besuch«, versuchte Korber, sich herauszureden. Dabei wurde ihm abwechselnd heiß und kalt.

»Du bist einmal vor mir davongelaufen, ein zweites Mal gelingt dir das nicht«, ließ Rita ihn wissen. »Wir müssen zu Ende bringen, was wir begonnen haben, um mich von meinem Kribbeln zu erlösen. Vorher gebe ich keine Ruhe!«

»Es wäre besser, wenn ... Ich meine, wie und wo stellst du dir das überhaupt vor?«, erkundigte sich Kober vorsichtig.

»In deiner Wohnung natürlich! Das hast du gestern selbst vorgeschlagen«, erinnerte Rita ihn unbarmherzig. »Kneif jetzt nicht, sonst werde ich ernstlich böse! Ich lasse niemanden nur zum Spaß an meinem Körper herumfummeln. Wenn ich es recht bedenke, ist das eine ausgemachte Sauerei, die man bei der Polizei anzeigen kann.«

Das wollte Korber nun auch wieder nicht. »Gib mir ein wenig Zeit! Ich melde mich wieder«, vertröstete er sie.

»Ich weiß, wo ich dich finden kann«, warnte Rita ihn. »Also überlege es dir nicht zu lange. Du brauchst es doch auch, oder?«, fuhr sie sanfter fort. »Willst du dich nicht von mir verwöhnen lassen? Ich zeige dir Dinge, die du in deinem Leben noch nicht ausprobiert hast.«

»Ich melde mich«, wiederholte Kober. Erneut wurde ihm erst heiß, dann wieder kalt.

»Dann tschüss, Schmusekönig«, verabschiedete Rita sich. »Vergiss nicht auf mich! Sonst wirst du eine böse Überraschung erleben.«

»Tschüss«, murmelte Korber kraftlos in sein Handy. Anschließend versuchte er noch einmal, die Ereignisse des gestrigen Abends zu rekonstruieren. Erfolglos. Geblieben waren sprunghafte, unscharfe Erinnerungen ohne Aussagekraft. Es gab kein verlässliches Bild zu Rita. Dabei hätte er zu gern gewusst, wen er da befummelt hatte.

Wenn er es recht bedachte, gab es nun plötzlich mehrere Frauen, die in seiner nahen Zukunft eine Rolle spielen konnten:

Da war einmal Leopolds uneheliche Tochter Sabine Patzak. Mit ihr hatte er einige Zeit zusammengelebt, doch seit sie bei ihm ausgezogen war, genoss sie ihre Freiheit und Unabhängigkeit. Dabei war sie mit ihren Gefühlen zu ihm auf Distanz gegangen. Das hatte seine seelische Krise verursacht.

Dann hatte es die Wiederbegegnung mit Marion Kirchner gegeben. Sie war eine ehemalige Kollegin aus seiner Studienzeit in Heidelberg. Damals hatten sie ein unbeschwertes Verhältnis zueinander gehabt. Das war nun aber schon etliche Jahre her. Außerdem war sie wahrscheinlich gebunden. Er würde sie bei der Besprechung im *Heller* wiedersehen, doch musste er seine Chancen bei ihr als äußerst gering betrachten.

Eine neue Bekanntschaft hatte er mit Monika Aberle, ebenfalls aus Heidelberg, geschlossen. Seine kumpelhafte Deutsch-Kollegin hegte zweifellos Sympathien für ihn.

Vielleicht ergab sich da etwas. Die Sache hatte ihren Reiz. Doch wenn, dann nur für kurze Zeit.

Somit war Rita zur aussichtsreichsten Kandidatin für ein sexuelles Abenteuer avanciert. Ihre Andeutungen am Telefon hatten Korbers Blut in Wallung gebracht. Allerdings war völlig ungewiss, wer die Frau war, wie sie aussah und ob er sie auch wieder loswerden würde.

Also beschloss Korber, zunächst einmal den kommenden Abend mit Monika Aberle im *Café Heller* abzuwarten. Mit Rita konnte er jederzeit in Kontakt treten, wenn sich da nichts ergab.

KAPITEL 4

Donnerstag, 25. Juni, abends

Am zweiten Tag ihres Besuches im Floridsdorfer Gymnasium hörte sich Monika Aberle wieder eine Reihe von Deutschstunden an. Anschließend wurden in einer Fachgruppensitzung am Nachmittag Gemeinsamkeiten und Unterschiede im Unterricht an beiden Schulen erörtert. Ferner wurde ein gemeinschaftliches Projekt zum romantischen Dichter Joseph von Eichendorff mit seinem Bezug zu Heidelberg und Wien, besonders zum Bisamberg in der Nähe Floridsdorfs, beschlossen. Man betraute Thomas Korber und Monika Aberle mit der Erstellung eines Konzepts. Schließlich lud Direktor Marksteiner Frau Aberle und Herrn Bader noch zu einer Besprechung und einem kleinen Umtrunk in seine Kanzlei.

»Bis heute Abend«, verabschiedete Monika sich von Korber. Sie richtete ihm aus, dass sie sich nach der kleinen Konferenz im Hotel noch ein wenig frischmachen und dann erneut zum Gymnasium kommen würde, um sich dort mit ihm zu treffen. Deshalb wartete Korber vor dem Eingang zur Schule mit gespannter Vorfreude auf seine Heidelberger Kollegin. Die kräftigen Strahlen der Abendsonne, die einen schönen, warmen Frühsommertag beendeten, versetzten ihn dabei in eine gute Stimmung.

Als er so erwartungsvoll dastand, war auf einmal Sabine Patzak bei ihm und küsste ihn leicht auf die Wange. »Wo kommst du denn her?«, fragte er erstaunt.

»Vom Papa«, teilte sie ihm mit und deutete in Richtung Kaffeehaus. »Ab und zu muss ich ihn ja besuchen.« Früher hatte sie manchmal sogar im *Heller* gearbeitet, um Leopold zu entlasten, in letzter Zeit war sie allerdings kaum mehr dort gewesen.

»Was treibst du so?«, erkundigte Korber sich.

»Studieren, fortgehen, Spaß haben«, antwortete Sabine ihm. »Das Leben genießen. Jetzt schau mich nicht gleich wieder böse an. Ich möchte frei sein. Und das kann man nun einmal nicht, wenn man mit jemandem zusammenlebt, auch wenn man es sich noch so einredet.«

»Ich bin dir also im Weg! Schon gut«, bemerkte Korber trotzig.

»Ich habe dir immer gesagt, dass ich mich derzeit nicht binden will«, setzte Sabine ihm auseinander. »Am Anfang hattest du dafür auch volles Verständnis. Du hast sogar von deinen eigenen Freiheiten gesprochen, die du nicht aufgeben möchtest. Jetzt bist du eingeschnappt und willst nicht einsehen, dass ich von dir wegmusste. Dabei war es immer so abgemacht.«

»Habe ich denn gar keine Chance mehr?«

»Frag nicht so viel, das macht die Sache nur schwieriger. Wir stehen miteinander in Kontakt und werden uns wiedersehen. Das muss vorläufig genügen.«

In diesem Augenblick kam Monika Aberle vom Bahnhof her auf die beiden zu getrippelt. Sie winkte Korber schon von Weitem. Da machte er ein paar Schritte in ihre Richtung, umarmte sie demonstrativ und drückte ihr einen Schmatz auf den Mund.

»Du bisch ganz schee schdürmisch«, rutschte es Monika Aberle in ihrer Mundart heraus, während sie Korber den Kuss zurückgab. Sie war immer noch heiter vom Umtrunk in der Direktion. »Aber heute ist schon alles egal. Ich habe geglaubt, die Trinkerei hört nie auf. Euer Direktor verträgt ganz schön viel. Er wollte uns wohin verschleppen, ich bin gerade noch entkommen. Jetzt muss ihm der arme Erwin Gesellschaft leisten.« Sie bemerkte Sabine Patzak, die ungeduldig mit der Fußspitze auf den Asphalt klopfte und fragte: »Störe ich?«

»Überhaupt nicht«, erwiderte Sabine mürrisch. »Eigentlich bin ich schon weg. »Wie ich sehe, nimmst du dir gerade wieder ein paar Freiheiten«, schnauzte sie Korber an. »Ich finde es nur unfair, dass du den Armen spielst und mich anjammerst. Das solltest du dir gefälligst sparen!«

Sie wandte sich zum Gehen, hielt aber kurz inne. »Papa wartet schon auf dich«, teilte sie ihm noch mit. »Du hast, glaube ich, einen Tisch reserviert. Da geht es ziemlich zu.« Dann entfernte sie sich grußlos.

»Wer war das?«, wollte Monika Aberle wissen.

»Diese junge Frau? Ach, das war bloß die Tochter von Leopold, dem Oberkellner«, stellte Korber die Situation möglichst harmlos dar.

»Den ich heute noch näher kennenlernen werde?«, erkundigte sich Monika neugierig.

»Genau«, bestätigte Korber.

»Er wartet offenbar schon ungeduldig auf dich. Ich weiß zwar nicht, was du angestellt hast, aber wir sollten uns beeilen«, drängte ihn Monika daraufhin in Richtung *Café Heller*.

*

Als sie dort ankamen, standen Leopold die Schweißperlen auf der Stirn. Wie ein Gehetzter lief er hin und her. Dabei erhielt er immer wieder aufgeregte Anweisungen von Frau Heller. »Endlich bist du da«, begrüßte er Korber sichtlich mitgenommen. »Sag einmal, wie viele Leute hast du eingeladen?«

»Das habe ich doch bei der Reservierung angegeben. Ungefähr zehn, vielleicht ein, zwei mehr …« Korber fühlte, dass sich etwas Unangenehmes über ihm zusammenbraute.

»Da hinten tummeln sich mittlerweile mindestens doppelt so viele!« Leopolds Zeigefinger wies auf das Eck im Anschluss an die Billardtische, wo eine Traube von Menschen zusammengekommen war. »Darunter eine Menge Damen. Ob du es wohl schaffst, sie alle gleichzeitig zu vernaschen?«

Korber wurde rot im Gesicht und genierte sich vor seiner Begleiterin. »Lass bitte diese unqualifizierten Bemerkungen«, fuhr er Leopold an.

Monika Aberle gab ihm einen leichten Stoß. »Deesch do luschdig«, gluckste sie auf Schwäbisch.

»Dann erklär mir endlich, was los ist«, forderte Leopold. »Wer sind diese Leute? Ich kenne kein einziges Gesicht.«

»Warte bitte kurz, ich rede einmal mit Marion«, ersuchte Korber seinen Freund. Er hatte sie in dem Gedränge erblickt und machte sie auf sich aufmerksam. Beide gingen aufeinander zu. »Warum seid ihr so viele?«, fragte er sie.

Marion strahlte übers ganze Gesicht. »Das ist doch ein gutes Zeichen«, befand sie. »Unsere Sache interessiert eine große Anzahl von Menschen, und täglich werden es mehr. Ich finde das toll, du nicht?«

»Es ist aber hier herinnen nicht für alle Platz«, wandte Korber ein.

»Warum nicht? Das ist ein großes Kaffeehaus«, hielt Marion arglos dagegen.

»Ihr seid nicht die Einzigen hier«, machte ihr Korber klar. »Dieser Bereich gehört in erster Linie den Kartenspielern, Schachspielern …«

»Und eine zweite Gesellschaft ist ebenfalls vorgemerkt«, betonte Leopold, der ihm nachgeeilt war und auf eine Gruppe von Tischen in der anderen Ecke zeigte. »Eine geschäftliche Besprechung. Da muss Ruhe herrschen.«

Bei Marions Anhängern zeigte sich Unmut. Die Stimmen gingen durcheinander. »Was gibt es für Schwierigkeiten?« – »Will man uns etwa hinauswerfen?« – »Welcher Armleuchter hat den Mist mit der Reservierung gebaut?« Schließlich kam von vielen Seiten der Vorschlag, das Lokal zu wechseln.

Marion Kirchner musste aufpassen, dass sie die Kontrolle behielt. Sie überlegte. »Ich glaube nicht, dass wir woanders um diese Uhrzeit Platz für so viele Personen bekommen«, schlussfolgerte sie. »Ich freue mich irrsinnig über die große Beteiligung, aber wir werden einen Kompromiss eingehen müssen. Alle können nicht dableiben, also werden wir uns aufteilen. Am besten scheint es mir, wenn du, Frankie, dir ein paar Leute schnappst und mit ihnen weiter vorne beim Bahnhof oder im Bezirkszentrum beim Floridsdorfer Spitz ein Lokal suchst. Dort besprecht ihr ausführlich die Punkte drei und vier unserer Tagesordnung.«

Der Angesprochene, ein Mann etwa Mitte 30 mit schwarzem, gewelltem schulterlangem Haar, zeigte sich überhaupt nicht einverstanden. »Mich schickst du also weg. Ist das der Dank dafür, dass ich mich so für unsere Sache einsetze?«, redete er Marion aufgebracht an.

»Das ist keine Herabwürdigung deiner Leistungen, im Gegenteil«, versuchte sie, ihn zu beruhigen. »Euer Gespräch in der kleinen Gruppe kann äußerst fruchtbringend sein. Vielleicht kommen dabei Dinge zur Sprache, für die in der großen Runde kein Platz ist.«

»Trotzdem würde ich gern wissen, warum ausgerechnet ich es bin, der gehen muss!«

»Gegenfrage: Wer außer dir ist in der Lage, eine solche Diskussion zu leiten? Dafür brauche ich jetzt meinen besten Mann.« Indem Marion Frankie so langsam friedlicher stimmte, nahm sie ihn zur Seite und raunte ihm zu: »Im Augenblick geht es nicht anders, versteh das doch. Tu bitte, was ich dir sage, damit es kein Aufsehen gibt. Wir verständigen uns über das Handy und treffen uns später unter vier Augen, okay?« Zur Bekräftigung ihres Angebots berührte sie Frankie kurz sanft an der Schulter.

»Na schön«, grummelte er und tat murrend, wie ihm geheißen. Nach ein paar Minuten hatte er seine Leute beisammen.

Monika Aberle erkannte darunter ein bekanntes Gesicht. »Schau, der Kohut«, machte sie Korber mit gedämpfter Stimme aufmerksam.

»Der ist auch dabei? Nicht schlecht!« Korber pfiff durch die Zähne. »Ich hoffe, dir ist das Ganze nicht unangenehm.«

»Des isch doch klasse«, zerstreute Monika seine Bedenken. Sie war weiterhin ausnehmend guter Laune.

Der Rest der Gruppe rückte inzwischen so dicht zusammen, dass mit ein paar zusätzlichen Stühlen im Nu alles seine Ordnung hatte. Korber nahm mit Monika Aberle am Tisch daneben Platz. Da zitierte ihn Leopold nochmals zu sich. »Eine Erklärung bist du mir noch schuldig«, forderte er von ihm. »Wie kommst du dazu, mit deiner Reservierung ein derartiges Durcheinander anzurichten? Diese Leute gehören doch nicht zu dir. Normalerweise werfe ich die alle hinaus. Kein Benehmen, keine Disziplin. Und in der anderen Gesellschaft sitzt die Chefin höchstpersönlich!«

»Ich wollte einzig und allein Marion helfen«, verriet ihm Korber. »Ich habe sie damals während meines Studiums in Heidelberg kennengelernt. Auf einmal taucht sie hier auf und bittet mich um diesen Gefallen. Da konnte ich nicht nein sagen. Ich hatte doch keine Ahnung, dass es so kompliziert wird.«

»Und was wollen sie? Dass das keine Feier ist, sieht ja ein Blinder. Die haben etwas vor«, drang Leopold weiter in ihn.

Korber zögerte. Schließlich rückte er doch mit der Wahrheit heraus: »Du erinnerst dich sicher noch, wie wir uns unlängst über das Eichendorff-Projekt unterhalten haben. Deswegen sind sie da. Weil's ihnen nicht passt! Sie bereden, was sie dagegen tun können.«

»Deswegen?« Leopold erhob seine Stimme und sah seinen Freund streng an.

»Ja, deswegen«, gab Korber kleinlaut zu.

»Großartig«, zischte Leopold und klopfte ihm anerkennend auf die Schulter. »Das hast du ausnahmsweise sehr gut gemacht. Zuerst dachte ich, du wolltest nur deinem Laster mit den Weibern frönen.«

Korber betrachtete seinen Freund argwöhnisch. Diesen Sinneswandel hatte er nicht vermutet. »Du bist also gar nicht gegen dieses Treffen?«, fragte er.

»Überhaupt nicht! Ich war nur dagegen, wie diese Leute sich benommen haben. Das war eines Kaffeehauses nicht würdig«, belehrte Leopold ihn. »Jetzt sitzen alle brav und friedfertig da, in überschaubarer Zahl. Was will man mehr?«

»Da stimmt doch etwas nicht«, rätselte Korber. Dann ging ihm ein Licht auf: »Moment einmal! In der anderen Partie sitzt die Chefin? Geht es da etwa auch um das Eichendorff-Projekt? Nur mit der völlig gegensätzlichen Interessenslage?«

»Du hast es erraten! Diese Sitzung stößt mir sauer auf«, redete sich Leopold seinen Frust von der Seele. »Alle denken nur an ihren Profit und nicht an den Schaden, der der Landschaft wahrscheinlich zugefügt wird. Aber ich bin machtlos. Erika ist auch dabei. Jedes kritische Wort wurde mir von ihr untersagt. Dafür sind heute Gott sei Dank andere da, die mich vertreten. Sehr engagiert, sehr sympathisch! Das lob ich mir.«

Korber wollte noch etwas anmerken, aber Leopold ließ ihn nicht zu Wort kommen. »Ich muss wieder arbeiten«, beendete er das Gespräch. »Geh zu deinem neuen Schatzi, sie macht im Augenblick einen einsamen Eindruck. Und sag meinen Freunden, ich bin gleich da, ihre Bestellung aufnehmen.«

Korber schüttelte den Kopf. Jetzt bezeichnete Leopold diejenigen Leute, die er vorhin hinauswerfen hatte wollen, bereits als seine Freunde. Da sollte sich wer auskennen.

Während sich Leopold, dessen Laune sich deutlich gebessert hatte, auf den Weg zu Marion Kirchners Gruppe machte, sah er Othmar Demmer zur Tür hereinkommen. Er winkte ihn freudig zu sich. »Setz dich gleich dort auf den Tisch neben dem reservierten Bereich«, trug er ihm auf. »Der ideale Platz zum Mithören!«

*

»Leopold! Kommen Sie bitte an unseren Tisch, wir sind durstig«, rief Frau Heller ihren Oberkellner herbei. Sie hatte mit ihren Gästen noch einen Begrüßungstrunk an der Theke eingenommen, ehe nun alle auf den für sie vorgesehenen Plätzen saßen.

»Bitte sehr, bitte gleich«, meldete sich Leopold zur Stelle, nachdem er Marion Kirchners Gruppe versorgt hatte. »Ich habe nur gewartet, bis die Gesellschaft vollzählig ist.«

»Sie haben unseren Tisch bevorzugt zu behandeln«, mahnte ihn Frau Heller. »Noch dazu, wo heute Herr Bezirksrat Mandl unter uns weilt. Was soll der sich denn denken?«

»Lassen Sie nur, Frau Heller«, gab sich Mandl bescheiden. »Zu warten, bis alle beisammen sind, gilt als Akt der Höflichkeit. Wir sind tatsächlich noch nicht komplett. Ein Freund von mir … ah, da ist er ja!«

Mandl, der selbst etwa 40 Jahre alt war, begrüßte einen eilig hereinstürmenden, sehr großen, sportlichen, jünger wirkenden Mann. »Entschuldige mein Zuspätkommen, Mathias! Ich habe im Augenblick viel zu tun«, setzte der Neuankömmling ihm auseinander, ohne die anderen eines Blickes zu würdigen.

Eine neugierige Unruhe entstand, da niemand den Mann zu kennen schien. Mandl hielt es deshalb für das Beste, ihn kurz vorzustellen: »Das ist Herr Ludwig Bergmann, eine neue, aufstrebende Persönlichkeit unter den Floridsdorfer Geschäftsleuten, die ihren Weg machen wird, jung, innovativ und dynamisch. Er bildet eine wichtige Schaltstelle in dem Projekt, das wir gleich näher erörtern werden.«

Frau Heller konnte ihre Wissbegierde nicht im Zaum halten und hakte nach: »In welcher Branche arbeiten Sie denn, Herr Bergmann?«

»Ich bin Buchhändler«, kam es herablassend von weit oben. Bergmann stand nach wie vor, er hatte noch nicht Platz genommen.

Leopold, der die Getränkebestellungen notierte, merkte, wie die Farbe aus dem Gesicht seiner Erika wich. Doch nach einer kurzen Schrecksekunde hatte sie sich wieder gefangen und ergriff sogleich das Wort: »Verzeihen Sie, aber das interessiert mich jetzt schon sehr. Was verstehen Sie unter Schaltstelle?«

»Dass alles, was Bücher und verwandte Produkte zu Eichendorff betrifft, in erster Linie über mich laufen wird«, kündigte Bergmann an. »Meine Buchhandlung, die ich demnächst eröffne, wird in Strebersdorf, also in unmittelbarer Nähe des Bisambergs, liegen. Zusätzlich werde ich auf der Erlebniswiese ebenso einen Kiosk betreiben wie in dem geplanten Feriendorf. Buch, Kultur, Eichendorff und Floridsdorf werden mit dem Namen Bergmann eng verbunden sein. Aber warum fragen Sie so ungeduldig? Ich werde das später ohnehin detailliert erörtern.«

»Weil ich auch Buchhändlerin bin«, kam es grimmig von Erika. »Mir gehört die *Buchhandlung Lederer* hier im Zentrum. Die existiert übrigens bereits im Gegensatz zu der Ihrigen. Sie erobern also absolut kein Neuland. Eichendorff und die Romantik haben in Floridsdorf einen festen Platz gefunden, und zwar bei mir!«

»Sie behaupten also, etwas von Eichendorff zu verstehen?« Verächtlich blickte Bergmann auf Erika hinunter.

»Ganz gewiss«, beteuerte Erika kämpferisch.

»Dann sagen Sie mir doch etwa bitte, wie der einzige Roman heißt, den Eichendorff verfasste.«

»*Ahnung und Gegenwart*«, antwortete Leopold, der gerade mit der Entgegennahme der Bestellungen fertig war, zur Überraschung aller wie aus der Pistole geschossen. »Das ist Allgemeinwissen, nichts Besonderes. Damit können Sie niemanden beeindrucken!«

»Vielleicht überzeugt es die lieben Anwesenden, dass ich sämtliche Spaziergänge Eichendorffs in der Gegend des Bisambergs nachvollzogen habe und hier wahrscheinlich öfter unterwegs war als er selbst; dass ich auf den Pfaden des Taugenichts durch Deutschland und Österreich nach Wien gewandelt bin; dass ich, aufgrund meines Studiums der Romantik, nachempfunden habe, welche Blumen der Taugenichts in seinem Gärtlein pflanzte, und auf dieser Basis den Entwurf für einen Schaugarten erstellt habe …« Giftig und irritiert warf Bergmann mit derlei Aussagen um sich.

»Beruhigen Sie sich doch beide bitte, damit wir endlich mit unserem Gedankenaustausch beginnen können«, ersuchte Mandl. »Wir werden alles zu gegebener Zeit besprechen. Zuerst müssen wir sehen, dass der Kuchen gebacken wird, dann können wir uns um eine gerechte Verteilung bemühen. Eines muss ich Ihnen allerdings schon sagen, liebe Frau …«

»Haller«, erwiderte Erika tonlos.

»Frau Haller, ja! Wir haben strategische Vorüberlegungen getroffen. Herr Bergmann und seine neue Buchhandlung werden nicht ohne Grund eine wesentliche Bedeutung bei der Umsetzung unserer Pläne haben. Ich sage das jetzt wertfrei und ohne die Qualität Ihres Geschäftes herabmindern zu wollen. Das ist so, weil …«

»Das ist so, weil er Ihr Freund ist«, unterbrach ihn Leopold, der immer noch dabeistand und zuhörte.

»Wie meinen Sie das?«, entgegnete Bezirksrat Mandl konsterniert.

»Ich meine das so, wie Sie es vorhin gesagt haben«, erklärte Leopold. »Sie haben diesen Buchhändler selbst als Ihren Freund bezeichnet.«

»Ein Mann wie ich, der viele Feinde besitzt, hat Gott sei Dank auch einige Freunde«, reagierte Mandl nervös. »Das sind private Angelegenheiten, die nichts mit politischen Entscheidungen zu tun haben. Ich hoffe, ich habe das hiermit klargestellt.«

»Bringen Sie uns sofort unsere Getränke, Leopold, und unterlassen Sie Ihre geschmacklosen Bemerkungen«, ereiferte sich Frau Heller. »Es ist eine Schande, was Sie sich gegenüber unserem Ehrengast herausnehmen. An die Arbeit, husch, husch!«

Mandl hatte sich schnell wieder im Griff. »Lassen Sie ihn nur«, bat er seine Gastgeberin. »Es ist immer gut, die Meinung des einfachen Volkes zu hören. Leute wie Ihr Oberkellner schnappen Dinge auf und geben sie unreflektiert wieder. Das ist nun einmal so, und ich empfinde es auch nicht weiter tragisch. Lassen Sie uns aber endlich zu unserer eigentlichen Besprechung kommen!«

Während die Debatte begann, ging Leopold erhobenen Herzens nach vorn. Erika hatte ihm kurz wohlwollend zugezwinkert. Das hieß, dass sie sein Eingreifen geschätzt hatte und ihm vielleicht gar nicht mehr so böse war, wenn er sich dem Eichendorff-Projekt gegenüber kritisch äußerte. Wer konnte schon sagen, wie lange sie selbst die Sache guthieß, wenn sie einmal merkte, dass Freunderlwirtschaft und Gegengeschäfte darüber entschieden, wer bei einer solchen Unternehmung das Sagen hatte und den Rahm abschöpfte.

Bei der Theke erwartete ihn Herr Heller bereits sehnsüchtig. »Gut, dass Sie kommen«, teilte er Leopold mit.

»Da sitzt ein Gast, den ich einfach nicht verstehe. Vielleicht können Sie mir beim Übersetzen helfen. In den Fremdsprachen sind Sie bewanderter als ich.«

»Haben Sie eine Ahnung, wo er herkommt?«, erkundigte sich Leopold beiläufig. Er musste sich in erster Linie um die rasche Lieferung der Getränke zu den Geschäftsleuten um Frau Heller kümmern.

»Aus Deutschland. Zumindest klingt es so«, gab ihm Herr Heller unbeholfen zur Antwort.

Leopolds Blick erfasste sofort ein wohlbekanntes Gesicht. Der Mann winkte ihm zu und rief provokant »Hallo«.

Leopold hatte keine Zeit für eine Kulturdebatte. »Kännchen *Ka*ffe?«, schnauzte er den Gast an.

Der nickte erfreut. »Oder wie heißt das schnell bei euch? Häferl…«

Leopold überging ihn einfach. »Einen Häferlkaffee aus der Filtertüte«, machte er Herrn Heller begreiflich. »Das kann aber warten. Vorher bekomme ich noch jede Menge Erfrischungen für die Chefin und ihre Gäste. Sehr heikel!«

»Dass Sie so schnell gewusst haben, was der Mann wollte«, staunte Herr Heller. »Man kann über Sie sagen, was man will, aber in Fremdsprachen kennen Sie sich aus!«

*

»Ich glaube, Leopold wirst du heute doch nicht näher kennenlernen«, vertraute Thomas Korber Monika Aberle an. »Er hat einfach zu viel zu tun.«

»Des isch do koi Problem«, beruhigte ihn Monika, der in ihrem heiteren Zustand immer wieder ein paar Brocken auf Schwäbisch herausrutschten. »Wir sind doch in erster Linie hier, um *uns* näher kennenzulernen. Oder ned?«

Sie legte dabei ihre Hand kurz auf die von Korber. Beide tranken gemeinsam von einer Flasche Rotwein. Während Monika sich dabei keine Zurückhaltung auferlegte, blieb Korber vorsichtig. Die Dinge entwickelten sich günstig, seine Kollegin war in der richtigen Stimmung, um bei ihr einen Schritt nach vorn zu wagen. Aber er durfte sich, ermuntert vom Alkohol, nicht gehen lassen. Das war keine Zufallsbekanntschaft in einem schummrigen Nachtlokal. Das war eine Lehrerin aus Heidelberg auf offiziellem Besuch in Wien. Jede gewagte Berührung, jedes Angebot, das zu weit ging, konnte für ihn fatale Folgen haben.

»Natürlich«, pflichtete er ihr bei. »Ich hoffe nur, wir haben dabei unsere Ruhe. Wenn die einmal merken, dass ihnen der Feind direkt gegenübersitzt, kann es hier schnell drunter und drüber gehen. Vorhin dachte ich schon einmal, es sei so weit, aber es ist noch einmal gut gegangen. Was nicht heißt, dass es so friedlich bleiben muss.«

»Denk nicht zu viel darüber nach«, riet Monika ihm. »Einstweilen ist es doch saugemütlich da. Und wenns uns ned bassd, dann genga mr äba woandersch hin!«

»Das wollte ich auch vorschlagen«, stimmte Korber zu. »Du kannst ja förmlich in meinen Gedanken lesen.«

»Siehste«, grinste Monika ihn an.

Das Unwetter, das Korber fürchtete, braute sich allerdings nicht in seiner unmittelbaren Nähe, sondern beim Eingang des *Café Heller* zusammen. Eine kleine, resolute Frau mit schwarzem Haar, schwarzem Blouson, schwarzem Rock und hochhackigen schwarzen Stiefeln wechselte ein paar Worte mit Leopold, der sie sofort mit der ausgestreckten Hand als Wegweiser zu ihm schickte. Daraufhin stapfte sie zügig drauflos, bis sie vor seinem Tisch zu stehen kam.

Korber hatte einen Verdacht. »Wenn es das ist, was ich vermute, wird es jetzt ein bisschen unangenehm«, raunte er Monika zu.

»Ich weiß nicht, was du hast«, schüttelte sie amüsiert den Kopf und machte einen Schluck vom Wein. »Ich unterhalte mich blendend.«

»Hallo, Schmusekönig«, rief die Gewitterwolke Korber indes zu.

Das also war Rita. Auffällige Kleidung, aber unscheinbares Gesicht. Schwarzes Haar, kleine, funkelnde Augen, schmale Lippen. Zierliche Gestalt mit eher flachem Brustkorb. Sie sah jünger aus, als sie es vermutlich war. Korber schätzte sie in seinem Alter, Ende 30. Jedenfalls blieb seine Erinnerung nebulos. Der springende Punkt war jedoch, dass er sich mit ihr auf etwas eingelassen hatte. »Hallo, Rita«, grüßte er sie.

Sie kam gleich zur Sache: »Du hast dich wieder nicht bei mir gemeldet.«

»Ich habe dir schon gestern am Telefon gesagt, dass ich im Augenblick voll mit dem Besuch aus Deutschland beschäftigt bin«, erinnerte er sie.

»Ist sie das? Der Besuch?« Ein spöttischer Zug lag um Ritas Mund.

»Ja selbstverständlich«, meldete sich Monika Aberle sofort.

»Und dass ihr da zusammensitzt, ist rein – wie sagt man bei euch – dienstlich?«

»Noi, mr sind jedzd scho brivad!«, schwäbelte Monika frisch drauflos.

»Dann passen Sie auf! Ihr Sitznachbar ist in seinen Mitteln nicht gerade wählerisch. Gut möglich, dass er wo hingreift, wo er nicht sollte. Der Abend könnte für Sie gefährlicher werden, als Sie sich das vorgestellt haben«, warnte Rita sie.

»Ganz im Gegenteil! Der Abend könnte für meinen Kollegen gefährlicher werden, als er sich das vorgestellt hat«, entgegnete Monika forsch. Zum Beweis umarmte sie Korber stürmisch und küsste ihn. Aber wie! Sein Körper wurde von ungeahnten Wonnen durchflutet, als er ihre Zunge in seinem Mund spürte. Es schien ihm eine halbe Ewigkeit, bis er wieder Atem schöpfen konnte. Ihm war heiß. Er erinnerte sich an die Küsse während seiner Heidelberger Studienzeit, die genau den gleichen Geschmack gehabt hatten.

Als er selig verwirrt wieder aufblickte, war Rita verschwunden. »Sie kommt gleich wieder«, nahm ihm Monika jegliche Hoffnung. »Sie ist bloß auf einen Sprung zum nächsten Tisch rüber.«

Korber rang nach Worten. »Das war jetzt …«

»… schön, oder?« Monika zwinkerte ihm zu.

»Schöner, als ich es erhofft hatte.«

»Hoffen ist gut, aber irgendwann muss man Nägel mit Köpfen machen!«

»Diese Frau ist eine Zufallsbekanntschaft«, begründete Korber hastig Ritas plötzliches Auftauchen. »Ich habe sie in einer Bar kennengelernt, an dem Abend, bevor ich verschlafen in die Schule kam. Die angebliche Feier, wenn du dich erinnern kannst. Ich hatte getrunken …«

»Des han i mr denkt!«

»Nichts Ernstes …«

»Still jetzt, sie ist wieder da!« Monika umarmte Korber gleich noch einmal und gab ihm einen zweiten leidenschaftlichen Kuss. Er war diesmal nicht mehr so überrascht und schon viel aktiver dabei. Wenn es sich hier um kein Strohfeuer handelte, stand ihm noch ein prächtiger Abend bevor.

Auf Rita schienen diese Zärtlichkeiten die erhoffte Wirkung zu haben. »Ich störe hier offensichtlich«, äußerte sie Korber gegenüber. »Aber mach dir keine falschen Hoffnungen. Ich habe noch immer das gekriegt, was ich wollte. Und ich weiß, wo du wohnst. Wundere dich also nicht, wenn ich demnächst vor deiner Tür stehe. Manchmal muss man die Leute zu ihrem Glück zwingen.« Schon war sie auf dem Weg nach vorn und zur Tür hinaus.

»Temperamentvoll ist sie, das muss man ihr lassen«, erkannte Monika Aberle neidlos an. »Die ist sicher nicht schlecht im Bett!«

»Ich muss ihr im Rausch eine Menge über mich erzählt haben«, sinnierte Korber. »Und dann habe ich Depp ihr sicher noch meine Adresse nebst der Telefonnummer aufgeschrieben.«

»Des macht doch nix«, beruhigte ihn Monika. Offenbar gab es in ihrem augenblicklichen Zustand nichts auf dieser Welt, das sie störte.

»Und wenn sie schon heute bei mir vor der Tür steht?«, überlegte Korber verunsichert.

»Dann kannst du dir überlegen, ob du sie reinlassen willst oder nicht.«

»Doch gesetzt den Fall, wir beide möchten den netten Abend in meiner Wohnung ausklingen lassen – auf die Art, wie wir es eben angedacht haben?«

»Es wäre zwar nicht ideal, wenn wir sie da antreffen würden. Aber wann mir alle drei des Gleiche wolla, werda mr uns scho einig«, stellte Monika Aberle bedenkenlos fest und leerte ihr Glas in einem kräftigen Zug.

*

Beide Besprechungen waren nun in vollem Gange, wobei den beiden Gruppen in ihren jeweiligen Ecken die Sicht aufeinander zum Teil genommen war. Bei den Gegnern des Eichendorff-Projekts ging es noch zögerlich zu. Man diskutierte zunächst darüber, warum die Gruppe zerrissen worden war. Marion Kirchner, die den Vorsitz hatte, war zu sehr mit Ordnen und Beruhigen beschäftigt, um eine zielführende Debatte vom Stapel zu lassen. Außerdem musste sie zwischendurch Nachrichten auf ihrem Handy beantworten.

Dann verließ sie das *Café Heller* für kurze Zeit. Als sie wieder hereinkam, wurde sie von einem weißhaarigen Mann mit Vollbart begleitet, der offensichtlich an der Versammlung teilnehmen sollte. Seine Mitstreiter akklamierten ihn lebhaft und rückten noch ein Stück näher zusammen, um ihm Platz zu machen. Die Stimmung besserte sich augenblicklich. Offensichtlich wurde durch den Neuankömmling der gewünschte Effekt erreicht. »Es freut mich besonders, dass unser Charly doch noch gekommen ist«, stellte Marion ihn vor. »Er wird uns nun genauer darüber informieren, wie die Sache steht.«

Korber stieß Monika an. »Pass auf, jetzt kommt gleich Leben in die Bude«, bereitete er sie vor.

Nachdem ihm Leopold ein Krügel Bier mit einer schönen Schaumkrone gebracht hatte, legte Charly sofort los. Er schilderte den Bisamberg als Naturparadies, welches durch das geplante Freizeitzentrum unweigerlich zerstört würde, und entwarf ein drastisches Bild von den Menschenmassen, die sich dort drängen würden. In heftigen Worten kritisierte er die Verschleierungstaktik der Politiker und das Gewinnstreben der Geschäftsleute: »Niemand soll etwas Genaues wissen, und wer nichts weiß und nicht viel frägt, wird dann von den Entwicklungen überrollt«, polterte er. »Klein fängt es an, beinahe harmlos wird es dargestellt. Man denkt, alles bliebe beim Alten, so, als würde man von den Tausenden und Abertausenden Touristen, die plötzlich da sind, überhaupt nichts merken. Was jedoch scheinheilig als ›neue Romantik‹ unter dem Namen des großen Dichters Eichendorff verkauft wird, ist unser Naherholungsraum, unsere grüne Lunge, unser Bisamberg! Höchste Zeit, dass etwas dagegen unternommen wird!«

Tosender Beifall. Charly steigerte sich, beflügelt durch das Bier, von dem er zwischen seinen Ausführungen trank, in Hochform hinein. Das tat er so laut, dass Frau Heller aus den Verhandlungen am anderen Tisch aufgeschreckt wurde. »Ich ersuche Sie um etwas mehr Zurückhaltung«, rief sie empört in seine Richtung. »Sie sind nicht allein hier. Wir haben eine wichtige Besprechung!«

»Wir auch«, entgegnete Charly. »Aber wenn ich mich kurzfasse, bin ich in fünf Minuten fertig.«

»Das ist ja Karl Gstettner, besser bekannt unter dem Namen Bio-Charly«, entfuhr es Bezirksrat Mandl, als er genauer hinsah.

»Schau an, der Herr Bezirksrat«, lächelte Charly süffisant. »Da muss es um etwas ganz Bedeutendes gehen, und ich kann mir schon vorstellen, was das ist.«

»Es geht Sie jedenfalls nichts an«, wies Bergmann ihn zurecht.

Doch Charly ließ sich nicht aus dem Konzept bringen. »Wenn es das ist, was ich vermute, geht es uns sehr wohl etwas an«, konterte er. »Zerstörung von natürlichen Lebensräumen, Ausbeutung der Landschaft in unmittelbarer Nähe, geplant und in Umsetzung begriffen durch Sie, meine Damen und Herren!«

»Sie haben kein Recht, uns derartige Vorwürfe zu machen«, rief ein kleiner Glatzkopf.

»Ach so, es geht also nicht um das Eichendorff-Projekt?«, fragte Charly provokant. »Dann bitte ich vielmals um Entschuldigung.«

»Es geht um allgemeine Entwicklungen im Bezirk«, antwortete Mandl ausweichend. »Die muss man in einem großen Zusammenhang sehen. Dieser Weitblick fehlt dir leider, Charly!«

»Wenn Sie nur stören wollen, ist es besser, Sie gehen«, forderte der Glatzkopf.

Nun hielt sich Othmar Demmer, der bis jetzt still an seinem Tisch gesessen war, nicht mehr länger zurück. »Ich habe zufällig mitgehört«, verkündete er. »So harmlos, wie Sie, Herr Bezirksrat, es darstellen, waren die Inhalte Ihrer Debatte keineswegs. Der Bisamberg, dieser romantische Ort der Ruhe, der Begegnung und der Zweisamkeit, soll tatsächlich geopfert werden. Bald wird es dort nur mehr so von Fremden wimmeln, weil dann für jeden von Ihnen etwas herausspringt.«

»Wir wollen unseren Bezirk für Leute aus aller Welt interessant machen. Das ist doch grundsätzlich nichts Schlechtes«, beeilte Mandl sich zu sagen. »Jeder Schritt in diese Richtung muss allerdings sorgfältig geprüft werden.«

»Das hat sich vorhin anders angehört«, hielt Demmer dagegen. »Es hat so geklungen, als sei alles bereits beschlossene Sache, und als wüssten die Prüfer schon, wie sie zu urteilen hätten.«

Charly hakte sofort ein: »Na bitte, was braucht es mehr

als diese Bestätigung durch einen neutralen, zufällig hier weilenden Kaffeehausgast? Wir sollen den Mund halten, um Politiker und Unternehmer nur ja nicht in ihren Plänen zu stören. Aber wir werden ihn nicht halten, sondern jetzt erst recht auf den Putz hauen. Alle Floridsdorfer haben das Recht zu erfahren, was mit ihrem Bisamberg geschehen soll. Und hier, im *Café Heller*, werden wir damit anfangen, am besten gleich!«

»Genau!«, erhielt er aus mehreren Kehlen Unterstützung.

»Nicht in meinem Kaffeehaus! Hier bestimme immer noch ich, was geschieht«, sprach Frau Heller nun ein Machtwort.

Marion Kirchner bemühte sich, auf Charly einzuwirken. »Lass diese Agitationen«, ordnete sie an. »Das macht nur böses Blut, und wir bekommen Probleme.«

Doch Charly schien nicht geneigt nachzugeben. »Die bekommen Probleme, wenn die Leute hören, was da vor sich geht«, äußerte er kämpferisch.

»Du wirst dich jetzt augenblicklich zurückhalten, sonst bekommst du Ärger mit mir!«

Marion Kirchner hatte diesen letzten Satz mit ungewohnter Schärfe gesagt, um Charly in die Schranken zu weisen. Er reagierte beleidigt. »Ich wäre wohl doch besser zu Hause geblieben und hätte nicht auf dich gehört«, schnauzte er Marion an. »Wenn ihr mich wollt, dann muss das so laufen, wie ich es mir vorstelle.« Dann stand er auf und wandte sich zum Gehen.

Sie erhob sich ebenfalls in einem Versuch, ihn zurückzuhalten. Dadurch erkannte sie ein beleibter Mann mit Brille, der bei den Geschäftsleuten saß. »Ist denn das die Möglichkeit? Marion!«, rief er.

Marion Kirchner fehlten für einen Augenblick die Worte. »Egon! Ich meine … Herr Direktor!«, brachte sie dann mit Mühe hervor.

»Das wird ein Nachspiel haben«, fauchte der Dicke. »Mach … Machen Sie sich auf etwas gefasst!«

Als Marion sah, dass Charly bereits das Weite gesucht und ihr Direktor sich wieder von ihr abgewandt hatte, versuchte sie, das Geschehen in ihrer Runde in den Griff zu bekommen. Sie gab Anweisungen, wie ruhig und in kleinen Gruppen weitergearbeitet werden sollte. Plötzlich war Othmar Demmer an ihrer Seite. Er hatte sich einfach mit einem Stuhl in die schmale Lücke zwischen ihr und ihrem Nachbarn gezwängt. »Guten Abend! Ich bin der Othmar, und wie Sie hoffentlich gemerkt haben, interessiere ich mich auch sehr für den Naturschutz«, stellte er sich vor. »Darf ich mitmachen?«

»Tut mir leid …«, bemühte sie sich, ihn höflich abzuweisen.

»So lass ihn doch«, fiel ihr ein junger Mitstreiter ins Wort. »Wir schließen niemanden aus. Außerdem ist eh schon alles wurscht!«

»Na gut, dann bleiben Sie eben«, seufzte Marion. »Fangen wir bloß endlich mit etwas Vernünftigem an!«

Mit einem Mal wurde es angenehm still, da sich beide Gruppen wieder um ihre eigenen Probleme und nicht um die der anderen Seite kümmerten. Leopold war diese Ruhe unheimlich. »Haben die Herrschaften noch einen Wunsch?«, fragte er mit kräftiger Stimme, um sich zu überzeugen, dass noch alle da waren.

*

Monika Aberle warf einen Blick auf ihr Handy. »Du, der Erwin ist noch mit eurem Direktor unterwegs«, berichtete sie Thomas Korber. »Sie sitzen beim Heurigen und würden gerne auf ein Getränk zu uns stoßen.«

»Woher wissen sie, dass wir da sind?«, wunderte Korber sich.

Monika zuckte mit den Achseln. »So ganz habe ich unser Treffen nicht verheimlichen können«, bekannte sie. »Ich habe ihnen halt erzählt, dass wir uns zusammensetzen, um das Konzept für unser Schulprojekt auf die Beine zu stellen.«

Korber war leicht verärgert. »Und jetzt wollen sie uns kontrollieren kommen«, brummte er.

Monika beruhigte ihn: »Das glaube ich nicht. Trinken wollen sie halt. Eigentlich wundert mich das beim Erwin. Er ist sonst kein geselliger Typ.«

Korber konnte sich das hingegen gut vorstellen. Marksteiner war in der Lage, jemanden zur Unmäßigkeit zu verführen, wenn er sich in der richtigen Stimmung befand. »Was meinst du?«, fragte er.

»Entweder mir geha oder mir bleiba«, stellte Monika ihn vor die Alternative.

»Gehen wir«, sagte Korber entschlossen. »Wir wollten doch …«

Monika schwankte. Ein letzter Drink als Absacker wäre ihr wohl nicht ungelegen gekommen. Aber Korber drängte. »Is scho rechd«, stimmte sie, seine Hand tätschelnd, schließlich zu. »Die zwei da drüben sind übrigens auch bald so weit wie wir!«

Sie deutete zum Nebentisch, wo Othmar Demmers linke Hand bereits auf Marion Kirchners rechtem Oberschenkel ruhte. Entweder bemerkte Marion es nicht, oder sie ließ ihn gewähren.

»Scheint der Typ Verführer zu sein«, konstatierte Korber. »Leopold weiß besser über ihn Bescheid als ich.«

»Wie weit er es bei ihr noch bringt, werden wir wohl nicht mehr erleben«, bemerkte Monika. Damit stand sie auf und ging in Richtung Damentoilette. »Bin glei wieder da«, trällerte sie.

Auf einmal stand Marion Kirchner neben Korber. »Du gehst schon?«, fragte sie ihn.

»Ja«, antwortete er. »Schade, dass wir nicht zum Reden gekommen sind. Aber eure Debatte …«

Marion nickte. »Es geht eben um viel. Da hinten sitzen außerdem die ganzen Großmäuler und Wichtigtuer von der Gegenseite. Und mein Direktor. Du hast den Auftritt sicher mitbekommen. Wir vertragen uns leider nicht gut. Danke jedenfalls für die Reservierung. Ich hoffe, du hast keine Unannehmlichkeiten deswegen. Zeitweise waren wir ziemlich laut.«

Korber machte eine wegwerfende Handbewegung. »Das lass nur meine Sorge sein. Ich habe es jedenfalls gerne für dich getan«, versicherte er ihr.

»Hör zu! Es wäre gut, wenn wir uns bald sehen, und zwar allein«, schärfte ihm Marion plötzlich ein. »Es gibt da etwas, das ich dir anvertrauen möchte. Auf diesem Zettel stehen meine Kontaktdaten, unter denen du mich erreichst. Melde dich bei mir, am besten gleich morgen.«

Korber steckte das gefaltete Blatt Papier in seine Jackentasche und überreichte ihr im Gegenzug seine Karte. »Sollte ich vergessen, steht hier alles über mich, was du brauchst«, sagte er.

»Noch etwas: Nimm dich vor der Deutschen in Acht«, warnte Marion ihn.

»Was sagst du da?«, reagierte Korber überrascht.

In der Zwischenzeit kam Monika Aberle von der Toilette zurück. Für Marion war das ein Zeichen, das Gespräch zu beenden und sich rasch wieder auf ihren Platz neben Othmar Demmer zu begeben. »Ich meine es nur gut mit dir«, eröffnete sie Korber noch schnell. »Glaube mir, und vergiss bitte nicht, was wir besprochen haben.«

Während er noch nachdachte, was Marion mit ihrer Warnung gemeint haben könnte, hörte er Monika Aberle schon auf ihn einreden. »Ich habe mir etwas überlegt«, sagte sie, und es klang unternehmungslustig. »Wir machen mit unseren Schülern ein Projekt zu Joseph von Eichendorff. Dabei spielt der Bisamberg eine Rolle, über den hier auch die ganze Zeit diskutiert wird. Und ich fahre morgen nach Heidelberg zurück, ohne diesen Berg überhaupt gesehen zu haben. Ist doch pervers, oder?«

»Aufgeschoben ist nicht aufgehoben«, vertröstete Korber sie, weil ihm nichts Besseres einfiel. Dabei fragte er sich nochmals, welche Gefahr für ihn von Monika ausgehen sollte.

»Auf wann? Auf den Sankt Nimmerleinstag?«, reagierte sie heftig. »So schnell fahre ich nicht wieder nach Wien. Also: Wo ist der Bisamberg? Wie kommt man da hin?«

Korber musste erneut um sein kleines Liebesabenteuer fürchten. »Ich habe kein Auto«, redete er sich heraus. »Und mit den öffentlichen Verkehrsmitteln ist es um diese Zeit nicht einfach.«

»Schade«, sagte Monika nur und machte ein trauriges Gesicht. Sie wirkte plötzlich wieder nüchtern und von der Idee besessen, noch einen nächtlichen Ausflug zu machen. Ihre Aufmerksamkeit wanderte schnell von Korber weg hin zu diesem Abenteuer. Was konnte er tun?

Da kam ihm die rettende Idee. »Vielleicht lernst du Leopold doch noch näher kennen«, legte er Monika ans Herz. »Wenn du ihn ganz nett bittest, fährt er uns sicher nach der Sperrstunde hin.«

»Aber das dauert doch«, beklagte Monika sich.

»Wir haben vorher auch noch einiges vor«, erinnerte Korber sie an das geplante Schäferstündchen.

»Wenn da bloß deine komische Freundin nicht vor der Tür steht«, gab Monika zu bedenken, nahm dann aber seine Hand und ging mit ihm auf Leopold zu.

KAPITEL 5

Donnerstag, 25. Juni, nachts

Bei den Debatten zum Thema Eichendorff-Projekt gab es keine weiteren Zwischenfälle mehr. Wohl fühlten sich die beiden Gruppen in Feindesnähe jedoch nicht. Sie brachen ihre Diskussionen früher ab als geplant. Marion Kirchner und ihre Gesinnungsgenossen gingen als Erste, die Floridsdorfer Geschäftsleute gleich danach. Nicht einmal auf ein letztes gemütliches Glas an der Theke hatte noch irgendjemand Lust.

Das *Café Heller* leerte sich dadurch schneller als erwartet. So blieb Leopold genügend Zeit, bei den letzten Gästen abzukassieren und seine Erika darauf vorzubereiten, dass er noch »einen kleinen Weg« habe, wie er es ihr gegenüber vorsichtig ausdrückte. Natürlich hatte er eingewilligt, Thomas Korber und seine Heidelberger Begleitung auf den Bisamberg zu fahren. Dabei spielte seine Freundschaft zu Korber aber nur eine untergeordnete Rolle. In erster Linie war er neugierig, was zwischen ihm und Monika Aberle ablief und welche Bewandtnis es mit dieser nächtlichen Fahrt hatte.

Erika war wenig begeistert von seinem Vorhaben. »So spät? Muss das sein?«, fragte sie.

»Du hast selbst erlebt, wie vorhin die Wellen hochgegangen sind«, redete Leopold ihr gut zu. »Da ist es nicht schlecht, wenn man sich vor Ort noch ein wenig umschaut, warum das Projekt so heftig umstritten ist. Und die Begleiterin von Thomas freut sich, wenn sie einen Blick auf den Bisamberg werfen kann.«

»War das nicht ein Kollege von ihr, der sie und Thomas vorhin mit Direktor Marksteiner gesucht hat? Mit denen hätte sie auch mitfahren können, Schnucki«, zeigte Erika wenig Verständnis für seinen Freundschaftsdienst.

»Die waren stockbesoffen und hoffentlich nicht mit dem eigenen Auto unterwegs«, ging Leopold über dieses Argument hinweg. Er war froh gewesen, dass Marksteiner und sein deutscher Begleiter in ihrem Zustand nur auf einen kurzen Drink hereingeschneit und dann offensichtlich weitergezogen waren.

Erika wunderte sich. »Trotzdem ist es seltsam, dass du dich so für jemanden einsetzt, den du gestern noch als Frauenhelden und haltlosen Säufer bezeichnet hast. Was du über seine Kollegin gesagt hast, war auch nicht sehr fein. Möchte wissen, was diesen Gesinnungswandel bei dir bewirkt hat.«

»Manchmal ändert man seine Meinung eben«, verteidigte Leopold sich. »Ich könnte mir vorstellen, dass du nach eurer Debatte auch über manchen aus eurer Interessensgemeinschaft anders denkst.«

»Die meisten sind nett, nur dieser Bergmann ist ein Kotzbrocken«, merkte Erika an. »Ich habe seinen Namen noch nie in Zusammenhang mit einer Buchhandlung gehört. Komisch, nicht?«

»Leider spielt das in so einem Fall keine Rolle«, erwähnte Leopold. »Man muss nur die richtigen Leute kennen und sich die Sache ein bisschen was kosten lassen. Dann geht alles.«

»Mich ärgert seine präpotente Art«, ließ Erika ihrem Unmut freien Lauf. »Bergmann tut so, als habe er das

Buchhandelsgeschäft erfunden und sei schon vor 200 Jahren mit Eichendorff höchstpersönlich über den Bisamberg spaziert. Jetzt wollte er auch noch hinauf. Er meinte, er werde noch die Landschaft im Mondlicht betrachten und diese Impressionen auf sich wirken lassen.«

Leopold gab es einen Ruck. »Bist du dir sicher?«, wollte er wissen.

»100 Pro! Schnucki, das ist ein Verrückter«, teilte ihm Erika kopfschüttelnd mit.

»Vielleicht hat es andere auch hinaufgezogen«, überlegte Leopold. »Meinen Freund Othmar Demmer zum Beispiel. Oder einen von den Naturschützern …«

»Oje, jetzt habe ich dir ein Stichwort gegeben«, seufzte Erika. »Schon fliegen deine Gedanken hinauf in luftige Bergeshöh'n und wittern die Möglichkeit eines Verbrechens in finsterer Nacht. Was ist mit uns? Dabei wollte ich mich noch für deine Unterstützung gegen Bergmann erkenntlich zeigen.« Sie streichelte ihm das Kinn. »Naja, wieder nichts!«

»Das eine geht nur heute, das andere morgen auch noch«, bekannte Leopold leidenschaftslos.

»Sei dir da nur nicht zu sicher, Schnucki«, konterte Erika. »Ich könnte mir das gut überlegen. Manchmal kommt mir vor, dass es schon etwas für sich hat, so ein unstetes Leben wie Thomas zu führen. Da hat man öfter Sex als in einer geregelten Beziehung.«

»Das sind doch alles nur oberflächliche Angelegenheiten«, hielt Leopold dagegen. »Ein bisschen Herumturnen im Bett, nichts weiter!«

»Wenigstens etwas! Wenn ich daran denke, dass er und seine deutsche Kollegin im Gegensatz zu uns gerade ihren Spaß miteinander haben, werde ich direkt neidisch«, reagierte Erika sauer.

Leopold schaute auf die Uhr. »Mal sehen! Wir fahren gleich los«, behauptete er. »Ich setze dich zu Hause ab und läute ihn in zehn Minuten heraus. Könnte sein, dass ich diesen Spaß damit jäh unterbreche!«

*

Doch wenn Leopold geglaubt hatte, er könne seinen Freund in der trauten Zweisamkeit stören, hatte er sich getäuscht. Thomas Korber und Monika Aberle standen bereits Arm in Arm auf der Straße. Sie wirkten ausgesprochen heiter. Offenbar hatten sie sogar noch Zeit für einen Drink gefunden.

»Da bist du ja endlich«, grüßte Korber Leopold frech.

»Wenigstens konntest du deiner Freundin die Wohnung ausführlich zeigen«, ätzte Leopold zurück.

»Ich weiß nicht, ob ich mich bei Ihnen schon richtig vorgestellt habe«, piepste Monika Aberle. »Ich bin die Monika aus Heidelberg und so wie Thomas Lehrerin für Deutsch.«

»Wichtig ist jetzt nicht, wer Sie sind, Gnädigste, sondern wohin Sie wollen«, versuchte Leopold, das Gespräch auf das Notwendigste zu beschränken. Durch das Autofenster schlugen ihm Monikas starker Parfumduft und ihre Weinfahne entgegen.

»Na, auf den Bisamberg zum Eichendorff«, wies ihn Monika an.

»Das heißt zum Denkmal oberhalb vom *Magdalenenhof*«, präzisierte Leopold.

»Ich denke schon.«

»Von der Elisabethhöhe hat man einen wunderschönen Blick auf Wien mit seinen Tausenden von Lichtern«, warf Korber ein. »Da könnten wir vorher noch hinschauen und die romantische Stimmung genießen, die Eichendorff sicher auch fasziniert hat.«

»Wirklich?«, fragte Monika und schmiegte sich an ihn.

»Für eine Rundreise ist es schon etwas spät. Übernachtung habe ich keine eingeplant«, stichelte Leopold weiter. »Wir fahren zum Denkmal, aus, basta! Dort ist es auch für mich interessanter.«

»Du denkst also wieder einmal an Mord und Totschlag«, stellte Thomas Korber fest, während er sich mit Monika Aberle eng umschlungen auf die Rückbank setzte.

»Ich denke an nichts Bestimmtes«, gab Leopold an. »Aber ich habe das Gefühl, dass sich zum Ende der Debatte etwas angebahnt hat, das jetzt am Bisamberg seine Fortsetzung finden könnte. Und meine Gefühle haben mich noch selten getäuscht.«

»Ich habe dir ja gesagt, Leopold ist Spezialist für sämtliche möglichen, unmöglichen und bereits begangenen Verbrechen«, teilte Korber Monika in gedämpftem Ton mit.

Leopold hörte es trotzdem. »Mach dich nur lustig über mich«, wies er seinen Freund zurecht und fuhr gleichzeitig los. »Ich spüre so etwas eben. Durch die Auseinandersetzungen herrschte dicke Luft. Es würde mich daher nicht wundern, wenn wir oben jemand Bekanntem begegnen würden.« Seit seinem Gespräch im *Heller* mit Erika Haller ließ ihn dieser Gedanke nicht mehr los.

»So ist er immer«, raunte Korber Monika zu.

»Des isch doch spannend«, lächelte sie selig und drückte ihm einen Kuss auf die Wange.

»Wenn ich eure Zweisamkeit damit nicht störe, kann ich es näher erläutern«, fuhr Leopold fort. »Erika hat mir anvertraut, dass ihr neuer Rivale, der großspurige Buchhändler, vorhatte, noch auf dem Bisamberg spazieren zu gehen. Weshalb? Glaubst du, so einer läuft grundlos in der Nacht in der Landschaft herum? Dann gibt es einen gewissen Othmar Demmer, dessen Herz für den Bisamberg schlägt, weil er dort an einem schönen Abend wie heute ein Liebesabenteuer im Freien mit Frauen sucht, die er kurz vorher kennengelernt hat. Ich habe beobachtet, dass er sich im Kaffeehaus ganz schön an die Rädelsführerin der Umweltschützer herangemacht hat.«

»Sie heißt Marion«, warf Korber ein.

»Schön! Was liegt also näher, als zu vermuten, dass er noch mit dieser Marion hinaufgefahren ist?«, fragte Leopold.

»Au ja, des isch richtig«, bestätigte Monika. »Der hatte die ganze Zeit die Hand oben auf ihrem Schenkel.«

»Was ist mit Charly, der von Marion gebeten wurde, das Lokal zu verlassen, nachdem sie ihn vorher extra ins *Heller* hineingeholt hatte? Angeblich hatte er die Gegenseite zu sehr provoziert. Aber war das der wahre Grund? Und ist es so falsch zu vermuten, dass es diesen Naturburschen in seinem Ärger ebenfalls auf den Bisamberg gezogen hat?«, steigerte sich Leopold immer mehr in seine Überlegungen hinein. »Fest steht ferner, dass sich beide Gruppen sehr plötzlich aus dem Kaffeehaus entfernt haben, ich denke früher, als sie ursprünglich vorhatten. Nicht einmal die Geschäftsleute um Frau Heller sind geblieben, als ihre Gegner weg waren. Findet ihr das nicht merkwürdig?«

»Bei Ihnen sind immer gleich alle verdächtig«, staunte Monika.

»Eine Spezialität von ihm«, klärte Korber sie auf.

»Was ist mit den Personen, die gleich zu Anfang aus dem *Heller* verschwinden mussten, weil die Projektgegner zu zahlreich erschienen waren? Wohin sind die gegangen? Haben sie sich später wieder mit ihren Gesinnungsgenossen getroffen? Womöglich am Bisamberg?«, sinnierte Leopold indes weiter vor sich hin. »Ihr seht, wir könnten beinahe jedem da oben begegnen, der mit der Sache zu tun hat.«

»Da war der Kohut aus dem Gymnasium auch dabei«, erinnerte sich Monika Aberle.

»Mach dir darüber keine Gedanken! Leopold übertreibt wieder einmal maßlos«, machte Korber sie aufmerksam.

»Durchaus nicht«, protestierte Leopold. »Ich würde mich nicht einmal wundern, auf meinen neuen Spezialfreund aus Deutschland, der gelegentlich auf ein ›Kännchen *Ka*ffe‹ bei uns vorbeikommt, zu treffen. Der war heute Abend nämlich auch da und hat sich erkundigt, worum es bei den heftigen Auseinandersetzungen zwischen den Gruppen gegangen ist. Als ich ihm die Geschichte mit Eichendorff erzählt habe, war er ganz begeistert. ›Unser Eichendorff, unser deutscher Romantiker? Da muss ich unbedingt hin‹, hat er gemeint, und damit er mir nicht zu lang bei seinem *Ka*ffe hocken bleibt, habe ich ihm beschrieben, wie er zu dem Denkmal kommt.«

»Wir werden es nicht leicht haben, uns durch die Massen auf der Eichendorff-Höhe durchzukämpfen«, stichelte Korber.

»Wart's ab«, gab Leopold zuversichtlich zurück, während sie durch die wildromantische Stammersdorfer Kellergasse fuhren. Die Heurigenlokale hatten um diese späte Stunde – es fehlte nicht viel auf 0.30 Uhr – bereits geschlossen. Ein paar Fußgänger kamen ihnen noch entgegen. Am oberen Ende der Gasse bog Leopold bei einem Parkplatz in die Senderstraße ein.

»Etwas weiter vorn hat es einmal zwei große Sendemasten für den Rundfunk gegeben. Genau genommen waren es die höchsten Bauten Wiens, mit über 260 Metern höher als der Donauturm. Dadurch konnte man den Bisamberg von überall leicht wahrnehmen«, erklärte Korber Monika. »Vor etwa zehn Jahren wurde die Anlage leider gesprengt, weil sie mittlerweile unrentabel geworden war. So ist der Bisamberg im Vergleich zu seinen Kollegen Kahlenberg und Leopoldsberg jenseits der Donau nur mehr eine eher unscheinbare Erhebung.«

Monika Aberle lauschte interessiert. Leopold fuhr die schmale Straße bis zum *Magdalenenhof* nach vor und musste auf dem Weg dorthin zwei in rasantem Tempo daherkommenden Autos ausweichen. »Ich sage ja, es tut sich was«, bemerkte er zufrieden, als er sein Auto beim Gasthaus abstellte. Dort war alles ruhig und finster. »Das letzte Stück hinauf müssen wir zu Fuß gehen«, informierte Leopold die unsicher aus dem Wagen aussteigende Monika.

»Was? In der Dunkelheit?«, fragte sie erschrocken.

»*Sie* wollten den kleinen Ausflug machen, nicht ich«, entgegnete Leopold achselzuckend. »Eine Festbeleuchtung wird's hier wohl erst geben, wenn das Eichendorff-Projekt durchgeht.«

»Und wo ist es?«, piepste Monika.

»Da oben!« Leopold zeigte in Richtung des Denkmals. Dann hielt er für einen Augenblick inne. »Hörst du das auch?«, wollte er von Korber wissen. »Das sind Stimmen!«

»Oder auch nicht«, relativierte Korber. »In der freien Natur klingt nachts alles ein bisschen anders und fremd. Unsere Ohren müssen sich erst daran gewöhnen.«

»Jede Wette, dass da oben jemand ist«, raunte ihm Leopold zu. »Wir müssen uns leise verhalten, damit wir nicht bemerkt werden. Komm!«

Beide stiegen nun vorsichtig weiter entlang der unheimlich und dunkel daliegenden Spielwiese, die zum Mittelpunkt des Eichendorff-Projekts werden sollte, hinauf. Monika war inzwischen stehengeblieben, um eine Sache zu verrichten, bei der sie ihre Begleiter nicht unbedingt in der Nähe haben wollte. Doch kaum war sie damit fertig, beschlich sie die Angst. Ihr war, als fasse ihr jemand auf die Schulter, und sie schrie in Panik auf.

»Was ist?«, rief Korber. »Hast du dir wehgetan?«

»Da war wer«, behauptete Monika aufgeregt.

»Geht es noch lauter?«, ärgerte sich Leopold. »Wer immer oben beim Denkmal war, ist jetzt gewarnt und vermutlich über alle Berge.«

»Ich habe deutlich etwas in meinem Rücken gespürt«, beteuerte Monika.

»Das war ein Ast, ein Blatt, eine Spinnwebe oder sonst etwas, Gnädigste«, zweifelte Leopold an Monikas Mutmaßungen. »Da trägt die Fantasie ihren Teil bei.«

Leopold hörte das Knacken von Zweigen. Undeutlich sah er, dass sich auf der anderen Seite der Wiese etwas nach unten bewegte. Er war sich nun sicher, dass er sich vorhin mit den Stimmen nicht getäuscht hatte. Eine Person oder zwei? Um das herauszufinden, musste er sich wohl an die Verfolgung machen. Doch während er noch überlegte, wie sinnvoll es war, jemandem nachzulaufen, ohne zu wissen, um wen es sich handelte, vernahm er das Starten eines Autos. »Ewig schade«, bedauerte er. »Jetzt werden wir wohl nie erfahren, wer sich hier herumgetrieben hat und weshalb.«

Korber war indessen um Monikas Aberles Wohlbefinden bemüht. »Wie geht es dir?«, erkundigte er sich.

»Ich habe Angst! Ich möchte weg von hier«, bat sie ihn.

»Der Eichendorff ist mir egal. In dieser Dunkelheit sieht man sowieso nichts.«

»Nichts da«, stellte Leopold sofort klar. »Sie wollten hierher, jetzt bleiben Sie auch da. Es geschehen seltsame Dinge, und da kann ich mich leider nicht nach Ihrer Befindlichkeit richten. Wir gehen wie geplant zum Denkmal hinauf. Wenn Ihnen danach ist, können Sie gern noch einmal schreien. Das ist mittlerweile nicht mehr von Bedeutung.«

»Weißt du, dass du ziemlich unfair unserem Gast gegenüber bist?«, beanstandete Korber. »Es ging darum, ihr diese Örtlichkeit zu zeigen, und nicht irgendwelchen Hirngespinsten nachzujagen. Sie hat sich das Ganze anders vorgestellt, ist jetzt müde und will nicht mehr. Darauf sollten wir Rücksicht nehmen. Was erhoffst du dir denn noch davon weiterzugehen?«

»Wenn ich mir schon auf Wunsch deines Gastes die Nacht um die Ohren schlage, nehme ich mir die Freiheit, mich dort umzusehen, wohin sie ursprünglich wollte und woher die Geräusche kamen«, erklärte Leopold. »Unterhaltet euch meinetwegen über Eichendorff und die Romantik, aber lasst mir diese Freude. Wir sind ohnehin gleich da!«

Monika Aberle sah ein, dass sie gegen Leopolds Absicht nichts ausrichten konnte, und fügte sich. Zusammen mit Thomas Korber, der sich in der Rolle ihres Beschützers wohlfühlte, schritt sie den Weg hinauf. Leopold marschierte einige Schritte vor ihnen. Beim Denkmal knipste er seine Taschenlampe an. »Da haben Sie Ihren Eichendorff und den dazugehörigen Gedenkstein, den Stein des Anstoßes sozusagen«, wandte er sich an Monika. »Man glaubt kaum, welchen Wirbel er ausgelöst hat, wenn man ihn so halb versteckt am Wegesrand stehen sieht. Werfen Sie einen Blick darauf, ehe ich mir einen Überblick verschaffe.«

»Könntest du bitte auf die Gedichtzeilen leuchten, damit Monika sie sehen kann?«, ersuchte Korber.

Der Kegel von Leopolds Taschenlampe ging nun ein wenig tiefer. Monika Aberle entzifferte langsam die Schrift: »Die Donau blitzt aus tiefem Grund, der Stephansdom … Moment mal … der Stephansdom auch … aaah!« Sie stieß einen gellenden Schrei aus, der den vorigen an Lautstärke noch weit übertraf.

»Was ist nun schon wieder?«, fragte Korber besorgt.

»Lass sie nur. Sie kann sich ruhig austoben. Es ist niemand da«, sagte Leopold gelassen.

Monika Aberle zeigte mit zuckenden Bewegungen auf einen menschlichen Fuß, der aus dem Unterholz neben dem Denkmal hervorlugte. »Da schaut einmal«, forderte sie ihre Begleiter auf. »Wenn des jezd auch bloß mei Fantasie isch, dann weiß i ned!«

Leopold wurde hellhörig. Er schob Monika Aberle sanft beiseite und suchte im Gestrüpp nach der Fortsetzung des Fußes. Der Lichtschein seiner Lampe umfasste nun eine komplette Leiche. »Leider ist das keine Fantasie, Gnädigste, sondern die von mir befürchtete Realität«, ließ er Monika wissen. »Sieh genau hin, Thomas«, bat er dann seinen Freund. »Erkennst du sie?«

Korber musste sich überwinden, ehe er einen Blick ins zerkratzte Gesicht der toten Frau riskierte. »Das ist Marion«, rief er schockiert aus. »Das arme Ding!«

»Ich wollte nur sichergehen«, merkte Leopold an, ehe er den auf dem Rücken liegenden Leichnam und seine Umgebung studierte. »Da ist Blut auf dem Stein«, stellte er fest. »Und sie hat eine Wunde auf dem Hinterkopf, von der ich allerdings nicht viel sehe. Das heißt auf den ersten Blick: Sie ist auf diese Kante gefallen oder gestoßen worden. Leider kann ich in der Dunkelheit nicht erkennen, ob ein Kampf stattgefunden hat.«

Monika schüttelte sich. »Der Mann wird mir immer unheimlicher«, klagte sie. »Mit dem fahre ich nicht mehr mit. Können wir endlich fort von hier? Eichendorff interessiert mich heute nicht mehr!«

»Das ist jetzt leider unmöglich geworden«, bedauerte Leopold. »Wir müssen die Polizei verständigen und werden dann als Zeugen einvernommen. Deshalb bin ich dabei, mir einen Überblick zu verschaffen. Die Leiche liegt so, dass sie nach dem Aufprall auf dem Podest des Denkmals noch bewegt worden sein muss. Damit fragt sich, ob der Aufprall allein schon tödlich war. Auf dem Waldboden ist jedenfalls Blut zu sehen.« Er tastete mit seiner Taschenlampe die Gegend um die Leiche systematisch ab. »Leider erkennt man zu wenig von der Verletzung«, konstatierte er. »Ich kann die tote Frau aber nicht anheben, ohne mir Schwierigkeiten mit der Polizei einzuhandeln.«

Leopold überlegte kurz, zog dann einen jener Einweghandschuhe aus seiner Jackentasche, die er ständig bei sich trug, und streifte ihn über. Dann legte er seinen Zeigefinger auf Marions Stirn. »Die ist noch nicht lang tot«, behauptete er. »Sicher keine Stunde.«

»Oh du Schreck! Vielleicht war der Mörder noch am Tatort, als wir gekommen sind«, meldete sich Monika Aberle mit zitternder Stimme zu Wort.

»Wir haben Stimmen gehört, sollten daraus jedoch keine voreiligen Schlüsse ziehen«, gab ihr Leopold zu verstehen. »Durchaus möglich, dass außer Täter und Opfer noch andere Leute hier unterwegs waren. Etwas anderes scheint mir aber bemerkenswert. Seht ihr irgendwo bei der Toten eine Handtasche?«

»Nein«, kam es von beiden wie aus einem Mund.

»Sie zum Beispiel tragen eine, Monika. Tun Sie das immer?«, wollte Leopold wissen.

»Sicher«, nickte sie. »So was brauchd mr doch! Da isch mr ned so allein!«

»Es ist für eine Frau ganz ungewöhnlich, ohne Handtasche unterwegs zu sein«, folgerte Leopold. »Im *Heller* hatte Marion gewiss auch noch eine. Was können wir daher annehmen?«

»Dass der Täter oder die Täterin die Tasche mitgenommen hat«, antwortete Korber.

»Richtig! Entweder sollten Beweisstücke beiseitegeschafft werden, oder es befand sich etwas anderes Wichtiges darin«, überlegte Leopold weiter. »Bei einem Unfall, etwa in Folge eines Streits, bei dem das Opfer unglücklich zu Sturz kam, hätte nach meiner Meinung keine Veranlassung bestanden, sie mitgehen zu lassen. Es kristallisiert sich immer mehr heraus, dass es sich um Mord handelt.«

»Einen Raub schließt du aus?«

»Ort und Uhrzeit sind dafür ungewöhnlich«, zweifelte Leopold diese Möglichkeit an. »Nein, Opfer und Täter haben sich gekannt. Ich vermute auch, dass ein Zusammenhang mit den Vorfällen bei uns im *Heller* besteht. Zu klären wird sein, warum sie hierherkamen, ob gemeinsam oder einzeln, und was die Stimmen, die wir vorhin hörten, damit zu tun haben.«

»Ich denke, du solltest Oberinspektor Juricek anrufen«, legte Korber ihm nahe.

»Sofort«, beschwichtigte Leopold seinen Freund. Dann suchte er die Gegend noch einmal in einem etwas größeren Umkreis ab. Auf dem Fußweg, den sie hinauf gegangen waren, wurde er fündig. Ohne dass es die anderen merkten, bückte er sich, nahm den kleinen Gegenstand mit einem Taschentuch auf und steckte ihn ein. Dann griff er nach seinem Handy und wählte die Nummer des Oberinspektors.

*

Immer noch ärgerte sich Leopold, dass er beim Hinauffahren den Wagen übersehen hatte, mit dem ein Unbekannter, kurz bevor sie die Leiche entdeckten, davongebraust war. Er hatte sich auf die entgegenkommenden Autos konzentriert und war von ihnen geblendet worden. Wären sie allein auf der Straße gewesen, wäre er vielleicht stehen geblieben und hätte das Kennzeichen notiert. Dann wäre er jetzt einen Schritt weiter. Aber wer konnte schon damit rechnen, dass sie beim Eichendorff-Denkmal auf eine Leiche stoßen würden?

Das Warten auf die Polizei kam vor allem Thomas Korber und der übermüdeten Monika Aberle wie eine Ewigkeit vor. Zuerst traf wie immer das Team der Spurensicherung ein und riegelte den Tatort ab. Etwas später kam Oberinspektor Richard Juricek, schon von Weitem an seinem Sombrero zu erkennen, mit Inspektor Norbert Bollek. Während Juricek Leopold begrüßte, unterhielt sich Bollek ein wenig mit Thomas Korber. Die beiden verband die Tatsache, dass ihre Liebesabenteuer meist kein gutes Ende nahmen. Nun hatten sie sich schon längere Zeit nicht gesehen und sahen dies als Möglichkeit, ein paar private Worte miteinander zu wechseln.

»Freundin?«, fragte Bollek, Korber zuzwinkernd und mit dem Kopf auf Monika Aberle deutend.

»Eine Kollegin aus Deutschland, mit der ich ein Projekt

zum Thema *Eichendorff und der Bisamberg* ausarbeite. Darum sind wir eigentlich hier«, erklärte Korber vorsichtig.

»Trotzdem: Um diese Uhrzeit und wenn's um die Romantik geht, hätte ich den Anstandswauwau aus dem Kaffeehaus zu Hause gelassen«, lächelte Bollek verschmitzt. »Ich nehme also an, du bist weiterhin solo. Nach der Trennung von Nora verspüre ich auch keine Lust, mich schnell wieder zu binden. Als Polizist hat man für eine dauerhafte Bindung einfach zu schlechte Karten. Dabei lerne ich jede Menge Frauen kennen. Internet und so, du verstehst. Aber das hält für ungefähr einen Mordfall und nicht länger. Dann brauche ich wieder Abwechslung.«

»Langweilig wird dir offenbar nicht«, befand Korber. »Ich habe eine Bitte, Norbert: Können wir die Befragung rasch erledigen? Es ist spät, wir haben einen grausigen Fund gemacht, und Monika fährt bereits in ein paar Stunden mit ihrem Kollegen Erwin Bader zurück nach Heidelberg. Ich bleibe euch ja erhalten, und sie hat mit dem Mord nichts zu tun.«

»Schon recht«, nickte Bollek verständnisvoll.

»Dann nimm gleich einmal auf, was die beiden gesehen haben«, trug Juricek seinem Kollegen auf. »Eine Frage vorab, Herr Korber: Sie kannten die Tote?«

»Ja und nein«, druckste Korber herum. »Sie war seinerzeit in Heidelberg eine Studienkollegin von mir. Vorgestern bin ich ihr dann durch einen Zufall im *Café Heller* wiederbegegnet. Offenbar ist sie von Deutschland nach Österreich übersiedelt und hat zuletzt am Gymnasium in Korneuburg unterrichtet. Leider weiß ich nicht einmal, ob sie noch Marion Kirchner heißt wie früher.«

»Das lässt sich alles feststellen. Was fällt Ihnen persönlich zu ihr ein? Welche Charaktereigenschaften würden Sie ihr zuschreiben?«, fragte Juricek.

»Ich habe mit ihr vor zwei Tagen nur ein paar Worte gewechselt«, schränkte Korber ein. »Meine Eindrücke stammen also überwiegend aus früheren Tagen. Damals konnte man mit ihr Pferde stehlen. Sie war ehrlich, loyal und hatte Humor. Den habe ich jetzt allerdings bei ihr vermisst. Mag sein, dass sie etwas bedrückt hat. Vielleicht hatte sie aber auch nur Stress wegen der Sitzung ihrer Gruppe, wo es um Maßnahmen gegen die Umwandlung des Bisambergs zu einer Vergnügungslandschaft gegangen ist.«

»Erzählen Sie bitte alles Weitere dem Inspektor«, ersuchte Juricek Korber. Dann ging er daran, sich die Sache von Leopold aus seiner Sicht darlegen zu lassen. Er liebte es, verschiedene Aussagen und Gesichtspunkte miteinander zu vergleichen und sich so Stück für Stück einen Überblick zu verschaffen. Außerdem wollte er ein wenig allein mit Leopold reden.

Leopold schilderte dem Oberinspektor in groben Umrissen die Ereignisse des Abends im *Café Heller*. Die beiden entfernten sich dabei ein wenig vom Tatort und gingen die große Wiese entlang, die noch friedlich als Spielplatz und Erholungsraum dalag. »Hier soll also das Zentrum einer Romantikwelt entstehen«, äußerte Juricek. »Und die Tote war quasi die Rädelsführerin der Gegenpartei?«

»Es hat zumindest so ausgesehen«, informierte Leopold ihn. »Sie hat bemüht, aber nicht sehr durchschlagskräftig gewirkt. Die Gruppe war anfangs ein Haufen, es waren viel mehr gekommen, als vorgesehen. Es herrschte ein ziemliches Durcheinander, bei dem sie offenbar den Überblick verlor. Dann hat etwa die Hälfte das Lokal gewechselt, weil nicht so viel Platz war. Gleichzeitig fand ja die Sitzung der Geschäftsleute mit meiner Chefin statt.«

»Eine Konfrontation also. Beabsichtigt oder ungewollt?«

»Meiner Ansicht nach war es wirklich ein Zufall.«

»Kannst du mir jemanden aus der Protestgruppe nennen?«

»Da war eine sehr auffällige Person«, erinnerte sich Leopold sofort. »›Bio-Charly‹ haben sie ihn genannt. Sein richtiger Name lautet Karl Gstettner, glaube ich. Er hat eine Rede gehalten, an deren Ende er ziemlich laut geworden und auf die Geschäftsleute losgegangen ist. Marion Kirchner hat ihn schließlich gebeten, das *Heller* zu verlassen.«

Juricek grinste. »Charly ist ein alter Bekannter von uns«, teilte er Leopold mit. »Sieht sich, wie sein Spitzname sagt, als Kämpfer für die Umwelt. Dabei ist es schon vorgekommen, dass er seiner Meinung mit einem kräftigen Faustschlag Nachdruck verliehen hat. Wenn er etwas getrunken hat, wird er schnell aggressiv. Das hat sich verschlimmert, seit er seinen Job als Kraftfahrer wegen Trunkenheit am Steuer verloren hat.«

»Vielleicht wollte er sich für den Rausschmiss rächen, hat Marion hier heraufgelockt und zu fest zugeschlagen«, mutmaßte Leopold. »Doch es gibt noch andere, die böse auf sie waren. Ihr Direktor zum Beispiel. Er ist bei den Geschäftsleuten gesessen und hat sie ziemlich angekeift. Zwischen den beiden muss etwas vorgefallen sein. Außerdem war da so ein hochnäsiger Buchhändler, der die organisatorischen Fäden des Projekts an sich reißen will. Keiner kennt ihn, dafür hat er sich besonders wichtig gemacht. Scheint beim Bezirksrat Mandl einen Stein im Brett zu haben. War an dem Streit beteiligt und wollte des Nachts noch hier herauf. Er heißt Bergmann.« Leopold ließ sich diesen Namen förmlich auf seiner Zunge zergehen.

Juricek notierte die Hinweise zu den Personen. »Was diese Gruppe betrifft, sieht es gut aus«, fasste er zusammen. »Der Bezirksrat Mandl und deine Chefin, Frau Heller, waren dabei. Da mache ich mir um Informationen keine Sorgen. Bei den Projektgegnern ist es allerdings etwas schwieriger. Vielleicht kennt Mandl den einen oder anderen. Sonst müssen wir einstweilen hoffen, dass uns die Telefonkontakte des Opfers wesentliche Aufschlüsse geben.« Er klappte sein Notizbuch zu und steckte den Kugelschreiber ein. »Gibt es sonst etwas Wichtiges, das du mir sagen solltest?«, erkundigte er sich noch bei Leopold.

»Vorerst nicht«, teilte ihm Leopold treuherzig mit. Es war zunächst einmal, wie bei jedem Mordfall, der die beiden zusammenführte, ein gegenseitiges Abtasten. Juricek wusste, dass sich Leopold wieder einmischen und ihm gegenüber mitunter nicht mit der ganzen Wahrheit herausrücken würde. Leopold hatte ihm andererseits bereits mehrmals dabei geholfen, den Täter zu überführen. Also durfte er sich gewisse Freiheiten nehmen, solange er die Ermittlungen nicht behinderte. Meist lief die Sache ab wie ein freundschaftliches Katz-und-Maus-Spiel. Die erste Phase des Spielchens war jetzt erreicht.

Juricek verzog deshalb keine Miene, obwohl er wusste, dass ihm Leopold etwas vorenthielt. »Es ist natürlich nicht gesagt, dass es bei dem Mord um die unseligen Pläne rund um den Bisamberg gegangen ist«, überlegte er. »Wir müssen uns vor allem das private Umfeld der Toten genau ansehen.«

»Aber der Tatort, das Eichendorff-Denkmal, ist doch bezeichnend, oder?«, wandte Leopold ein.

»Noch wissen wir zu wenig«, entgegnete Juricek. »Deiner Aussage nach sind die beiden Gruppen um etwa 22 Uhr vom *Café Heller* aufgebrochen. Ihr habt die Leiche um 0.30 Uhr entdeckt. Da liegt eine Menge Zeit dazwischen. Ich würde also keine voreiligen Schlüsse ziehen.«

Leopold enthielt sich weiterer Äußerungen dazu. Ihm fehlte um diese Zeit die Frische für eine längere Grundsatzdebatte.

»Thomas Korbers Begleitung hat für die Tatzeit ein wasserdichtes Alibi, nehme ich an«, erkundigte sich Juricek daraufhin.

»Monika war die ganze Zeit mit ihm zusammen«, bestätigte Leopold.

»Ich werde veranlassen, dass sie gleich von uns zu ihrer Unterkunft gebracht wird«, entschied Juricek. »Ich habe gehört, dass sie heute noch die lange Heimfahrt nach Heidelberg vor sich hat. Da sollte sie beizeiten ins Bett kommen. Und ihr seid somit auch schneller zu Hause.« Er schaute einige Augenblicke nachdenklich vor sich hin, dann fragte er Leopold erneut: »Fällt dir noch etwas ein?«

Leopold schüttelte unschuldig den Kopf: »Nein, Richard!«

»Dann bis später! Ich werde am Vormittag bei deiner Chefin vorbeischauen. Vielleicht erinnerst du dich bis dahin an die eine oder andere Einzelheit, ohne dass ich sie dir aus der Nase ziehen muss.« Mit diesen Worten verabschiedete sich Juricek von seinem Freund und ging wieder schnurstracks auf den Tatort zu. Die nächste Phase des Spielchens war eröffnet.

*

Auf der Heimfahrt war Korber äußerst schweigsam. »Verliebt?«, redete Leopold ihn deshalb nach einer Weile an.

»Vielleicht«, gab Korber zurück. »Aber es ist im Augenblick nicht von Bedeutung. In der Früh fährt Monika nach Heidelberg zurück, und ich werde sie so schnell nicht wiedersehen.«

»Ach was«, entgegnete Leopold. »In ein paar Tagen beginnen die Sommerferien. Da kannst du sie besuchen. In der Zwischenzeit versorgst du sie mit Neuigkeiten über unseren Mord. Das hält eure Beziehung aufrecht.«

»Wenn es nur so einfach wäre«, seufzte Korber. »Du hast es leicht! Du hast deine Erika und einen neuen Fall. Was willst du mehr?«

»Wer weiß, wie er sich entwickelt«, merkte Leopold vorsichtig an. »Was hast du denn deinem Freund und meinem Intimfeind Bollek alles erzählt?«

»Meine Beobachtungen im Kaffeehaus, soweit ich nicht durch Monika abgelenkt war, und wie wir die Leiche gefunden haben«, gab Korber ihm Bescheid. Dann griff er sich ruckartig auf die Stirn. »Um Gottes willen! Das habe ich ganz vergessen«, fiel ihm ein.

Sofort war Leopolds Neugier geweckt. »Was?«, wollte er wissen.

»Es war eine Kleinigkeit, die ich zuerst selbst nicht bemerkt habe«, erwähnte Korber. »Monika hat mich darauf aufmerksam gemacht. Der Administrator unserer Schule, Walter Kohut, war bei den Projektgegnern dabei. Er hat zu jenen gehört, die in ein anderes Lokal übersiedelt sind. Beim Weggehen habe ich ihn kurz gesehen.«

»Warum sagst du mir so etwas nicht gleich?«, tadelte Leopold ihn. »Immerhin hast du es der Polizei nicht mitgeteilt. Das könnte uns einen kleinen Vorsprung verschaffen.«

»Du denkst, es ist wichtig?«, staunte Korber.

»Selbstverständlich«, machte ihm Leopold begreiflich. »Damit gehört Kohut zum Kreis der Verdächtigen. Vielleicht hat er, allein oder mit anderen, das Opfer nach den getrennten Sitzungen noch getroffen, wobei es zu einem Streit mit tödlichem Ausgang gekommen ist. Was mir jedoch wichtiger erscheint: Er kennt sicher einen Großteil der Projektgegner und weiß über die Stimmung innerhalb der Gruppe Bescheid. Wenn wir es geschickt anstellen, erhalten wir diese Informationen noch vor dem Oberinspektor.«

Korber schwante Übles. »Was hast du vor?«, fragte er.

»Wir müssen den Zeitpunkt, zu dem du diesen Sachverhalt der Polizei mitteilst, ein wenig hinauszögern«, weihte Leopold Korber in seinen Plan ein. »Wer sagt, dass du das schon in aller Frühe tun musst? Du kannst dich auch später daran erinnert haben. Zunächst schickst du mir Kohut ins *Heller*. Deinen Freund Bollek rufst du erst danach an.«

»Als Administrator kann Kohut nicht so leicht weg von der Schule«, gab Korber zu bedenken.

»Du liegst, wie meist, nicht ganz richtig«, belehrte Leopold ihn. »Erstens bin ich es, der als Oberkellner das Kaffeehaus nicht so leicht verlassen kann. Und zweitens wird's ihm schon pressieren, wenn ihm bewusst wird, dass er zu den Hauptverdächtigen der Polizei gehören könnte, und ich ihm anbiete, ihm aus der Patsche zu helfen. Du musst ihm nur ein bisschen Dampf unterm Hintern machen, dann klappt's.«

»Und wenn er ein Alibi hat?«

»Wir sollten nicht gleich das Schlimmste befürchten«, merkte Leopold an. »Außerdem sind Menschen in einer solchen Situation hochgradig nervös. In der Regel haben sie noch nie mit einem Gewaltverbrechen zu tun gehabt. Also haben sie das Bedürfnis, sich zu rechtfertigen. Gleichzeitig bringen sie alles durcheinander. Da sind sie froh, wenn sie einem wie mir ihre Geschichte erzählen können, bei dem sie nicht gleich jedes Wort auf die Waagschale legen müssen, und der ihnen hilft, ihre Gedanken zu ordnen.«

Korber sah ein, dass er nicht um ein Gespräch mit seinem Administrator in aller Frühe herumkommen würde. Eigentlich interessierte ihn ja, was Kohut in der Protestbewegung zu suchen hatte. Er wirkte sonst keineswegs wie ein Aktivist. Korber schätzte ihn als ruhigen und besonnenen Menschen ein, der im Grunde keiner Fliege etwas zuleide tun konnte. Aber manchmal täuschte man sich eben.

Hatte sich Korber auch in Monika Aberle getäuscht? Hatte seine lebensfroh und heiter wirkende deutsche Kollegin ein Geheimnis, von dem er nichts wusste? Marion Kirchners Worte klangen ihm wieder im Ohr: *Nimm dich vor der Deutschen in Acht.* Kannten sich Marion und Monika etwa? Korber hatte Monika zunächst nicht danach gefragt, um sein amouröses Abenteuer nicht zu gefährden. Später, beim Denkmal, hatten sich dann die Ereignisse überstürzt, und er hatte nicht mehr daran gedacht. Möglich war es, denn beide kamen aus Heidelberg. Vielleicht war einmal etwas zwischen ihnen vorgefallen, und sie waren böse aufeinander. Das mochte auch der Grund dafür gewesen sein, dass sie einander im *Heller* keine Beachtung geschenkt hatten.

Aber hatte Monika deshalb etwas mit dem Mord an Marion zu tun? Nein, das war unmöglich. Korber war ja die ganze Zeit mit ihr beisammen gewesen. Das beruhigte ihn. Er konnte ihr, was Marion betraf, telefonisch immer noch auf den Zahn fühlen. Vorerst sollte sie einmal in der Früh in aller Ruhe nach Hause fahren. Leopold wollte er bezüglich Marions Bemerkung, Monika betreffend, gar nicht erst in Kenntnis setzen. Das würde alles nur unnötig verkomplizieren.

»Schick mir den Kohut«, forderte Leopold und riss ihn damit aus seinen Gedanken. »Ich hoffe, ich kann mich auf dich verlassen.«

»Ich tue mein Bestes«, versicherte Korber und zog damit für den Augenblick einen Schlussstrich unter all seine Überlegungen zu Monika Aberle.

KAPITEL 6

Freitag, 26. Juni

In den Minuten vor dem Aufsperren, wenn Herr und Frau Heller noch der Ruhe pflegten und Leopold allein alles herrichtete, lag das *Café Heller* in einer gespenstischen Stille vor ihm. Die Sessel warteten darauf, dass jemand auf ihnen Platz nahm, die Tische, dass man Speisen und Getränke auf ihnen abstellte, die Billardtische, dass die Bälle auf ihnen zu rollen begannen. Einstweilen hörte man nur das Summen der Kaffeemaschine und hie und da das Knarren des Holzbodens unter Leopolds Schritten. Bald würden die ersten Gäste zur Tür hereinkommen, ihre gewohnten Plätze einnehmen, ihren Kaffee trinken, ihre Zeitungen lesen und ihre Partie Karambol, Tarock oder Schach spielen. Aber noch war dem *Café Heller* alles Menschliche fremd.

Leopold liebte diese Augenblicke, wo er für kurze Zeit das Gefühl haben durfte, das Kaffeehaus gehöre ihm allein. Niemand war da, der ihn störte oder seine geliebte Ordnung durcheinanderbrachte. Nach der aufregenden Nacht auf dem Bisamberg hatte seine Seele diesen Balsam auch nötig. Er konnte in aller Ruhe seinen Gedanken nachgehen, nachdem ihn Erika zu Hause noch mit 1000 Fragen genervt hatte.

Vor allem dachte er weiter darüber nach, wer sich gestern Nacht auf dem Bisamberg beim Eichendorff-Denkmal aufgehalten haben könnte. Er hatte ja bei seiner Studie der Umgebung des Tatorts noch etwas auf dem Weg gefunden und eingesteckt: ein Präservativ, ungebraucht und originalverpackt. Natürlich konnte das jedem beliebigen Wanderer aus der Tasche gefallen sein. Möglicherweise hatte es aber auch mit dem Mord zu tun. Fürs Erste fiel ihm da vor allem einer ein, dem so ein Missgeschick zuzutrauen war, nämlich Othmar Demmer, selbst ernannter Frauenverführer unter freiem Himmel. Leopold hoffte, ehebaldigst Näheres zu erfahren.

Zunächst aber musste er schweren Herzens seine Kombinationen unterbrechen und die Kaffeehaustür aufsperren, da es bereits nach 7 Uhr war. Als Erste kam, wie meistens, Frau Fürthaler auf ihren Frühstückskaffee. Schon bald folgten Schüler des angrenzenden Floridsdorfer Gymnasiums, und so füllte sich das *Heller* nach und nach. Leopold kam mit seiner Arbeit wie immer gut zurecht, servierte Melange, kleinen Braunen oder Tee und reichte dazu ein mürbes frisches Kipferl, eine Topfengolatsche oder etwas Herzhaftes wie Schinken-Käse-Toast oder Ham and Eggs. Er war es gewohnt, um diese Zeit alles allein herzurichten, da sich Herr und Frau Heller selten vor 10 Uhr blicken ließen. Deshalb wunderte es ihn, dass Frau Heller bereits um 8 Uhr aus ihrer kleinen Küche ins Lokal spazierte. Das entsprach nicht ihrer Gewohnheit.

»Guten Morgen, Frau Sidonie«, grüßte er sie mit verkrampftem Lächeln.

»Sie haben's ja wieder einmal geschafft«, schnauzte sie ihn sofort an.

»Was meinen Sie denn?«, fragte er und tat dabei so, als habe er keine Ahnung, worum es ging.

»Ich meine die Leiche von dieser Aktivistin«, belehrte

Frau Heller ihn. »Oberinspektor Juricek hat mich gerade angerufen. Hatten Sie das notwendig?«

»Was kann denn ich dafür?«, wehrte Leopold sich.

»Haben Sie sie gefunden oder nicht? Sind Sie zum Denkmal hinaufgefahren oder nicht?«, stellte ihn Frau Heller unbarmherzig zur Rede.

»Wenn ich sie nicht entdeckt hätte, wäre diese Frau trotzdem umgebracht worden«, gab Leopold zu bedenken.

»Da bin ich mir nicht so sicher«, entgegnete Frau Heller.

»Sie tun geradezu so, als hätte ich etwas von ihrem Tod«, warf Leopold ihr vor.

»Das haben Sie auch! Sie können nämlich jetzt wieder einmal Ihren geliebten kriminalistischen Neigungen nachgehen«, ließ sich Frau Heller nicht beirren. »Und auf wen werden Sie dabei Ihr Hauptaugenmerk richten? Auf uns Geschäftsleute natürlich. Von Beginn an haben Sie unser Vorhaben verurteilt, die Wiese vor dem Eichendorff-Denkmal umzugestalten, obwohl es endlich wieder Leben in den Bezirk bringen würde. Sie werden sich gnadenlos einen nach dem anderen vornehmen, weil es Ihrer Meinung nach nur jemand von uns gewesen sein kann, wenn es sich beim Opfer um die Anführerin der Projektgegner handelt.«

»Ich habe mich bisher in dieser Causa völlig neutral verhalten«, verteidigte sich Leopold.

»Dass ich nicht lache«, protestierte Frau Heller. »Dass Sie frech zu dem eingebildeten Buchhändler waren, ist ja noch verständlich, der war auch nicht nett zu Ihrer Erika. Aber dass Sie diesen zwielichtigen Casanova, der in letzter Zeit immer knapp vor der Sperrstunde kommt, neben unseren Tisch gesetzt haben, damit er uns ausspioniert, war wieder eine Ihrer typischen unfairen Aktionen!«

»Sie meinen den Othmar?«, grinste sich Leopold eins. »Vor dem brauchen Sie keine Angst zu haben. Der trägt sein Hirn zwischen den Beinen spazieren. Wo hätte ich ihn außerdem hinsetzen sollen? Es war kein Platz mehr frei.«

Frau Heller hielt ihm drohend den Zeigefinger unter die Nase. »Sie können die Sache drehen und wenden, wie Sie wollen, ich durchschaue Sie, Leopold«, mahnte sie ihn. »Sie tun alles, um unsere ehrenwerten Pläne zunichtezumachen. Aber diesmal passe ich auf, dass Sie sich nicht zu viel herausnehmen, das schwöre ich Ihnen!«

»Gerade in einer solchen Situation muss es doch auch in Ihrem Interesse sein, dass der Mord rasch aufgeklärt wird«, legte Leopold seiner Chefin nahe.

»Ja, aber nicht von Ihnen!« Mit dieser barschen Replik zog sich Frau Heller in ihre kleine Küche zurück. Für den Augenblick kehrte damit Frieden ein. Aber sie hatte ihrem Oberkellner den Krieg erklärt. Das hieß, dass sie jederzeit wieder herausstürmen und ihm das Leben schwer machen konnte. Sein Traum von einem geruhsamen Morgen war damit ausgeträumt. Leopold dachte bereits besorgt an mögliche Komplikationen, wenn ihn Walter Kohut wie geplant aufsuchen würde.

Doch es kam noch schlimmer, als er es befürchtet hatte. Oberinspektor Juriceks Sombrero tauchte in der Kaffeehaustür auf. Auch er war viel zeitiger dran, als Leopold es erwartet hätte. »Servus, Richard! Kaffee?«, erkundigte er sich abwartend.

»Das kannst du dir doch denken, dass ich den brauche nach der vergangenen Nacht«, ließ Juricek ihn wissen, während er seinen Sombrero auf einen Kleiderständer hängte. »Ich hatte wenig Schlaf. Dafür weiß ich schon ein bisschen mehr.«

»Was denn?«

»Sei nicht so neugierig und mach mir erst einmal einen großen Braunen, heiß und stark«, bremste Juricek Leopolds Wissbegier. Das Spiel zwischen den beiden trat in seine nächste Phase.

»Bin schon dabei«, bekundete Leopold diensteifrig. »Darf ich inzwischen eine klitzekleine Vermutung aussprechen? Es war kein Unfall oder Unglück, es war lupenreiner Mord!«

Juricek ließ sich nicht dazu verleiten, etwas zu sagen, ehe er seinen Kaffee dampfend vor sich stehen hatte. Erst als er gedankenverloren darin umrührte, wurde er wieder gesprächig. »Der Aufprall mit dem Kopf auf dem Denkmal war jedenfalls nicht die Todesursache«, erläuterte er. »Das waren mehrere Schläge auf den Hinterkopf mit einem stumpfen Gegenstand, wahrscheinlich einem Stock.«

»Irgendwie würde das zu Eichendorff und dem Wandern passen«, sinnierte Leopold. »Was denkst du? War der Mord eiskalt geplant oder die Folge einer Auseinandersetzung?«

»Beides ist möglich«, antwortete Juricek. »Der Täter hat, wie gesagt, mehrmals heftig auf sein Opfer eingeschlagen. Ob er dabei sichergehen wollte, dass die Frau tatsächlich tot war, oder sich in seiner Erregung nicht mehr einbremsen konnte, lässt sich nicht sagen. Die Erfahrung zeigt nur, dass derlei sinnlose Aggressionen leider immer öfter vorkommen. Habt ihr etwas gehört, das nach Kampf klang?«

»Nein, nur Stimmen, das Rascheln von Blättern und das Knacksen von Zweigen. Der Mord muss knapp vor unserem Eintreffen passiert sein«, mutmaßte Leopold.

Juricek bestätigte, dass Tatzeit und Auffinden der Leiche nicht weit auseinanderlagen. »Die Frau heißt übrigens tatsächlich Marion Kirchner«, fuhr er dann fort. »Sie stammt aus Heidelberg, ist aber nach der Scheidung von ihrem Ehemann nach Wien gezogen und hat am Gymnasium in Korneuburg Deutsch und Geschichte unterrichtet. Ihr Ex-Mann ist inzwischen gestorben.« Juricek nippte an dem heißen Gebräu und ließ dabei einige Zeit verstreichen. »Ist dir noch etwas eingefallen?«, fragte er schließlich.

»Ich muss mich erst sammeln, Richard, es war doch viel auf einmal«, gab Leopold ausweichend zurück. »Du weißt, dass du dich auf mich verlassen kannst. Ich lasse es dich sofort wissen, wenn es etwas zu vermelden gibt.«

Juricek war ein wenig von seinem großen Braunen an der Oberlippe hängen geblieben. »Das will ich auch hoffen«, brummte er. Als er überlegte, ob er Leopold ermahnen sollte, keine Alleingänge zu unternehmen, was ohnedies zu nichts führen würde, kam Frau Heller aus ihrer kleinen Küche. Sie hatte ein wenig mitgehört und fand, dass es nun an der Zeit war, den Oberinspektor zu begrüßen. »So etwas Furchtbares«, klagte sie. »Wir waren Gegnerinnen, was den Ausbau der Spielwiese am Bisamberg betrifft. Aber so einen Tod wünscht man nicht einmal seinem ärgsten Feind.«

»Darum wollen wir auch möglichst schnell herausfinden, wer dafür verantwortlich ist«, erklärte Juricek. »Und dazu benötige ich Ihre Hilfe.«

Die beiden setzten sich an den Haustisch. Leopold hörte Frau Heller noch sagen: »Ich muss Ihnen freilich mitteilen, Herr Inspektor, dass meine Floridsdorfer Geschäftsfreunde über jeden Verdacht erhaben sind.« Dann stand plötzlich Thomas Korber vor ihm. Wahrscheinlich hatte er gerade seine 9-Uhr-Pause.

»Er ist draußen im Schanigarten«, teilte er Leopold augenzwinkernd mit.

*

Der neue Schanigarten des *Café Heller* erfreute sich in der warmen Jahreszeit großer Beliebtheit, wenn das Wetter passte. Doch nach den angenehmen Temperaturen des gestrigen Abends war es an diesem Morgen wieder frisch und windig, sodass die Gäste immer noch das Innere des Kaffeehauses bevorzugten. Leopold schickte Korber mit einer leichten Kopfbewegung in Richtung Juricek zu Walter Kohut hinaus. Er selbst folgte ihm nach einer kleinen Alibirunde durch das *Heller* nach. »Hoffentlich hat Richard keinen Verdacht geschöpft«, setzte er ihm auseinander. »Alle kommen heute zur Unzeit daher. Wie soll ich da etwas weiterbringen?«

»Du solltest nicht meckern, sondern etwas freundlicher sein«, befand Korber. »Immerhin habe ich blitzschnell gehandelt und meine Pause dafür geopfert. Ich lasse euch beide jetzt allein, meine nächste Unterrichtsstunde beginnt gleich.«

»Melde dich bei Bollek erst gegen Mittag, hörst du?«, schärfte ihm Leopold noch ein, ehe er wieder verschwand. Dann warf er einen Blick auf Kohut, den er vom Vorabend nur undeutlich in Erinnerung hatte. Er war nicht gerade groß und überraschend jung. Leopold schätzte ihn auf höchstens Mitte 30. Unter seinem rötlichen Haar saß eine dunkel gerahmte Brille auf einer schmalen Nase in einem bleichen Gesicht. Der typische Teint eines Bürohengstes im Sommer, dachte er. Kohut hatte sein Sakko offenbar in der Schule gelassen. Er hatte die Ärmel aufgekrempelt und die Hände in seine Hüften gestützt. Der Mann wirkte, als wolle er schnell wieder weg.

»Worum geht es? Ich habe wenig Zeit«, erklärte er Leopold auch schon mit nervöser Stimme.

»Das hat Ihnen Ihr Kollege Thomas Korber sicher bereits gesagt, aber ich wiederhole es gerne. Es geht um die Ereignisse des gestrigen Abends«, unterrichtete Leopold ihn. »Dafür müssen Sie sich, fürchte ich, ein bisschen Zeit nehmen. Der den Fall behandelnde Oberinspektor sitzt übrigens gerade bei meiner Chefin drinnen.«

»Oh!« Kohut überlief ein leichter Schauer. »Meinen Sie, er wird mich verhören?«

»Sie müssen damit rechnen und sollten darauf vorbereitet sein«, erklärte Leopold ihm. »Dabei möchte ich Ihnen helfen. Das geht aber nur, wenn Sie mir ein bisschen etwas erzählen. Zum Beispiel, wo Sie gestern mit dem Rest der Gruppe waren, was Sie dort gemacht haben und so weiter!«

»Wir waren in der *Pizzeria Fiorentina* auf der Prager Straße«, berichtete Kohut. »Dort hatte man genügend Platz für unsere große Gruppe. Die Luft war stickig, und wir mussten Pizza essen. Im *Café Heller* wäre es sicher gemütlicher gewesen. Es kam keine richtige Stimmung auf. Außerdem wussten wir nicht, wie die andere Besprechung lief. So haben wir ein paar Aktionen diskutiert, die wir kurzfristig durchführen konnten, und Frankie sollte die Ergebnisse an Marion weiterleiten. Er wollte sich ohnehin noch mit ihr treffen.«

»Welcher Frankie?«

»Franz Kerbl, ein Schulkollege von Marion, der sie von Anfang an in ihren Bemühungen kräftig unterstützt hat.«

»Ihr engster Vertrauter also. Oder sogar mehr als das?«

Kohut zuckte mit den Achseln. »Das traue ich mir nicht

zu beurteilen. Ich gehöre nicht zum Kern der Gruppe. Ich denke aber, er wollte sie beeindrucken und hat sich Hoffnungen bei ihr gemacht, obwohl er um etliches jünger ist als sie.«

Leopold pfiff durch die Zähne. »Aha! Sie wissen nicht zufällig, wo dieser Frankie wohnt?«

»Irgendwo in Strebersdorf. Dort war Marion übrigens auch zu Hause. Mehr kann ich Ihnen nicht sagen«, bedauerte Kohut.

»Dann denken Sie einmal scharf nach! Ich komme gleich wieder«, forderte Leopold ihn auf. Er sprang die zwei Stufen hinauf ins Lokal, um sich kurz zu vergewissern, dass er niemandem abging. Juricek unterhielt sich eingehend mit Frau Heller, und auf Bestellungen schien es einstweilen niemand abgesehen zu haben. Also drehte er eine Ehrenrunde um die Billardtische und sprang dann wieder die zwei Stufen zu Kohut hinunter in den Schanigarten. »Nun?«, wandte er sich erneut an ihn.

Kohut wirkte nun noch ungeduldiger als zuvor. »Kerbl unterrichtet Biologie am Gymnasium in Korneuburg, erkundigen Sie sich doch dort«, ließ er seinem Unmut freien Lauf. »Hören Sie, ich muss zurück in die Schule. In der Direktion ist der Teufel los, der Chef ist krank, und ich muss ihn vertreten.«

»Gar nichts müssen Sie«, schärfte ihm Leopold ein. »Ich brauche dringend die Kontaktdaten von Franz Kerbl und möglichst vielen anderen der Gruppe, das hat jetzt oberste Priorität. Sie beschaffen mir das. Sicher gibt es irgendwo eine Liste dazu, sonst könnten Sie sich ja nicht austauschen.«

»Das wird schwer«, stöhnte Kohut.

»Ich habe schon angedeutet, dass Sie es wahrscheinlich bald mit der Polizei zu tun bekommen«, warnte Leopold ihn vor. »Durchaus möglich, dass ein Verdacht auf Sie fällt.

Da wird es dann schwer für *Sie*. Wo waren Sie eigentlich nach der Versammlung gestern Abend?«

»Zu Hause«, kam es nach einigem Zögern.

»Mit wem?«

»Alleine natürlich! Ich bin Single.«

Theatralisch schlug Leopold die Hände über dem Kopf zusammen. »Wenn die Polizei das hört, fällt für sie Ostern und Weihnachten an einem Tag zusammen«, versicherte er Kohut. »Schon die ganze Zeit über versuche ich, Ihnen Ihre Problematik begreiflich zu machen. Sie haben kein Alibi. Stundenlange Verhöre, womöglich Aufenthalt in einer Zelle. Anwaltskosten. Das Image bei den Schülern beim Teufel. So könnte es schon bald für Sie ausschauen.« Ihm machte das Übertreiben Spaß.

»Ich habe Marion doch nicht umgebracht«, stieß Kohut verängstigt hervor.

»Ich bin einstweilen bereit, Ihnen zu glauben«, beruhigte Leopold ihn. »Ich bin sogar bereit, Ihnen zu helfen. Aber dazu muss ich mehr über mögliche Verdächtige in Erfahrung bringen.«

»Es muss doch noch andere geben, die für die Polizei interessanter sind als ich.« Kohut klang jetzt gar nicht so, als sei er von seinen Worten überzeugt.

»Ein Mörder, der weiß, was er vorhat, hat's leicht«, weihte Leopold ihn ein. »Er schneidert sich von Beginn an ein Alibi zurecht, das selbst der schlaueste Ermittler nicht knacken kann, höchstens der Inspektor Columbo im Fernsehen. Da haben Sie ohne Alibi einen schweren Stand, selbst wenn Sie unschuldig sind.«

Kohut wirkte durch Leopolds Argumentation vollkommen irritiert. »Was soll ich tun?«, fragte er verzweifelt.

»Ich prüfe zunächst, ob ich beim ermittelnden Oberinspektor ein gutes Wort für Sie einlegen kann«, eröffnete Leopold ihm. »Deshalb muss ich Ihnen ein paar weitere Fragen stellen. Wie gut kannten Sie Marion Kirchner?«

»Ich habe sie auf einer Schulveranstaltung kennengelernt«, schilderte Kohut. »Danach haben wir einander noch ein paarmal gemailt. Und in einer dieser Mails informierte sie mich über das Projekt am Bisamberg und darüber, dass sie eine große Gruppe bilden wollte, um es wirksam zu bekämpfen. Ich überlegte kurz und erklärte mich dann bereit mitzumachen.«

»Wie oft habt ihr euch getroffen?«

»Ich selbst war erst einmal bei einem Treffen einiger Leute dabei. Gestern sollte es die erste große Versammlung werden, wo wir mit der Planung ins Detail gehen wollten. Leider hat das nicht geklappt, da die Gruppe auseinandergerissen wurde.«

»Sie haben also noch kein richtiges Bild von Ihren Mitstreitern?«

»Dazu kenne ich bis jetzt zu wenige.«

»Gibt es keinen, der Ihnen so verdächtig scheint, dass Sie es dem Oberinspektor bei einem eventuellen Verhör mitteilen würden?«

Es war Kohut unangenehm, aber schließlich sagte er: »Vielleicht am ehesten Frankie! Ich glaube, zwischen ihm und Marion eine ungute Spannung bemerkt zu haben. Sie war ein moderater, er ist ein eher aggressiver Typ. Soviel ich weiß, hat er sich dafür eingesetzt, Bio-Charly in die Gruppe aufzunehmen, mit dem es gestern gleich einen Wirbel gab, wie ich gehört habe. Marion war das gar nicht so recht. Sie hat Frankie dann mit uns weggeschickt. Das dürfte er ihr ziemlich krummgenommen haben. Und später haben sie sich noch getroffen. Da hat es sicher Differenzen gegeben.«

»Na sehen Sie, da kommen wir der Sache schon näher«, machte Leopold ihm Mut. »Gefühle, wahrscheinlich nicht erwidert, dazu ein Streit um die Ausrichtung der Gruppe und schließlich eine Anordnung Marions, die Frankie brüskiert hat. Das ergibt ein handfestes Motiv und reicht fürs Erste. Sie sind damit aber noch nicht aus dem Schneider. Um Ihnen zu helfen, benötige ich unbedingt die Kontaktdaten, die ich vorhin erwähnt habe. Je mehr Details ich habe, desto besser kann ich reagieren. Dann mache ich den Leuten das Leben schwer, zwinge sie zu Fehlern und lenke die Aufmerksamkeit der Polizei auf sie, verlassen Sie sich drauf.«

»Klingt einleuchtend«, musste Kohut zugeben. »Aber wann soll ich das machen? Wir stehen kurz vor dem Schulschluss, ich weiß nicht, welche Arbeit ich zuerst erledigen soll, der Chef ist nicht da, und so nebenbei werde ich auch noch in einen Mordfall verwickelt.«

»Da gilt wie immer: eines nach dem anderen, und das Wichtigste zuerst«, tröstete Leopold ihn und klopfte ihm dabei freundschaftlich auf die Schulter. »Am besten, Sie machen es gleich und geben die Daten Ihrem Kollegen Thomas Korber heute Mittag mit. Er ist eine Vertrauensperson.«

»Aber …«

»Sie schaffen das schon!« Leopold ließ Kohut mit seinem Protest gar nicht mehr zu Wort kommen. Daraufhin verließ der Administrator mit einem nervösen Blick auf die Uhr den Schanigarten des *Café Heller* in Richtung Gymnasium.

Leopold blickte ihm grinsend hinterdrein. Er war mit

sich zufrieden. Die erste Quelle, die er angezapft hatte, erwies sich schon einmal als vielversprechend.

Eine Aussage Kohuts kam ihm allerdings komisch vor. Er hatte behauptet, von den Projektgegnern außer Marion Kirchner und Franz Kerbl praktisch niemanden zu kennen. War es nicht so, dass man sich um Kontakte bemühte, wenn man wo neu dazukam? War nicht gerade ein Administrator gewohnt, sich gleich zu Anfang einen Überblick zu verschaffen? Da hatte ihn Kohut, aus welchen Gründen auch immer, wohl angeschwindelt.

*

Frau Heller schwieg Leopold gegenüber bezüglich ihrer Unterhaltung mit Oberinspektor Juricek. Er brachte nichts aus ihr heraus. »Tun Sie Ihre Arbeit und unterlassen Sie jeden Versuch, mir Informationen über dieses Gespräch und meine Gesinnungsgenossen herauszulocken«, riet sie ihm nur. Dann zog sie sich zurück, um das Mittagessen zuzubereiten. Auch Oberinspektor Juricek hatte ihm gegenüber keine weiteren Andeutungen gemacht. Ob er wohl die Aktion mit Kohut durchschaut hatte? Leopold konnte nur hoffen, dass der Zeitvorsprung hielt und er an die gewünschten Informationen gelangte, ehe Juricek auf den Administrator aufmerksam wurde.

Als er so an der Theke lehnte und Überlegungen in dieser Richtung anstellte, betrat eine dunkelhaarige Frau von erstaunlicher Eleganz das Kaffeehaus. Für Floridsdorf verbreitete sie beinahe das Flair einer Dame von Welt. Leopold wusste nicht, ob er sie zuerst gesehen oder den betörenden Duft ihres Parfums wahrgenommen hatte. Ihr

Gesicht war dezent geschminkt, und sie trug ein leichtes grünes Sommerkleid. Sofort steuerte sie auf Leopold zu.

»Kann ich helfen, Gnädigste?«, fragte er, ein wenig benommen von ihrem Wohlgeruch.

»Ich hoffe sehr«, redete sie gleich auf ihn ein. »Wir hatten gestern hier eine Versammlung. Eine oder zwei Seiten Papier sind offenbar vergessen worden. Haben Sie etwas in der Richtung gefunden?«

»Welcher Art sollen diese Seiten denn sein?«, forschte Leopold ins Blaue hinein. Er hatte diese Frau noch nie in seinem Leben gesehen.

»Das weiß ich leider nicht«, lächelte sie ihn an. »Ihr Inhalt ist eben für uns sehr wichtig.«

»So ein Inhalt ist meistens auch elektronisch vorhanden«, äußerte Leopold vorsichtig.

»Wenn es so einfach wäre, wäre ich nicht gekommen«, äußerte die Frau bedrückt, setzte aber sofort wieder ihr Lächeln auf. »Das Schreiben ist von Marion Kirchner. Sie wissen ja, welches Schicksal ihr widerfahren ist. Ich denke nicht, dass wir auf eine elektronische Vorlage zurückgreifen können.«

Leopold kniff die Augenbrauen zusammen. »Waren Sie gestern überhaupt da?«, fragte er. »Ich kann mich nicht an Sie erinnern.«

»Man hat mich geschickt«, antwortete die Frau ausweichend.

»Wer hat Sie geschickt?«, fragte Leopold ein wenig zu schnell.

»Wenn die betreffende Person wollte, dass das bekannt wird, wäre sie wohl selbst gekommen«, parierte sein Gegenüber den Angriff.

»Marion Kirchners Tod ist mittlerweile ein Fall für die Polizei«, setzte Leopold ihr auseinander. »Alles, was damit in Zusammenhang steht, gilt als Beweisstück. Selbst wenn ich das hätte, wonach Sie suchen, müsste ich es an die Behörden weitergeben.«

Das Gesicht der Frau rückte noch ein wenig mehr an das Leopolds heran. »Das haben Sie sicher nicht getan«, hauchte sie ihm entgegen.

»Jedenfalls habe ich nichts für Sie«, teilte Leopold ihr mit, sie dabei neugierig musternd.

»Wirklich nicht?« Ein wenig Ungeduld konnte man jetzt an ihren Augen ablesen.

»Leider, Gnädigste!«

»Schade«, seufzte sie. »Dabei unterstützen wir beide im Geist dieselbe Sache. Ich habe so sehr auf Sie gehofft.«

»Können Sie mir zu dem Papier einen Hinweis geben?«, erkundigte sich Leopold.

»Es scheint so, als habe Marion Kirchner es gestern hier vergessen, das muss genügen. Sie interessieren sich doch auch dafür, nicht wahr? Und Sie sind so ein intelligenter Mann! Sie werden es sicher finden und dann an mich weitergeben, ohne gleich die Polizei einzuschalten. Kann ich mich darauf verlassen? Sie werden es nicht bereuen«, bedrängte ihn die Unbekannte.

»Und wie finde ich Sie?«

»Ich lese gerne«, ließ sie ihn wissen. »Bei schönem Wetter sitze ich um diese Zeit für gewöhnlich mit einem Buch auf einer Bank an der Alten Donau gegenüber dem *Angelibad*. Ich komme aber gern wieder. Ich muss Ihnen ohnehin gestehen, dass ich ein wenig ungeduldig bin.«

»Soll das eine Drohung sein?«, forschte Leopold.

Sofort war wieder ihr Lächeln da. »Aber nein! Ich weiß

doch, dass Ihr Herz für die Gerechtigkeit schlägt. Sie werden mich nicht im Stich lassen!«

Dann geschah etwas, das Leopold beinahe im Erdboden versinken ließ. Die schöne Unbekannte kraulte ihn am Kinn und drückte ihm zum Abschied einen Kuss auf den Mund. Ihr »Bis bald, Herr Leopold!« hörte er gar nicht mehr, so perplex war er. Er holte ein Taschentuch aus seiner Hosentasche hervor und wischte sich die Schweißperlen von der Stirn.

Als er wieder klarer denken konnte, erinnerte er sich an seine Beobachtung bei der Leiche von Marion Kirchner. Sie hatte keine Handtasche bei sich gehabt. Hatte sie etwa der Täter oder die Täterin entwendet, weil sich darin das Schriftstück befand, das die schöne Unbekannte jetzt suchte?

Oder war alles ganz anders? Wo befand sich die ominöse Nachricht nun? Welchen Inhalt hatte sie? Warum war diese Frau ausgerechnet zu ihm gekommen? Fragen über Fragen. Leopolds Ermittlungen begannen offenbar mit einem großen Rätsel.

Und so wenig er es sich auch eingestehen wollte: Der Kuss der schönen Unbekannten hatte ihm sehr gut geschmeckt.

*

Leopold servierte die letzten Portionen vom Mittagsteller: Kaiserschmarren mit Zwetschkenröster. Aus dem Augenwinkel erspähte er Thomas Korber an der Theke, der ihm mit beiden Händen anzeigte, dass er ein Krügel Bier wünschte.

Leopold schenkte ihm ein Glas mit einer schönen Schaumkrone ein. Mit einem kurzen, auffordernden »Na?« kam er dann zur Sache.

»Du musst Kohut einen ordentlichen Schrecken eingejagt haben«, bemerkte Korber anerkennend. »In der Zehnerpause habe ich die Liste schon gehabt. Er erwartet nun allerdings, dass du ihm wirklich hilfst, wenn er in Schwierigkeiten kommt.«

»Er soll lieber in sich gehen«, befand Leopold. »Erstens bezweifle ich, dass er mir die volle Wahrheit gesagt hat. Und zweitens hatte er die Liste sicher irgendwo abgespeichert, wenn es so schnell gegangen ist. Da hätte er sich sein Gejammer sparen können.« Er überflog den Zettel, konnte freilich vorerst mit den meisten Namen nichts anfangen.

»Du hast jedenfalls bekommen, was du wolltest«, erklärte Korber. »Ich an deiner Stelle würde Kohut nicht so streng beurteilen. Er ist heute wirklich nicht zu beneiden, wo er zusätzlich zu seinen sonstigen Aufgaben den Direktor vertreten muss. Nicht gerade fair von Marksteiner, ihn so im Stich zu lassen. Der hat gestern wohl ordentlich übertrieben.«

»Er hat uns kurz mit dem Spezi aus Heidelberg beehrt, nachdem du mit deinem Schatzi gegangen warst«, berichtete Leopold. »Wenn du mich fragst, waren beide blunznfett.«

»Das ist es, was mir Sorge bereitet«, grübelte Korber in sein Bier hinein, von dem er zügig trank. »Marksteiner geht es heute so schlecht, dass er von der Schule zu Hause bleibt, obwohl zum Schulschluss eine Menge Dinge zu erledigen sind. Und Erwin Bader, der anscheinend genauso viel gezwitschert hat, fährt heute mit Monika im Auto zurück nach Heidelberg. Wenn da nur nichts passiert.«

»Sie können sich ja abwechseln. Sie schien mir besser drauf zu sein«, mutmaßte Leopold.

Korber schüttelte den Kopf. »Die hatte doch auch genug in der Krone«, führte er an. »Ich hoffe, ich höre am Abend, dass beide gut angekommen sind.« Er überlegte einen Augenblick, ob er sich Leopold anvertrauen sollte, dann fügte er hinzu: »Eines ist schon komisch. Marion und Monika schienen einander zu kennen. Marion hat mich im *Heller* vor ihr gewarnt. ›Nimm dich vor der Deutschen in Acht‹, hat sie gesagt. Was sie wohl gemeint hat? Das beschäftigt mich ebenfalls.«

»Beide sind aus Heidelberg, da ist es natürlich möglich, dass sie bekannt sind«, folgerte Leopold.

»Kann Monika etwas mit dem Mord zu tun haben?«, fragte sich Korber. »Die ist doch völlig harmlos.«

»Sie war zuerst bei dir, dann die ganze Zeit mit uns zusammen«, grübelte Leopold. »So gesehen also nicht.« Dann hatte er plötzlich eine Eingebung. »Doch«, behauptete er. »Ja natürlich!«

»Wie meinst du das?«, rätselte Korber.

»Sie könnte versucht haben, den Täter zu warnen«, setzte Leopold ihm auseinander. »Erinnerst du dich an das Theater, das sie gemacht hat, als wir zum Denkmal gegangen sind und die Stimmen gehört haben? An ihre unmotivierten Schreie? Das könnte sie mit voller Absicht getan haben. Und wer auch immer dort war, hat daraufhin Reißaus genommen.«

»Ist das nicht ein bisschen sehr an den Haaren herbeigezogen?«, wandte Korber sofort ein. »Sie ist ein wenig schreckhaft, denke ich, und getrunken hatte sie auch. Die Atmosphäre war überdies nicht gerade anheimelnd. Und um den Mörder zu warnen, hätte sie ihn ja kennen müssen.«

»Noch weiß man nichts Genaues«, blieb Leopold vorsichtig. »Fest steht, dass sie unbedingt noch da hinaufwollte. Wer sagt, dass ihr Kollege aus Heidelberg nicht ebenfalls oben war? Und warum hätten die beiden nicht per SMS in Kontakt miteinander sein sollen?«

Korber hatte ausgetrunken. »Du hast schon besser kombiniert. Komm, gib mir noch ein Bier«, bat er seinen Freund.

»Schließe alles aus, was unmöglich ist, dann findest du automatisch zur richtigen Lösung. So ähnlich formuliert es Sherlock Holmes«, unterwies ihn Leopold, während er ihm ein zweites Krügerl zapfte. »Leider gibt es in diesem Fall bis jetzt kaum etwas, das unmöglich scheint, also müssen wir auch die kleinste Spur nachverfolgen. Wir stehen erst am Anfang. Monika scheint mit Marion Kirchner bekannt gewesen zu sein. Warum nicht mit noch jemandem aus ihrer Gruppe?«

»Kohut hat gesagt, dass zwei Deutsche zusätzlich als Gäste da waren, die eigentlich nicht dazugehören«, fiel es Korber wieder ein. »Darum stehen sie auch nicht auf seiner Liste. Dass sie im Kaffeehaus bleiben durften, dürfte vor allem Frankie geärgert haben.«

Leopold stellte das frisch gefüllte Glas vor Korber hin. »Das ist typisch für das, was ich meine«, erklärte er ihm. »Es gibt noch zu viele Unbekannte. Wir wollen Monika nicht gleich zu den Hauptverdächtigen zählen, aber den Hinweis auf sie und ihr merkwürdiges Verhalten sollten wir im Hinterkopf behalten. Zunächst gilt es, Grundlegendes zu erheben, und zwar, wer aller zur fraglichen Zeit auf dem Bisamberg war. Keine leichte Arbeit!«

Korber hob sein Glas. »Dabei wünsche ich dir viel Glück! Prost!«

»Selbstverständlich hilfst du mir«, ließ Leopold keinen Zweifel aufkommen. »Schon allein deswegen, weil wir an Kohut dranbleiben müssen. Außerdem ist nicht sicher, wo sich dein Direktor und sein deutscher Kollege gestern Abend noch herumgetrieben haben. Und schließlich gibt es Querverbindungen zum Gymnasium in Korneuburg. Da ist deine werte Unterstützung gefragt. Alles kann ich neben meiner Arbeit im Kaffeehaus nicht allein machen.«

»Was ist mit Sabine?«

Leopold machte eine wegwerfende Handbewegung. »Die geht im Moment ihre eigenen Wege«, war sein ganzer Kommentar.

»Wie kommst du auf die Idee, dass ich dir jetzt, eine Woche vor Ferienbeginn, zur Seite stehe?«, wagte Korber einen schwachen Protest.

»Weil du selbst wissen willst, wie es ausgeht«, belehrte Leopold ihn. »Eine alte Freundin von dir ist gewaltsam ums Leben gekommen, eine neue könnte in den Fall verwickelt sein. Das muss dich doch interessieren. Also pass auf! Der erste Schritt ist, wie gesagt herauszufinden, wer aller nach den diversen Versammlungen noch am Bisamberg war. Diesbezüglich schauen wir uns einmal bei den Heurigen in der Stammersdorfer Kellergasse um.«

»Von mir aus«, brummte Korber. Richtig begeistert war er von Leopolds Vorschlag nicht. Immerhin konnte er bei diesem Einsatz das eine oder andere Glas Wein konsumieren.

»Vorher musst du einige Fotos im Internet suchen und auf dein Handy kopieren«, instruierte Leopold ihn weiter. »Die brauchen wir für unsere Befragungen, und zwar je eines von Marion Kirchner, Franz Kerbl, vom Direktor des Korneuburger Gymnasiums, von Walter Kohut, eurem Direktor Marksteiner sowie von Monikas Kollegen Erwin Bader. Da sollte etwas vorhanden sein, die sind alle an Schulen beschäftigt.«

»Glaubst du nicht, dass Juricek bereits auf dieselbe Idee gekommen ist?«, fragte Korber. »Da wäre es doch einfacher, ich frage einmal bei Norbert Bollek nach. Ich habe im Augenblick gute Karten bei ihm. Wenn ich ihn ein wenig anbohre, verrät er mir sicher etwas.«

»Nichts da! Wir gehen autonom vor«, zerstörte Leopold seine Illusionen. »Schau dich lieber auch noch nach Bildern vom Bio-Charly, dem Bezirksrat Mandl und diesem Bergmann um. Mit etwas Glück verschaffen wir uns damit einen guten Überblick.«

»Ich kann deinen Enthusiasmus nicht teilen«, seufzte Korber. »Wir haben einige Leute herausgepickt, die wir bereits kennen. Da gibt es aber noch weitere Personen auf Kohuts Liste und einige Geschäftsleute. Wie willst du die so schnell überprüfen, wenn du überhaupt an alle herankommst? Und selbst wenn wir da auf neue Verdächtige stoßen, weißt du immer noch nichts über Marions Privatleben. Wer waren ihre Freunde? Hatte sie eine Beziehung? Gab es persönliche Probleme?« Korber war gereizt. Monika Aberle befand sich bereits wieder auf dem Weg nach Heidelberg und war damit außerhalb seiner Reichweite. Sabine Patzak schien im Augenblick für ihn überhaupt unerreichbar. Dieses Bewusstsein drückte seine Stimmung gewaltig.

»Du wirst dich noch wundern, was wir in Bälde alles wissen werden«, tröstete Leopold ihn. »Vor allem, wenn einzelne Damen und Herren nervös werden. Hast du übrigens gestern bemerkt, dass Marion Kirchner hier irgendwelche Unterlagen liegen gelassen hat?«

»Keine Ahnung! Ich bin mit Monika schon lang vor Ende der Versammlungen gegangen«, murrte Korber.

»Dir ist also nichts aufgefallen? Also vielleicht, dass

etwas in der Art auf einem Sessel oder Beistelltisch herumgelegen ist, wo man es leicht übersieht?«

»Na, du hast Sorgen! Glaubst du, ich habe darauf geachtet?«

»Es hätte ja sein können!«

»Ist es wichtig?«

»Vielleicht! Denk auf jeden Fall darüber nach. Und vergiss die Fotos nicht«, gab Leopold Korber, der sein zweites Bier ausgetrunken und das Geld dafür auf die Theke gelegt hatte, mit auf den Weg. »Ich hole dich später ab.«

Die ominöse Nachricht, von der die schöne Unbekannte gesprochen hatte, bereitete Leopold Kopfzerbrechen. Konnte es sein, dass die Dame genau das bezweckte?

KAPITEL 7

Freitag, 26. Juni, nachmittags und abends

Frau Heller zeigte es nicht nach außen, aber der Mord an Marion Kirchner beschäftigte sie mehr, als ihr lieb war. Sie fürchtete bei solchen Dingen immer um das Renommee ihres Kaffeehauses. Freilich hatte es schon andere Morde im Umfeld des *Café Heller* gegeben. Diesmal jedoch fühlte sie sich persönlich involviert. Die Hauptgegnerin eines Projekts, für das sie sich mit anderen Geschäftsleuten einsetzte, war nach einer heftigen Auseinandersetzung in ihrem Kaffeehaus, an der sie persönlich teilgenommen hatte, umgebracht worden. Die Medien würden sich schnell einen Reim auf diesen Hintergrund machen und die Geschichte in aller Öffentlichkeit breittreten. Aus Vermutungen würden Schlagzeilen werden. Und wenn da auch nur einmal der Name des *Café Heller* ins Spiel gebracht wurde …

Das Gespräch mit Oberinspektor Juricek hatte ihre Bedenken nur bestätigt. Er hatte sich detailliert nach dem Ablauf des Abends und jedem einzelnen ihrer Kollegen erkundigt. Er hatte sie sogar gefragt, wo sie selbst zur Tatzeit gewesen sei. Gott sei Dank war sie gemeinsam mit ihrem Heinrich im ehelichen Schlafgemach gelegen. Daran gab es nichts zu rütteln.

Wie würde es mit dem *Café Heller* weitergehen? Die Chancen, die sich für die Zukunft darboten, durften nicht leichtfertig verspielt werden. Frau Heller machte sich so ihre Gedanken, und um sich abzulenken, versuchte sie sich an einem Sudoku der schwierigeren Sorte. Da nahm sie plötzlich die Silhouette von Bezirksrat Mathias Mandl vor dem Haustisch wahr.

»Kann ich Sie sprechen? Nur eine Minute«, zischte er gerade so laut, dass sie ihn verstand.

Frau Heller blickte sich aufgrund seines merkwürdigen Verhaltens vorsorglich um. Leopold war gegangen, der zweite Oberkellner Waldemar »Waldi« Waldbauer schwirrte diensteifrig durchs Lokal, ihr Gatte Heinrich war im Augenblick nicht zugegen. Sie bedeutete Mandl mit einer Geste, sich zu setzen. »Worum handelt es sich denn?«, wollte sie von ihm wissen.

»Das muss unter uns bleiben«, raunte ihr Mandl vertraulich zu. »Sie können sich ja denken, was mich zu Ihnen führt. Ein Jammer, das Ganze! Hat die Polizei Sie schon verhört?«

»Am Vormittag«, nickte Frau Heller.

»Ich hoffe, Sie haben nichts Vertrauliches … Ich meine …«, stotterte Mandl herum.

»Ich habe die Wahrheit gesagt«, stellte Frau Heller klar. »Das heißt, ich habe das berichtet, was jeder Anwesende, der Augen zum Sehen und Ohren zum Hören hat, auch hätte aussagen können. Dann habe ich noch die mir bekannten Namen der Teilnehmer an unserem Gespräch aufgeschrieben. Das war ja meine Pflicht!«

»Selbstverständlich, Frau Heller«, gab Mandl ihr recht. »Leider können wir in naher Zukunft, solange diese blöde Sache nicht erledigt ist, nicht mehr so offen agieren. Sonst bekommen unsere Gegner die Oberhand. Die kleinste Kleinigkeit könnte fatale Folgen haben. Sie werden das sicher verstehen. Wir benötigen neue Wege der Kommunikation. Herr Bergmann ist in dieser schweren Zeit unser Koordinator. Er wird Sie mit allen nötigen Informationen versorgen.«

»Herr Bergmann! Aha«, versuchte Frau Heller zu verstehen.

»Wir werden schon bald wieder geschlossen auftreten«, versicherte Mandl. »Einstweilen ersuche ich Sie vor allem, von jeglicher Stellungnahme der Presse gegenüber abzusehen. Auch sonst bitte keine vertraulichen Hinweise, Mitteilungen und so weiter. An niemanden. Schon gar nicht an Ihren neugierigen Oberkellner! Und auch nicht an Erika Haller. Die beiden sind ja ein Paar.«

»Natürlich, Herr Bezirksrat!« Frau Heller nickte fleißig, obwohl ihr die Sache nicht geheuer war. »Eine Frage hätte ich dennoch: Wie schaut es mit der Werbung für mein Kaffeehaus aus? Wir wollten doch möglichst rasch mit der Kampagne starten.«

»Wir dürfen jetzt auf keinen Fall den Fehler machen, die Öffentlichkeit auf diese Weise auf uns aufmerksam zu machen«, wandte Mandl sofort ein. »Zunächst einmal muss ein wenig Gras über den Mord wachsen. So leid es mir tut, das zu sagen, aber gerade Ihr Kaffeehaus ist auf unglückliche Weise darin verstrickt. Da erscheint eine Erwähnung des Namens keineswegs vorteilhaft.«

»Heißt das, dass Sie mich links liegen lassen?«, fragte Frau Heller gereizt.

Mandl lächelte verkrampft. »Aber nein, es handelt sich um eine reine Vorsichtsmaßnahme, für die nächste Zeit zumindest. Wir sind alle betroffen. Vielleicht wird der Täter ja schon bald gefunden. Herr Bergmann hält Sie, wie gesagt, auf dem Laufenden. Bitte warten Sie ab und verlieren Sie nur nicht die Nerven, Frau Heller! Sie hören von uns! Und jetzt – auf Wiedersehen!« Er machte eine unbeholfene Abschiedsverbeugung.

Nun hatten sich Frau Hellers Befürchtungen bestätigt. Es sah so aus, als könne das *Café Heller* keineswegs vom Eichendorff-Projekt profitieren, im Gegenteil: Ein Schaden für seine Reputation war nicht mehr auszuschließen. Dabei war sie sich keiner Schuld bewusst. Sie hatte ihr Lokal für einen Informationsabend zur Verfügung gestellt, nichts weiter. Mit allem, was danach geschehen war, hatte sie nichts zu schaffen. Sie empfand es deshalb als höchst unfair, dass ihr in dieser Hinsicht versteckte Vorwürfe gemacht wurden. Die feinen Herren sollten sich selbst an der Nase nehmen und prüfen, ob sie eine weiße Weste hatten.

Erregt erhob sie sich vom Haustisch und machte ein paar Schritte auf und ab. Sie brauchte Bewegung als Gegenmittel für ihre innere Unruhe. Dabei kam sie am Zeitungstisch vorbei, wo unter den anderen, schön in ihre Halter eingespannten Blättern, das neue *Bezirksjournal* lag. Es musste am Vormittag mit der Post gekommen sein. Frau Heller beschloss, es zur Ablenkung ein wenig durchzublättern. Doch das gelang ihr nicht. Schon auf Seite sechs las sie einen Artikel, der ihr die Haare zu Berge stehen ließ:

Schon bald: Neues Romantik-Café in Floridsdorf
Ludwig Bergmann: Mehr Gemütlichkeit für den 21. Bezirk

Der umtriebige Unternehmer Ludwig Bergmann hat mit der bevorstehenden Eröffnung seiner neuen Buchhandlung in Wien-Floridsdorf im Juli nicht genug. Er plant zusätzlich den Start eines

Kaffeehauses auf der Floridsdorfer Hauptstraße im Herzen des 21. Wiener Gemeindebezirkes, das alle Stückerln spielen soll. »Was in Floridsdorf fehlt, ist ein Ort der Gemütlichkeit, ein Café in der Alt-Wiener Tradition«, teilte er uns mit. Sein Café Eichendorff soll zum Verweilen einladen, und um das den Leuten g'schmackig zu machen, wird es dort neben köstlichen frischen Mehlspeisen auch kuschelige Leseecken mit Gratisexemplaren aus seiner Buchhandlung geben. Darunter viel romantische Literatur, bei der sich die Menschen näherkommen können.

Auf das Projekt bei der Eichendorff-Höhe am Bisamberg angesprochen, meinte Bergmann: »Eine wichtige Sache, bei der wir erst am Anfang stehen. Wir wollen dem großen romantischen Dichter, der eine bedeutende Zeit seines Lebens in Wien verbrachte, damit alle Ehre erweisen und ihn gleichzeitig der Wiener Bevölkerung näherbringen. Ein bisschen wird es noch dauern. Inzwischen werde ich das in meiner Buchhandlung tun und die Gäste meines Kaffeehauses mit einer köstlichen Eichendorff-Torte verwöhnen.«

Bergmann meint es ernst. Die Eröffnung seiner Buchhandlung steht unmittelbar bevor, das Café Eichendorff als neuer Treffpunkt in unserem Bezirk wird nicht lange auf sich warten lassen.

Mehr Gemütlichkeit für den 21. Bezirk! Was in Floridsdorf fehlt, ist ein Kaffeehaus in der Alt-Wiener Tradition! Frau Heller traute ihren Augen nicht. Ihre Hände zitterten beim Überfliegen der Zeilen. Und was war mit dem *Café Hel-*

ler? Verdrängen wollte dieser Bergmann sie, ausschalten, eliminieren. Und das alles mit Unterstützung des Bezirksrats Mandl, da wollte sie was drauf wetten. So ein Verräter!

Ab dem jetzigen Zeitpunkt waren das nicht mehr Frau Hellers Verbündete, sondern ihre erbittertsten Feinde. Und sie war bereit, sich ihnen im Kampf zu stellen, mit allem, was sie zur Verfügung hatte.

*

Leopold traf Thomas Korber am späteren Nachmittag nicht bei sich zu Hause an, sondern beim Heurigen *Zum Fuhrmann* gleich gegenüber. Er befand sich im gestenreichen Meinungsaustausch mit zwei anderen Stammgästen an einem der Stehtische im Eingangsbereich. Offenbar ging es um die zunehmende Zerstörung der Landschaft durch Bauprojekte am Bezirksrand. Der Alkohol heizte die Debatte an.

»Ist es wirklich notwendig, jeden freien Flecken in Bauland umzuwidmen und dann charakterlose mehrstöckige Wohnburgen hinzustellen?«, ereiferte sich Korber. »Oder eine Feriensiedlung, wie sie im Zug des Eichendorff-Projekts zwischen Stammersdorf und Hagenbrunn geplant ist?«

»Eine Feriensiedlung ist ein Geschäft! Dann haben wir Floridsdorfer endlich auch was vom Tourismus. Außerdem schafft das Arbeitsplätze«, konterte ein Mann in den besten Jahren mit roter Nase und dicker Brille, der nicht so aussah, als ob er derzeit einen Arbeitsplatz innehätte, und noch weniger so wirkte, als ob er demnächst einen wollte.

»Die Sache ist viel einfacher, Burschen«, warf ein grau melierter, untersetzter Senior ein. »Wo Menschen leben, wird gebaut, damit noch mehr Menschen dort leben können. Je mehr Menschen, desto mehr Wohnungen und Häuser. Die Natur ist zwar schön, aber in ihr kannst du nicht wohnen.«

Der Kellner huschte vorbei. »Eines steht fest: je mehr Menschen, desto mehr Arschlöcher«, gab er seine Ansicht lautstark zum Besten. »Das ist biologisch erwiesen. Noch einen Wunsch, meine Herren?«

Korber war schon dabei, eine Bestellung aufzugeben, da fasste ihn Leopold, dem die niveaulose Debatte auf die Nerven ging, an der Schulter. »Komm jetzt«, forderte er ihn auf. »Hast du die Fotos?«

Korber zog ein Blatt Papier hervor, auf das Fotos von allen Personen, die Leopold erwähnt hatte, zusammenkopiert waren. »Nur von Bio-Charly habe ich auf die Schnelle nichts gefunden«, gab er an.

»Nicht schlecht«, lobte Leopold ihn. »Dafür könnte ich dir fast verzeihen, dass du dich schon am Nachmittag vollllaufen lässt.«

»Du weißt, dass ich mir Sorgen um Monika mache«, beteuerte Korber.

»Du kannst sie ja später anrufen, wenn du möchtest«, entgegnete Leopold gereizt. »Wir haben einiges vor, also reiß dich zusammen!«

Mit einer Gleichgültigkeit, die von seinem bisherigen Weinkonsum herrührte, folgte Korber Leopold zu seinem Wagen. Gemeinsam nahmen sie Kurs auf Stammersdorf. Bald erreichten sie die dortige Kellergasse, wo sich links und rechts einfache, rustikale Heurigenlokale mit ihren engen, gemütlichen Gasträumen und den Gartenterrassen mit Blick auf Wien aneinanderreihten. Leopold stellte sein Auto am oberen Ende auf dem Parkplatz beim Steinernen Kreuz ab. Am Vortag waren sie hier noch in die links einmündende Senderstraße Richtung Eichendorff-Höhe abgebogen.

»Ich nehme an, dass wir bei den Heurigen hier oben die besten Chancen haben, etwas herauszufinden«, weihte Leopold Korber in seine Pläne ein. »Wir geben an, dass du ein Cousin von Marion bist, der in Erfahrung bringen möchte, was sie gestern Abend noch hier gemacht hat, klar?«

Korber setzte zu einem Protest an, ließ es aber dann doch lieber bleiben. So begannen sie ihre Befragungen in den sich jetzt, am späten Nachmittag, langsam füllenden Lokalen. Diese gestalteten sich jedoch äußerst mühsam. Das Erinnerungsvermögen der Heurigenwirte und des Bedienungspersonals ließ teilweise zu wünschen übrig. Dank Korbers Fototafel gab es schließlich doch den einen oder anderen wichtigen Hinweis:

Direktor Marksteiner und Erwin Bader waren offenbar nach ihrem Kurzbesuch im *Heller* noch einmal heraufgefahren und nach 22 Uhr beim *Heurigen Schulz* abgestiegen. Als Dritten im Bunde hatten sie Egon Pelinka, den Direktor des Korneuburger Gymnasiums, bei sich gehabt. Ob sie gemeinsam gekommen oder erst hier aufeinandergetroffen waren, vermochte niemand zu sagen. Es war jedenfalls feuchtfröhlich zugegangen.

Marion Kirchner war in der *Abendrotlaube* schräg gegenüber in Begleitung eines Mannes, der nicht auf den Fotos abgebildet war, gesehen worden. Später war Franz Kerbl dazugestoßen. Zwischen Marion, ihrem illuminierten Begleiter und Kerbl war es schnell zu Streitigkeiten gekommen, sodass sie seitens des Heurigenlokals einige Male zur Mäßigung aufgefordert werden mussten. Daraufhin war Marions Begleiter gegangen. Kurz danach hatten auch sie und Franz Kerbl das Lokal verlassen.

»Sie sind noch woandershin gegangen, das ist vom Zeitablauf her offensichtlich«, überlegte Leopold. »Es würde mich nicht wundern, wenn sie beim *G'spritzten Toni* gelandet wären, der hat hier am längsten offen.«

Sie betraten dieses Kellerlokal und mussten sich, von draußen kommend, erst an die schummrige Beleuchtung gewöhnen. Offenbar hatte der *Toni* eben erst aufgesperrt. An der Schank rührte ein Gast in seinem dünnen Filterkaffee um, als ob das sein Frühstück wäre. Ein zweiter verdrückte ein Schmalzbrot mit einer dicken Lage Zwiebeln drauf. Neben sich hatte er einen Krug Weißwein stehen, aus dem er beständig nachschenkte, nachdem er aus seinem Glas getrunken hatte. Sonst war das Lokal bis auf eine stämmige Kellnerin mit tiefer, verrauchter Stimme leer.

»Bitte?«, fragte sie mit dem ganzen Charme, den sie um diese Zeit schon hatte.

»Ein Achtel *Grüner Veltliner*«, meldete sich Korber gleich zu Wort und erntete dafür von Leopold, der einen Sommerspritzer bestellte, einen strafenden Blick.

Leopold holte die Fotos hervor und deutete auf Marions Gesicht. »Wir kommen wegen dieser Frau«, gab er der Kellnerin zu verstehen. »War sie gestern hier?«

»Wer lässt fragen?«, erwiderte sie unwirsch.

»Die Frau ist leider unweit von hier ermordet worden«, erklärte Leopold.

»Ich weiß«, versetzte die rauchige Stimme.

»Mein Begleiter ist ein Verwandter von ihr«, behauptete Leopold.

Die Kellnerin kniff die Augen zusammen. »Ein naher Verwandter?«, forschte sie.

»Ein sehr naher Verwandter«, bestätigte Leopold.

»Ein Cousin, um es genau zu sagen«, bestätigte Korber nach einem kräftigen Schluck.

»In echt?«

»In echt!«

Die Kellnerin begann zu strahlen, wie man es bei ihr nicht für möglich gehalten hätte. »Das ist ja großartig«, freute sie sich. »Es gibt doch noch eine Gerechtigkeit auf dieser Welt! Warten Sie bitte einen Augenblick!«

Sie ging hinter die Schank, öffnete eine Lade und kramte darin herum. Schließlich kam sie mit einem Kassenbeleg zurück. »Dürfte ich den Cousin bitten, die Schulden seiner Cousine von gestern Abend zu begleichen?«, ersuchte sie Korber. »28 Euro und 30 Cent. Wenn Sie mir 30 Euro geben, sind die Verzugszinsen auch dabei.«

»Wie bitte?« Korber verschluckte sich und hustete.

»Ihre Cousine war hier, ziemlich spät, und sie war nicht allein. »Sie hat die anderen auf eine Runde eingeladen«, setzte die Kellnerin ihm auseinander.

»Und das soll ich jetzt bezahlen?«, regte sich Korber auf.

»Sie hat's jedenfalls nicht bezahlt, und sie wird's auch nicht mehr bezahlen«, stellte ihn die Kellnerin vor vollendete Tatsachen. »Die waren ja alle voll wie die Haubitzen. Ich sage mir immer, kassiere solche Runden gleich ab, Inge, sonst bekommst du Probleme, und dann tue ich es doch nicht. Sie haben getrunken und sind immer lauter geworden. Ich musste zwischendurch in den anderen Raum. Da sind sie plötzlich gegangen. Die Cousine war wohl als Erste weg und die anderen hintennach, weil keiner die Rechnung begleichen wollte. Da habe ich schön blöd dreingeschaut. Man kann nicht überall gleichzeitig sein, aber leider bin ich meistens allein. Einsparungen, Sie kennen das ja. Gott sei Dank sind Sie gekommen, sonst hätte ich das aus der eigenen Tasche zahlen müssen.«

»Aber ich …«, setzte Korber zu einem Protest an.

»Selbstverständlich zahlst du«, rief ihn Leopold zur Ordnung. »In einer Familie ist man immer dafür verantwortlich, was die lieben Verwandten so treiben. Blut ist dicker als Wasser. Also zier dich nicht.« Er gab ihm einen leichten Stoß mit dem Ellenbogen und hatte seine Freude dabei.

Murrend nahm Korber seine Geldbörse heraus und gab Inge die 30 Euro.

»Jetzt würde ich aber schon gern wissen, ob Sie sich an ein paar von den anderen Leuten gestern erinnern«, wandte Leopold sich an sie. »Wie viele waren es überhaupt?«

»Die Cousine hat sieben Getränke bestellt, es sind aber noch ein oder zwei dazugekommen«, gab Inge Auskunft. Dann warf sie einen erneuten Blick auf die Fotos. Sie zeigte auf Franz Kerbl, Erwin Bader, Direktor Marksteiner und Egon Pelinka. »Die waren dabei«, bestätigte sie.

»Und wer waren die anderen?«

»Was weiß ich! Deutsche waren dabei, so, wie sie geredet haben. Und eine zweite Frau. Fragen Sie mich aber nicht, wie die alle ausgesehen haben, so hell ist es da herinnen nicht.«

Leopold deutete auf Bergmann. »Was ist mit dem da?«

»Kann sein, aber ich glaube nicht.«

»Haben Sie gesehen, wohin die Cousine mit den anderen gegangen ist?«

»Nein! Erstens kann ich nicht durch die Wand schauen, und zweitens hätte ich mir sonst mein Geld geholt, da können Sie Gift drauf nehmen«, ätzte Inge. »Noch was? Ich muss wieder an die Arbeit.«

Leopold bemerkte an der Wand ein Gestell, in dem etliche schöne, alte Modelle von Wanderstöcken untergebracht waren. Zwischen zweien dieser Stöcke klaffte eine Lücke. »Da fehlt einer«, machte er Inge aufmerksam. »Schon lange?«

Sie bemerkte es auch. »Jetzt lassen die Leute so was auch schon mitgehen«, klagte sie. »Aber um alles kann ich mich nicht kümmern, und dafür bin ich Gott sei Dank nicht verantwortlich.«

Ein Hinweis auf die Mordwaffe? Leopold trank aus und bedeutete Korber, er solle zahlen. Draußen an der frischen Luft konnte er besser darüber nachdenken.

*

»Das war ziemlich unfair, dass ich vorhin zur Kasse gebeten wurde«, beschwerte sich Korber, nachdem sie den *G'spritzten Toni* verlassen hatten.

»Finde ich nicht«, entgegnete Leopold und konnte sich dabei ein Lächeln nicht verkneifen. »Du warst für die Kellnerin eben der Cousin und damit für Marions Schulden verantwortlich.«

»Es war deine Idee, also hättest ruhig du zahlen können«, wandte Korber ein. »Sie hätte das Geld schließlich auch von dir genommen.«

»So war es authentischer«, befand Leopold. »Außerdem gibst du dein Geld sonst für Alkohol aus, und das ist nicht gut für dich.«

»Was gut für mich ist, weiß ich schon selbst«, murrte Korber. Sein Gesicht hellte sich jedoch sofort auf, als er den Empfang einer SMS von Monika Aberle registrierte. »Monika ist gut in Heidelberg eingetroffen«, strahlte er.

»Ein Grund für dich, heute nichts mehr zu trinken. Jetzt fehlt dir die Ausrede«, schlug Leopold vor.

»Ein Grund, sie umgehend anzurufen«, äußerte Korber.

»Meinetwegen! Aber wenn es gerade jetzt sein muss, fühl ihr wenigstens gleich wegen Erwin Bader auf den Zahn«, forderte Leopold ihn auf.

»Vielleicht ist sie noch mit ihm beisammen.«

»Egal, ich möchte nur wissen, wie sie reagiert.«

Korber erkannte zu spät, dass es gescheiter gewesen wäre, mit dem Anruf zu warten, bis er wieder allein zu Hause war. »Bei dir hat man überhaupt kein Privatleben«, quengelte er.

»Im Augenblick nicht! Mach schon«, trieb Leopold ihn an.

Ein ungutes Gefühl stieg in Korber hoch. Eben erst hatte er sich auf das Telefonat gefreut, jetzt kam er sich vor wie ein ausführendes Organ von Leopolds Befehlen. Dann freute er sich doch, ihre Stimme zu hören.

»Hallo, Monika«, flötete er. »Schön, dass du gut angekommen bist.«

»Des isch doch normal, Thomas, oder?«, erwiderte sie leidenschaftslos. »Hast du dir denn Sorgen gemacht?«

»Ein wenig schon«, gestand er. »Die Strecke ist lang, und ihr seid gestern spät ins Bett gekommen.«

»Ach was«, tat sie seine Bedenken ab. »Der Erwin hat zwar noch a bissle Kopfweh ghabt, aber er hat gmeint, da fahrt er Elba schneller, damit mr früher da sind.«

Korber graute bei dem Gedanken an den übernächtigten Bader am Volant. Er sagte: »Hauptsache, du bist wohlbehalten wieder zu Hause! Ich muss noch oft an gestern denken. Es war schön!«

»Ja, das war es«, bestätigte Monika, aber er vermisste die Überzeugung in ihrer Stimme. Dann fragte sie etwas freundlicher: »Kommst mich mal bsuacha?«

»Sicher«, antwortete er. Sie war auf einmal so weit weg. Und ihm gegenüber stand der unerbittliche Leopold, dessen Gesten ihn drängten, das Gespräch in die entscheidende Richtung zu lenken. »Hat dir Erwin übrigens erzählt, dass er gestern auch auf dem Bisamberg war?«, erkundigte er sich deshalb. »Er war sogar noch in einer geselligen Runde mit dem Mordopfer beisammen.«

»Nein«, ließ sie Korber wissen. »Und es ist mir auch egal. Ich habe jetzt andere Dinge im Kopf. Das Entdecken der Leiche war gestern ein unschöner Abschluss unseres Zusammenseins, den ich schleunigst vergessen möchte, mit allem, was dazugehört. Ich verstehe ja, dass es dich beschäftigt, weil du die Tote gekannt hast.«

»Du nicht auch? Sie stammte aus Heidelberg«, ging es Korber jetzt sehr direkt an.

»Lass uns nicht mehr über diese Sache sprechen«, wich ihm Monika sofort aus. »Es weckt in mir nur schlimme Erinnerungen. Ich möchte unsere schönen gemeinsamen Stunden im Gedächtnis behalten.«

»Entschuldigung, ich dachte …«

»Ein andermal, Thomas! Ich muss jetzt Schluss machen«, unterbrach sie ihn. »Wir hören uns.«

Ehe Korber sich von ihr verabschieden konnte, hatte Monika aufgelegt. Er ärgerte sich. Es gab so viele Sachen, über die er mit ihr hatte reden wollen, aber das Gespräch war von Anfang an nicht richtig gelaufen. Täuschte er sich, oder war das eine andere Monika als die gewesen, welche er in Wien kennengelernt hatte? Sogar ihren Dialekt ließ sie am Schluss vermissen.

»Sie war eingeschnappt, als du sie direkt auf den gestrigen Abend angesprochen hast, nicht wahr?«, riss ihn Leopold aus seinen Gedanken. »Typisch! Die und Bader stecken mit drinnen, da kannst du Gift drauf nehmen!«

»Du kannst einem wirklich jede Freude verderben! Überall siehst du Verbrecher und Mörder«, reagierte Korber sauer. Er war verunsichert und wusste nicht mehr, was er denken sollte.

»Ich möchte deine Gefühle nicht aus dem Gleichgewicht bringen, Monikas Verhalten lässt jedoch vermuten, dass sie etwas zu verbergen hat«, ließ sich Leopold nicht irritieren. »Aber ich möchte nicht, dass du glaubst, ich sei ihr gegenüber voreingenommen. Setzen wir uns deshalb kurz zusammen und besprechen wir die Ergebnisse unserer Nachforschungen.«

Die Aussicht auf ein weiteres Glas Wein stimmte Korber versöhnlich. So lenkten sie ihre Schritte auf Leopolds Vorschlag nochmals in die *Abendrotlaube*. Dort stärkten sie sich mit einem Surbraten und einem guten Tröpferl, während sie ihre Betrachtungen anstellten.

»Versuchen wir, uns vorzustellen, was da abgelaufen ist«, begann Leopold. »Dein Direktor und Erwin Bader sind auf Sauftour. Sie kommen zu uns ins *Heller*, weil sie hoffen, dich und Monika anzutreffen. Sie gehen rasch wieder und tauchen plötzlich hier in der Kellergasse auf. Warum?«

»Das ist alles sehr wirr. Sie waren schon vorher beim Heurigen und haben Monika von dort angerufen«, gab Korber zu bedenken. »Eigentlich hätten sie wissen müssen, dass sie uns weder hier noch im *Heller* finden würden.«

»Es gibt folgende Möglichkeiten«, fuhr Leopold unbeirrt fort. »Erstens: Sie haben, aus welchen Gründen auch immer, trotzdem geglaubt, euch noch zu sehen. Das wäre die unschuldigste Vermutung. Zweitens: Bader hatte etwas vor, wusste durch Nachrichten von Monika, dass sie später noch heraufkommen würde, und wollte mit ihr in Kontakt treten.«

»Quatsch! Wie hätte das funktionieren sollen?«, wandte Korber ein. »Die hatten doch beide keine Ortskenntnis. Lass endlich Monika aus dem Spiel!«

»Na gut«, stimmte Leopold ihm zu. »Dann kommen wir zu Möglichkeit Nummer drei: Bader hat während seines Kurzaufenthalts im *Heller* mitbekommen, dass Marion Kirchner noch heraufwollte, und hat sich an ihre Fersen geheftet – mit Marksteiner als ortskundigem Führer.«

»Das erscheint mir auch nicht gerade plausibel«, konnte Korber dieser Theorie nichts abgewinnen. »Ich vermute eher, dass es zu einer Verabredung mit dem Korneuburger Direktor Pelinka gekommen ist, weil Marksteiner und er sich kennen.«

»Möglich«, räumte Leopold ein. »Da müssen wir aber schnellstens mit deinem Direktor Kontakt aufnehmen, um Licht in die Sache zu bringen. Du hast doch seine Privatnummer?«

»Das geht nicht«, erwiderte Korber. »Heute war Marksteiner krankgemeldet, morgen ist Samstag und …«

»Je früher wir Licht in die Angelegenheit bringen, desto früher ist vielleicht deine Monika reingewaschen«, köderte Leopold seinen Freund. »Außerdem kann Marksteiner kein gutes Gewissen haben, wenn er nach einem Rausch vom Vortag die Schule schwänzt. Wer weiß, was er angestellt hat. Wir haben ihn schon einmal aus einer prekären Situation gerettet. Also sollte er froh sein, wenn wir uns mit ihm in Verbindung setzen und uns nach seinem Befinden erkundigen. Was glaubst du, wegen welcher Nichtigkeiten ein Direktor am Wochenende angerufen wird.«

Korber hatte gerade sein Glas geleert. »Ich versuch's – aber nur, wenn du mich noch auf ein Achtel einlädst«, bedingte er sich aus.

Murrend gab Leopold nach. »Kommen wir nun zu den einfacheren Kombinationen«, fuhr er fort, als Korbers Glas wieder gefüllt war. »Nämlich zu Marion Kirchner selbst. Sie hatte sich mit Franz ›Frankie‹ Kerbl verabredet, also logisch, dass die beiden zusammen hier waren. Allerdings hatte sie noch einen anderen Mann im Schlepptau.«

»Wer mag das wohl gewesen sein?«, sinnierte Korber.

»Der da«, sagte Leopold und deutete zufrieden mit seinem Kopf in Richtung Othmar Demmer, der soeben zur Tür hereinkam.

*

»Hab ich mir's doch gedacht, dass ich dich heute hier treffe, du alter Halunke«, grüßte Leopold den verdutzten Neuankömmling.

»Leopold! Du hier? Das ist aber eine Überraschung«, entgegnete Demmer, dem die Begegnung nicht angenehm schien.

»Für mich nicht! Mir war klar, dass du heute hier auf einen Sprung vorbeischauen würdest, nach allem, was gestern geschehen ist.«

»Wovon redest du?«

»Ich rede von der Frau, die gestern auf dem Bisamberg umgebracht wurde«, half Leopold Demmers Gedächtnis auf die Sprünge. »Mit der hast du doch zufällig vorher hier noch etwas getrunken.«

Demmer versuchte, Zeit zu gewinnen. »Immer mit der Ruhe! Lass mich doch erst einmal hinsetzen und einen Spritzer bestellen«, redete er auf Leopold ein. »Vom Hudeln kommen die Kinder, und die kann ich in meinem Alter nicht mehr brauchen. Also: Du meinst wohl diese nette Streiterin für die Erhaltung der unberührten Natur am Bisamberg.«

»Genau die«, bestätigte Leopold. »Und ich denke, dass du vorhattest, ihr genauer zu zeigen, was man in dieser unberührten Natur alles machen kann, wie stimulierend sie auf den Sexualtrieb wirkt und so weiter.«

Demmer nahm seinen weißen Spritzer in Empfang. »Woraus schließt du das?«, fragte er unschuldig.

»Ich kenne dich, du alter Schlingel«, sagte Leopold ihm auf den Kopf zu. »Dich, deine Theorie und deine Haltung Frauen gegenüber.«

»Es gibt verschiedene Frauen, solche und solche«, konterte Demmer. »Die einen sind stark, wenn sie schwach werden. Von denen mag ich dir gelegentlich erzählt haben. Aber die gehörte nicht dazu. Ihre Stärke kam von innen heraus, von ihrer Persönlichkeit her, weißt du?«

»Deshalb hast du ihr bei uns im Kaffeehaus ständig auf den Hintern gegriffen«, befand Leopold spöttisch.

»Wenn, dann war es höchstens ein Ausdruck von Wertschätzung. Und sie hat es zugelassen, weil sie so gescheit war, das zu erkennen.«

Leopold überhörte Demmers letzte Bemerkung. »Warum bist du mit ihr noch hierhergefahren?«, wollte er wissen.

»Sie war eine Kämpferin für die gute Sache«, gab Demmer an. »Mit so jemandem trinkt man gern noch ein Gläschen.«

»In Gedanken warst du dabei aber schon beim ehrfürchtigen Schauer, den urtümlichen Trieben und deinen üblichen Vergnügungen in der freien Natur«, diagnostizierte Leopold. »Doch dann tauchte ihr Freund Franz Kerbl auf. Es kam zum Streit!«

»Da liegst du leider völlig falsch«, widersprach Othmar Demmer.

»Für den Streit gibt es Zeugen«, beharrte Leopold.

»Er hat doch mit ihr gestritten, nicht mit mir«, schwächte Demmer ab.

»Othmar, bitte tu nicht so, als stündest du über den Dingen, und rück mit der ganzen Wahrheit heraus«, verschärfte Leopold, dem diese Verschleierungstaktik zu bunt wurde, die Gangart. »Ich weiß genau, worauf du aus warst. Du hast versucht, dir von Marion Kirchner, dem Mordopfer, entsprechende Liebesdienste zu sichern, im Guten oder im Bösen!«

»Im Gegenteil! Ich bin gegangen, als mir die gegenseitigen Beschimpfungen zu bunt geworden sind«, wehrte Demmer sich.

»Du hast Pech, Othmar! Ich kenne deine Hausmarke an Präservativen, du hast mich einmal in dieses Geheimnis eingeweiht. Eines davon muss dir in der Hitze des Gefechtes aus der Tasche gerutscht sein, und zwar in unmittelbarer Nähe des Tatorts. Dieses hier!« Triumphierend zog Leopold das ungebrauchte Kondom, das er beim Eichendorff-Denkmal gefunden hatte, hervor.

Erstmals wirkte Demmer nun verunsichert. »Leopold, du glaubst doch nicht, dass ich dieser Marion etwas angetan habe«, versetzte er vorwurfsvoll, doch sein Protest wirkte schwach.

»Ich habe dieses Beweisstück bis jetzt nicht an die Polizei weitergeleitet«, machte Leopold ihm klar. »Würde ich das tun und mit entsprechenden Kommentaren über deine

Gewohnheiten und den gestrigen Abend versehen, wärst du bald in Teufels Küche. Was, wenn ich meinem Freund, dem Oberinspektor Juricek, mitteile, dass du dich dem Mordopfer im *Heller* unsittlich genähert hast? Du weißt es selbst, dein schlechtes Gewissen hat dich hierhergetrieben. Du möchtest wissen, wie tief du in der Tinte sitzt. Also leg endlich los, wenn du sie nicht umgebracht hast, damit wir überlegen können, was am besten zu tun ist.«

Ein Seufzer entrang sich Demmers Brust. »Na schön, wenn du so gar keinen Spaß verstehst, erzähle ich dir eben die ganze Geschichte«, willigte er ein. »Marion wollte sich nach der Sitzung noch mit Frankie treffen, um Ergebnisse abzugleichen, und dann mit ihm herauffahren. Sie hatte kein Auto. Da habe ich ihr vorgeschlagen, sie gleich mit meinem Wagen herzuführen und gemeinsam mit ihr auf Frankie zu warten.«

»Ohne Hintergedanken?«

Othmar Demmer zögerte einen Moment. »Praktisch ja! Ganz ohne geht's einfach nicht«, musste er zugeben. »Die war bereit, Leopold! So was spüre ich! Aber ich war willens, von ihr abzulassen, wenn es unbedingt sein musste.«

Leopold erheiterte dieses Eingeständnis innerlich. »Weiter«, forderte er Demmer dennoch unbarmherzig auf.

»Als wir hier angekommen sind, hat sie Frankie per SMS alles mitgeteilt. Frankie dürfte die Geschichte von Haus aus nicht gefallen haben. Er war überraschend schnell da und von Beginn an ziemlich aggressiv. Ein Trottel, wenn du mich fragst. Man gewinnt bei einer Frau nichts durch ein derartiges Verhalten, sondern nur, wenn man sich ihr, unbeeindruckt vom Rivalen, voll und ganz widmet, sowohl geistig als auch körperlich.«

»Ich weiß«, wurde Leopold ungeduldig.

»Ich wollte dir ja nur einen Tipp geben, wenn du dir einmal neben deiner Erika eine andere aufreißen möchtest.«

»Weiter! Was war dann?« Leopold begann, mit den Fingern auf den Tisch zu trommeln.

Demmer zuckte mit den Achseln. »Was soll gewesen sein? Ich bin gegangen, habe mich als friedfertiger Mensch der Gewalt gebeugt!«

»Klingt nicht sehr überzeugend! Wieso hast du dann in der Nähe des Tatorts ein Präservativ verloren?«

Demmer spielte den Verständnislosen. »Stell dich nicht dumm, Leopold, das mag ich nicht«, stellte er klar. »Klarerweise bin ich nicht nach Hause gefahren, sondern zum *Friedrich*, meinem Stammheurigen weiter unten. Guter Wein! Und tatsächlich saß da in einer lauschigen Ecke eine reife Frau ganz allein, zu der ich mich gesellen durfte. Die hat mich nicht intellektuell gefordert, sondern auf eine ganz andere Weise. Da hätte man unter Umständen von einer unsittlichen Annäherung sprechen können. Sie hatte nämlich einen kurzen Rock an, und ich habe ihr schon sehr bald …«

»Othmar, bring mich nicht zur Raserei, deine Verführungskünste interessieren mich nicht! Warum das Präservativ in der Nähe des Tatorts? Das sieht doch eher so aus, als hättest du später doch versucht, es dort mit Marion zu treiben.«

Demmer trank erst einmal genüsslich von seinem Wein und nahm damit Fahrt aus dem Gespräch. »Solche Denkfehler bin ich bei dir aber nicht gewohnt, Leopold«, bemängelte er. »Natürlich war *ich* mit meinem neuen Schwarm *zuerst* da. Ich habe nun einmal meine Platzerln da oben beim Denkmal. Darauf, dass Täter und Opfer erst nach mir eingetroffen sein könnten, kommst du offenbar gar nicht.«

Leopold sah ein, dass dies durchaus den Tatsachen entsprechen konnte. »Dann musst du aber etwas gehört haben«, versuchte er, Demmer festzunageln. »Stimmen, Satzfetzen, vielleicht sogar einen Schrei …«

»Wie kommst du denn auf so etwas?«, widersprach ihm Othmar Demmer, der sich nun sichtlich wohler fühlte als am Beginn der Befragung. »Ich glaube gar, lieber Leopold, die Freuden der Liebe sind bis jetzt spurlos an dir vorübergegangen. Hast du schon einmal einen richtigen Orgasmus gehabt? So einen, wo dir Hören und Sehen vergeht? Wenn nicht, kannst du nicht mitreden. Mag sein, dass da irgendwelche Geräusche waren, aber ich habe sie nicht bewusst wahrgenommen.«

»Und nach dem … ich meine nachher?«

»Bei solchen Eruptionen verlierst du den Zeitbegriff und vergisst alles um dich herum. Mehr will ich dazu nicht sagen.«

Damit war die Unterhaltung an einem toten Punkt angelangt. Selbst wenn er etwas bemerkt hatte, war Demmer nicht gewillt, es Leopold mitzuteilen und hatte sich eine gute Ausrede dafür zurechtgelegt. Alles, was er wusste, hatte er sicher nicht erzählt. Aber Leopold sah im Augenblick keine Möglichkeit, es ihm zu entlocken.

»Dir fällt also nichts mehr ein?«, fragte er zur Sicherheit.

»Ich kann ja nachdenken. Wenn, dann erfährst du's im Kaffeehaus von mir. Man sieht sich.« Demmer wandte sich seinem Weinglas zu als Zeichen, dass er das Gespräch für beendet betrachtete. Dabei machte sein Blick bereits die Runde auf der Suche nach einsamen Frauen.

»Komm«, drängte Leopold Korber zum Aufbruch. »Und denk daran, Marksteiner morgen ins *Heller* zu lotsen. Sonst bist du am Zahlen!«

*

Zu Hause setzte sich Leopold noch mit seiner Erika zusammen. Das kam selten vor, vor allem, wenn er sich auf Verbrecherjagd befand. Er erzählte ihr vom Tag, und sie hörte geduldig zu.

»Schön wäre es, wenn du Bergmann etwas nachweisen könntest«, gab Erika ihrer Hoffnung Ausdruck. »Der bereitet mir seit gestern einiges Kopfzerbrechen. Ich glaube nicht an ein gedeihliches Nebeneinander unserer beiden Buchhandlungen.«

»Bei den Heurigen in der Kellergasse hat ihn niemand erkannt«, teilte ihr Leopold mit. »Aber das besagt noch nichts. Der Fall lässt sich sehr kompliziert an.«

»Möchtest du dann nicht lieber ins Bett gehen und zur Entspannung ein bisschen Bewegung mit mir machen?«, schlug Erika vor.

Leopold zögerte.

»Na, was ist?«

»Ich weiß nicht, ob es viel Sinn macht«, zweifelte er. »Ich habe heute nicht viel in Erfahrung gebracht, außer dass ich scheinbar keine Ahnung habe, was ein Orgasmus ist.«

»Wer behauptet denn so was?«

»Othmar Demmer, der große Freiluftverführer vom Bisamberg. Angeblich bekommt man dabei nichts von seiner Umgebung mit. Ob das wohl stimmen mag?«

»Jetzt wäre der ideale Augenblick, das zu testen«, meinte Erika und kitzelte ihn an einer empfindlichen Stelle.

Leopold unterzog sich dem Test, und er verlief ausgezeichnet. Allerdings konnte er nachher immer noch nicht sagen, ob er etwas gehört und gesehen hätte, wenn es etwas zu hören oder sehen gegeben hätte. Im dunklen Schlafzimmer merkte er nur, dass seine entsprechenden Körperfunktionen intakt waren, was ihm bisher auch genügt hatte. Daraufhin beschloss er, der Aussage Othmar Demmers weiterhin zu misstrauen, kuschelte noch ein wenig mit Erika und fiel schließlich in einen tiefen Schlaf.

Thomas Korber öffnete zu Hause eine Flasche Wein, um sich darüber hinwegzutrösten, dass Monika Aberle nun weit entfernt war und seine Aussichten auf einen Orgasmus in nächster Zeit deshalb schlecht standen. Er dachte wieder an Sabine Patzak, Leopolds uneheliche Tochter. Seine letzte Begegnung mit ihr war nicht gerade hoffnungsvoll verlaufen. Er musste sich bei ihr wohl vorerst in Geduld üben und durfte sie nicht bedrängen, wenn er sich noch Chancen ausrechnen wollte.

Marion Kirchner hatte einen furchtbaren Tod erlitten, bevor er die Möglichkeit gehabt hatte, ihre gegenseitigen Sympathiewerte zu testen. Wer blieb ihm also noch für ein paar schöne Stunden? Im Augenblick nur jene Rita, die er nachts im Suff kennengelernt hatte, und der er seither ausgewichen war. Es würde nicht schwer sein, ein Date mit ihr zu bekommen. Sie brannte ja geradezu darauf. Aber würde er sie danach auch wieder loswerden? Sie sah so aus, als könnte sie ihn ganz schön quälen, wenn er das versuchte. Andererseits stand ihm vielleicht eine heiße Nacht bevor, die er so schnell nicht vergessen würde. Doch stand das Risiko dafür?

Korber schenkte immer wieder Wein in sein Glas, grübelte und grübelte. Eine unruhige Nacht stand ihm bevor. Wieder einmal wusste er nicht, was er wollte. Er begann, in seinen Taschen zu kramen und nach möglichen Kontaktnamen und -adressen zu suchen. Dabei fiel ihm jener Zettel in die Hände, den ihm Marion Kirchner im *Café Heller* zugesteckt hatte. Als er ihn schon wegwerfen wollte, merkte er, dass auch die Rückseite beschrieben war. Neugierig las er:

»Ich muss dich in nächster Zeit sehen und dringend mit dir sprechen, Thomas. Ich weiß nicht, wem ich mich sonst anvertrauen soll. Ich stecke ziemlich in der Klemme. Du warst früher ein guter Zuhörer! Ruf mich so bald wie möglich an. Marion«

Wehmütige Erinnerungen wurden in Korber geweckt. Er dachte an so manches intensive Gespräch mit Marion in einer Heidelberger Weinstube oder in einem lauschigen Garten am Neckarufer zurück. Er hatte gern mit ihr diskutiert, weil sie vieles klar und einfach gesehen hatte, wo seine Überlegungen viel zu kompliziert gewesen waren. Aber dort, wo es um den seelischen Beistand gegangen war, hatte er den besseren Zugang gefunden. Gern hätte er auch diesmal von ihr erfahren, mit welchen Schwierigkeiten sie kämpfte. Doch es war zu spät. Sie war tot.

Jedenfalls ergab sich plötzlich wieder eine neue Perspektive auf den Mord. Korber wusste nicht, ob das gut oder schlecht für Monika Aberle war. Je länger er darüber nachdachte, desto melancholischer wurde er. Er kam ins unendliche Sinnieren, bis ihn im Sitzen der Schlaf übermannte.

KAPITEL 8

Samstag, 27. Juni

Leopold staunte nicht schlecht, als er seine Arbeitsstätte am Samstagmorgen betrat. Befand er sich im *Café Heller* oder hatte er sich in der Tür geirrt? Auf den Tischen standen Kerzen und kleine Glasvasen, in denen sich ein paar Blümchen bemühten, ihre Köpfchen aufrecht zu halten. Es sah beinahe so aus wie vor der Muttertagsfeier in einer billigen Kneipe.

Neben der Kaffeemaschine lag ein Zettel mit der Warnung: »Alles bleibt, wie es ist, sonst vergesse ich mich. Frau Sidonie.« Es musste damit also eine Bewandtnis haben. Hatte Leopold übersehen, dass es nach Jahren wieder einen Kindergeburtstag im *Café Heller* gab? Aber wo waren die Girlanden und Papierschlangen?

Die nächste Überraschung ließ nicht lange auf sich warten. Von einer Leopold nicht bekannten Firma wurden feinste Konditorwaren geliefert. »Bedauere, Sie müssen sich in der Tür geirrt haben«, brachte er nur entgeistert hervor.

»Nein, ist schon richtig. Sonderbestellung von gestern Abend, *Café Heller*«, ließ der Zusteller keinen Zweifel aufkommen und zeigte ihm das entsprechende Dokument.

»Aber wo soll denn das alles hin?«, rätselte Leopold, der gerade die Kipferl, Krapfen, Strudel und Golatschen vom Bäcker fein säuberlich in die Vitrine unter der Theke einsortiert hatte und nun nicht wusste, wo er die neue Ware unterbringen sollte.

»Ist nicht mein Problem«, war der lakonische Kommentar des Zustellers. »Bitte Rechnung und Zahlungsbedingungen prüfen und gut schmecken lassen.« Und schon war er wieder weg.

Als Leopold sich fragte, wer all die Cremeschnitten und Torten essen sollte, kam zu seinem Glück Frau Heller geschäftig herbeigeeilt. »Gott sei Dank, die Köstlichkeiten sind da«, freute sie sich. »Leopold, stehen Sie nicht so tatenlos herum und helfen Sie mir einräumen.«

»Kommen die Sachen vielleicht in Ihre Wohnung? Eine Feier im engeren Familienkreis?«, erkundigte Leopold sich.

»Sie haben auch schon bessere Witze gemacht«, äußerte Frau Heller. »Die Ware vom Bäcker geben wir in die Körbchen und präsentieren sie appetitlich am Tisch neben den Zeitungen. Ein Teil der Konditorware kommt stattdessen in die Vitrine unter der Theke, der Rest aufs Eis. Wir werden hierfür in Zukunft eine eigene, größere Vitrine brauchen, aber da muss ich mich erst umschauen, damit sie das richtige romantische Design hat.«

»Und wozu das Ganze?«, wollte Leopold wissen. »Wer soll diese Unmengen vertilgen? Wir haben Samstag, da ist um 17 Uhr Sperrstunde.«

»Leider sind Sie bei allem, was nicht gerade Mord und Totschlag betrifft, ein Kleingeist«, warf Frau Heller ihm vor. »Ich als Unternehmerin muss jedoch großzügig denken. Ich habe Gewaltiges vor, und das ist erst der Anfang!«

»Ich mache Sie nur darauf aufmerksam, dass die Ware in absehbarer Zeit schlecht wird«, bekrittelte Leopold.

»Wir müssen uns schon in der Gegenwart auf die Zukunft einstellen«, setzte ihm Frau Heller auseinander.

»Es gilt, neue Anreize zu schaffen. Das haben wir in letzter Zeit leider versäumt. Dabei ist es völlig egal, ob wir diese süßen Versuchungen allesamt verkaufen oder ob sie schließlich mein Heinrich essen muss, bis sie ihm bei den Ohren herausstauben. Wichtig ist einzig und allein, wie schön alles aussieht, wie gut es schmeckt und wie wir es präsentieren.«

»Gehört die Blümchendekoration auch dazu?«

Frau Heller hörte gar nicht auf Leopolds Frage. Sie schaute auf die Uhr. »Wir müssen uns beeilen, gleich kommt der Herr Peter«, drängte sie.

»Wer ist denn das schon wieder?« Leopold schwirrte der Kopf. Er kannte sich gar nicht mehr aus. Er brauchte Dinge, die Bestand hatten, auf die er sich verlassen konnte. Im Augenblick schien es Frau Heller jedoch darauf anzulegen, einen entscheidenden Anteil dessen, was er hier im Kaffeehaus gewohnt war, einer Änderung zu unterziehen.

»Der Herr Peter ist unser Meisterfotograf«, ließ Frau Heller ihn wissen. »Er wird Fotos von diesen Leckerbissen und den Blumen machen, die wir dann gleich auf unsere Homepage ins Internet stellen.«

Gemäß Leopolds Informationsstand führte die Homepage des *Café Heller* im Netz ein recht beschauliches Dasein. Doris Heller, die Tochter des Hauses, sorgte dafür, dass die kulturellen Veranstaltungen rechtzeitig angekündigt wurden. Aber sonst waren die Texte und Fotos schon seit mehreren Jahren nicht ausgetauscht worden. »Wozu das Ganze?«, wollte Leopold wissen.

»Falls Sie es immer noch nicht bemerkt haben: Wir stehen vor einer entscheidenden Phase in der Entwicklung unseres Kaffeehauses«, klärte Frau Heller ihren Oberkellner auf. »Wir müssen uns den Herausforderungen einer neuen Zeit stellen, ehe man uns hinterrücks das Wasser abgräbt. Lesen Sie denn nie unser Bezirksjournal?« Damit drückte sie ihm die neueste Ausgabe in die Hand, um ihn auf den Artikel über Bergmann und seine Pläne aufmerksam zu machen.

Leopold überflog die Zeilen. »Deshalb regen Sie sich so auf?«, war sein einziger Kommentar.

»Merken Sie nicht die Infamie von diesem Bergmann?«, echauffierte Frau Heller sich. »Der tut so, als ob es uns nicht gäbe und als ob er dann das einzige Kaffeehaus im Bezirk wäre. Und der Herr Bezirksrat Mandl greift ihm dabei natürlich kräftig unter die Arme. Das alles zwei Tage, nachdem sie sich hier bei mir über ihr Projekt ausgetauscht haben. Das geht nicht mit rechten Dingen zu.«

»Auf jeden Fall ist es kein Grund, dass sich bei uns von heute auf morgen alles ändert«, gab Leopold zu bedenken. »Nur weil jemand vorn beim Floridsdorfer Spitz ein Kaffeehaus eröffnet, sollen in Zukunft lauter Kerzen und Blümchen auf unseren kleinen Tischen herumstehen? Da brauchen die Leute gar nichts zu bestellen, weil ich es sowieso nirgendwo hinstellen kann.«

»Es handelt sich um eine Zwischenlösung«, gab ihm Frau Heller zu verstehen. »Jetzt machen wir einmal ein paar schöne Fotos. Damit erhalten wir die Aufmerksamkeit der Öffentlichkeit. Danach erarbeite ich ein Gesamtkonzept. Ich werde Bergmann und Konsorten schon zeigen, was romantisch ist!«

»Unsere Gäste haben es, glaube ich, bodenständig lieber«, meldete Leopold seine Zweifel an.

»Was bleibt mir übrig? Wenn ich mich wenigstens auf Sie verlassen könnte. Aber Sie tun ja nichts! Also muss wieder einmal ich mich um alles kümmern«, warf Frau Heller ihm vor.

»Und was soll ich Ihrer Meinung nach tun?«, zeigte sich Leopold ratlos.

»Da fragen Sie noch? Sie als angeblicher Spezialist für Verbrechen? Überführen Sie den Mann! Machen Sie ihn dingfest«, forderte seine Chefin von ihm. »Jetzt können Sie zeigen, was Sie kriminaltechnisch draufhaben.«

»Gestern waren Sie noch ganz anderer Meinung! Da haben Sie Ihre Geschäftsleute allesamt in Schutz genommen«, erinnerte Leopold sie.

»Gestern war gestern, und heute ist heute. Ich fühle mich diesen Menschen nicht mehr verbunden, seit ich draufgekommen bin, dass ich als kleine Geschäftsfrau nur der Spielball ihrer Interessen bin. Finden Sie etwas gegen Bergmann! Dann kann er sich sein *Café Eichendorff* an den Hut stecken!«

»Hilfreich wäre natürlich eine Liste der vorgestern bei Ihrer Versammlung anwesenden Personen«, befand Leopold.

»Das ist kein Problem, ich musste sie ohnedies für den Herrn Oberinspektor zusammenstellen. Ich werde Ihnen einen Ausdruck zukommen lassen.«

Während dieser letzten Sätze betrat ein schlanker rotblonder Mann um die 50 mit Brille und Kamera das Lokal. Sofort begrüßte ihn Frau Heller mit einem freudigen: »Ah, schön, dass Sie schon da sind, Herr Peter!« Sie beendete damit die Diskussion und widmete sich nun ganz der Fotosession, bei der jedes einzelne Torten- und Kuchenstück aus den verschiedensten Positionen abgelichtet wurde.

Leopold nutzte die Zeit, um seine Gedanken zu sortieren. Er musste aufpassen, dass er über so viele Einzelheiten nicht den großen Zusammenhang aus den Augen verlor. Da sollte er nun einerseits Ludwig Bergmann in Schwierigkeiten bringen, damit er nicht in der Lage war, dem *Café Heller* mit seinem neuen *Café Eichendorff* Konkurrenz zu machen. So wollte es seine Chefin. Andererseits sollte er ein Dokument finden, das Marion Kirchner angeblich vor ihrem Tod im *Heller* vergessen hatte und das wichtige Informationen enthielt. So wollte es eine Frau, die er nicht kannte, aber sehr attraktiv fand. Beide, sowohl diese Frau als auch seine Chefin, würden ihm wohl keine Ruhe lassen, ehe er ihre Wünsche nicht erfüllt hatte. Doch für ihn ging es in erster Linie darum, Marion Kirchners Mörder zu finden, und es war nicht klar, ob sich diese neuen Aufgaben damit in Einklang bringen ließen.

Er brauchte Unterstützung. Allein wurde es ihm schön langsam zu viel. Er musste sowohl über die Geschäftsleute als auch über die Projektgegner mehr in Erfahrung bringen. Viele waren noch ein unbeschriebenes Blatt für ihn. Er wusste auch noch nichts über Marion Kirchners Vergangenheit und mögliche Spuren nach Deutschland. Ein Haufen Arbeit!

Vielleicht konnte er seine Tochter Sabine dazu überreden, ihm ein wenig zur Seite zu stehen, obwohl sie in letzter Zeit ganz schön widerspenstig war. Er wollte sich gleich mit ihr in Verbindung setzen. Und dann hoffte er natürlich, dass das Gespräch mit Direktor Marksteiner neue Aspekte in den Fall bringen würde.

*

Vorher kam ein Leopold bestens bekannter Gast mit lautem »Hallo!« zur Tür herein. Er setzte sich breitbeinig hin, rieb sich die Hände und rief: »Kännchen *Ka*ffe!« Während Leopold noch überlegte, ob er darauf reagieren sollte, erhob sich sein neuer Lieblingsreibebaum, ging nach vor zur Theke und guckte erstaunt in die Vitrine. »Klasse«, bemerkte er erfreut. »Endlich was los hier! Das hätte ich euch gar nicht zugetraut. Erklären Sie mir doch mal bitte, wie die Dinger heißen.«

Leopold hatte noch keine Zeit gehabt, sich mit dem neuen Sortiment auseinanderzusetzen. Bis vor wenigen Minuten waren davon andauernd Fotos geschossen worden. Deshalb fehlte es ihm bei der Beantwortung der Frage an der gewohnten Souveränität. »Das hier ist Schwarzwälder Kirsch …«, begann er.

»Seh' ich selbst«, unterbrach ihn der Deutsche sofort. »Aber was ist das hier? Käsekuchen? Zitronencremeschnitte?«

»Am besten, Sie nehmen ein Stück, dann wissen Sie es sofort«, reagierte Leopold ein wenig ungeduldig.

»Um drei Euro 80? Nee«, lehnte der Gast das Angebot entschieden ab. »Ich kaufe doch nicht die Katze im Sack. Das hier ist wohl Möhrenkuchen?«

»Eine Karottentorte«, verbesserte Leopold.

»Sind Sie sicher? Na egal. Die mag ich sowieso nicht. Ich nehme mal eine Eichendorff-Torte«, änderte der Deutsche seinen Sinn.

Leopolds Augen blitzten. Das hörte sich an wie ein Frontalangriff. »So etwas haben wir nicht«, informierte er sein Gegenüber.

»So? Das sollten Sie aber«, ließ der Deutsche nicht locker. »Ihr seid doch alle mächtig stolz auf unseren romantischen Dichter, weil er sich hier immer mal wieder die Beine vertreten hat. Und deshalb gibt's diese Tortenkreation. Soll bald Standard werden. Bei euch also nicht?«

Leopold dachte krampfhaft darüber nach, was der Kerl

wusste. War er etwa gar ein Handlanger Bergmanns? Ein kleiner Spion, der nachschauen kam, was sich so im *Heller* tat, und es dann brühwarm weiterleitete? Er beschloss, zunächst nicht auf die Provokation einzugehen. Stattdessen fragte er: »Bekommen Sie jetzt eine Torte oder nicht?«

»Nein, bloß ein Kännchen«, kam die Antwort mit süffisantem Lächeln.

Das war Leopold zu viel. Er wollte sich gerade auf ein geharnischtes Kännchen-Häferl-Duell einlassen, da betrat Thomas Korber mit seinem Direktor Josef Marksteiner das *Heller*. Schweren Herzens beschloss er deshalb, darauf zu verzichten. Marksteiner wirkte verunsichert, so als geniere er sich dafür, dass er sich vor zwei Tagen so hatte gehen lassen. Er streckte Leopold die Hand abwehrend entgegen, ehe dieser etwas sagen konnte.

»Ich weiß, ich stehe in Ihrer Schuld, Leopold, weil Sie mich einmal aus einer verzwickten Situation gerettet haben«, stellte er klar. »Ich werde Ihnen deshalb einige Fragen beantworten, wenn es sein muss. Aber ziehen Sie mich bitte nicht in diesen Mordfall hinein. Ich habe nämlich absolut nichts damit zu tun.«

»Sie haben insofern mit diesem Fall zu tun, als Sie sich vor dem Mord in unmittelbarer Nähe des Tatorts und der Ermordeten befunden haben. Aber setzen Sie sich doch erst einmal«, ersuchte Leopold den Direktor. Dann servierte er seinem deutschen Gast noch schnell einen Häferlkaffee.

»Ich habe nicht viel Zeit«, führte Marksteiner ungeduldig aus. »Gestern war ich leider etwas … äh … unpässlich, deshalb muss ich den heutigen Vormittag nützen, um die Dinge aufzuarbeiten. Wir stehen knapp vor dem Schulschluss.«

»Ist schon recht, Herr Direktor«, pflichtete Leopold ihm bei. »Es kommt ganz auf Sie an, wie lange es dauert. War übrigens Ihre Unpässlichkeit nicht auf die Ereignisse vom Donnerstagabend zurückzuführen?«

»Nun fangen Sie schon an«, forderte Marksteiner ungeduldig, während er sich in einen Sitz beim ersten Fenster plumpsen ließ. Korber setzte sich zu ihm.

»Mich interessiert natürlich zunächst einmal, warum Sie nach Ihrem Kurzbesuch bei uns noch auf den Bisamberg gefahren sind«, wollte Leopold wissen. »Sie und Ihr deutscher Kollege hatten bereits einiges intus, und spät war es auch.« Er machte sich an der Kaffeemaschine zu schaffen, um Marksteiner eine Melange zu kredenzen. Zwar hatte der Direktor noch nichts bestellt, aber seinem bescheidenen Wissen nach war eine Schule der Ort, wo beinahe genauso viel Kaffee wie in einem Kaffeehaus konsumiert wurde. Also konnte er nicht so falsch liegen. Für Thomas Korber holte er eine Flasche Bier aus dem Kühlschrank.

»Wir hatten schon am Nachmittag in der Schule den Abschied von unseren deutschen Kollegen nach einem fruchtbaren Meinungs- und Erfahrungsaustausch gefeiert«, begann Marksteiner inzwischen. »Anschließend war ich mit Erwin – Professor Erwin Bader aus Heidelberg – noch beim Heurigen in Stammersdorf. Irgendwann dachten wir, es wäre nett, noch einmal auf Kollegen Korber und Frau Professor Monika Aberle zu stoßen. Deshalb sind wir hierhergekommen und, weil wir sie nicht angetroffen haben, noch einmal in die Kellergasse gefahren.«

»Wie konnten Sie wissen, dass die zwei dort sein würden?«

»Erwin war sich ziemlich sicher, Monika Aberle in der Kellergasse zu treffen. Deshalb sind wir hinauf. Er hat mich darum gebeten«, erklärte Marksteiner und nahm die Melange dabei ganz selbstverständlich entgegen.

Leopold wunderte sich: »Alles ging von Bader aus?«

»Natürlich! Es war sein ausdrücklicher Wunsch.«

»Und Sie sind gefahren?«

»Ich gebe zu, dass das nicht unbedingt eine glückliche Entscheidung war«, gestand Marksteiner ein. »Ich wollte ein guter Gastgeber sein und Erwin gleichzeitig im Auge behalten. Mich plagten Gewissensbisse, weil ich ihn in meiner Kanzlei zum Trinken animiert hatte und er daraufhin immer unternehmungslustiger geworden war.«

»Direktor Pelinka vom Korneuburger Gymnasium sind Sie dann zufällig begegnet?«

»Nein«, berichtete Marksteiner. »Ich kenne Egon schon sehr lange und sehr gut. Er muss bei unserem Abstecher ins *Heller* gemerkt haben, dass wir noch in die Kellergasse hinaufwollten. Später hat er sich bei mir per SMS gemeldet, um unseren Standort zu erfahren. So sind wir zusammengekommen.«

»Sie sind aber nicht nur Ihrem Amtskollegen, sondern später auch dem Mordopfer begegnet«, kam Leopold langsam zum Kern der Sache.

»Am Schluss sind wir einfach alle beim selben Heurigen gelandet«, rechtfertigte Marksteiner sich. »Fragen Sie mich bitte nicht über Details, ich kann mich kaum mehr an etwas erinnern. Ich weiß nur, dass uns die Frau, die später umgekommen ist, alle auf ein Getränk eingeladen hat, und dass Egon eine Debatte mit ihr hatte.«

»Welcher Art? Ist es zum Streit gekommen?«

»Es ging ziemlich durcheinander, und alles geriet ein wenig außer Kontrolle. Ich denke, diese Frau hat sogar mit mehreren Leuten gestritten. Plötzlich ist sie, ohne zu zahlen, verschwunden. Da sind wir anderen auch schnell gegangen, um nicht zur Kasse gebeten zu werden.«

»Was war mit Erwin Bader?«, forschte Leopold.

»Der war auf einmal weg. Ich habe ihn nicht mehr gesehen«, musste Marksteiner zugeben.

»Haben Sie ihn denn gar nicht gesucht?«, wunderte Leopold sich.

Marksteiner griff sich auf den Kopf und stürzte gleichzeitig seinen Kaffee, den er bis jetzt nicht angerührt hatte, hinunter. »Hören Sie, Leopold«, bat er eindringlich, »quälen Sie mich nicht. Ich habe an diesem Abend genug durchgemacht. Es hat damit angefangen, dass ich bei dem kleinen Umtrunk in der Schule meine Gäste, besonders den reservierten Erwin, mit einem süßen Spezialwein entkrampfen wollte. Das hat sich offenbar im weiteren Verlauf des Abends negativ ausgewirkt, auch bei mir. Ich habe mich nicht mehr in der Lage gefühlt, Erwin nachzulaufen oder zu schauen, wo er abgeblieben war. Ich war nur mehr froh, dass ich heil mit dem Auto nach Hause gekommen war. Am nächsten Morgen habe ich von Erwin erfahren, dass er mit dem Taxi glücklich im Hotel gelandet war. Da ist mir ein Stein vom Herzen gefallen.«

»Hat er Ihnen auch gesagt, was er noch gemacht hat?«

»Was wird er schon gemacht haben? Wahrscheinlich hat er noch einen gezwitschert«, vermutete Marksteiner.

Leopold musste sich damit zufriedengeben. »Haben Sie wenigstens bemerkt, wie sich die anderen Personen nach dem Aufbruch verhalten haben?«, erkundigte er sich.

»Was soll ich schon bemerkt haben?«, seufzte Marksteiner. »Egon habe ich nicht mehr gesehen, und die anderen habe ich überhaupt nicht gekannt. Außer … Moment einmal!« Er zögerte, versuchte, sich zu erinnern, schaute unruhig um sich.

»Ja?«, lauerte Leopold.

»Da vorne ist eben noch ein Mann gesessen«, eröffnete Marksteiner ihm. »Ich denke, ich kenne sein Gesicht von gestern Abend. Er war auch in unserer Runde und hat mit deutschem Akzent gesprochen. Aber jetzt ist er nicht mehr da.«

Leopold blickte zu dem Tisch, wo sein deutscher Reibebaum seinen Häferlkaffee getrunken hatte. Dort stand nur noch das Tablett mit der leeren Tasse, daneben lag ein Fünf-Euro-Schein. Offenbar hatte der Deutsche Marksteiner erkannt und sich still und heimlich aus dem Staub gemacht.

*

Hatte der Deutsche mit Marion Kirchner gesprochen? Marksteiner glaubte ja. War er mit ihr gemeinsam abgehauen? Marksteiner wusste es nicht. War es möglich, dass die beiden zusammengehörten? Auch das wusste Marksteiner nicht. Erschöpft und zerknirscht wischte er sich den Schweiß von der Stirn. »Bitte, lassen Sie mich gehen«, flehte er. »Ich habe noch so viel zu tun.«

»Nur wenn Sie mir eine letzte Bitte erfüllen«, gab ihm Leopold keine Ruhe. »Ich muss mit Ihrem Freund Egon Pelinka reden, am besten noch heute. Können Sie das für mich arrangieren?«

»Wo denken Sie hin?«, setzte sich Marksteiner zur Wehr. »Ich kann doch nicht einfach …«

»Sie können«, ließ Leopold nicht locker. »Ein kleiner Wink von Freund zu Freund, die Bitte um einen Gefallen. Das ist doch im Schulwesen so üblich. Und Direktor Pelinka müsste eigentlich Interesse daran haben, einer Privatperson etwas anzuvertrauen, das er der Polizei nicht so gern preisgibt, das aber hilft, den tragischen Tod seiner Lehrerin aufzuklären.«

»Und wie soll ich das anstellen?«, zweifelte Marksteiner. »Ihn hierher ins Kaffeehaus zitieren? Das funktioniert nicht.«

»Bitten Sie ihn einfach zu sich in die Schule«, schlug Leopold vor. »Dort herrscht das gewohnte Umfeld, wo sich Direktoren wohlfühlen. Dort können Sie auch in aller Ruhe weiterarbeiten, bis Ihr Kollege kommt. Und dort haben Sie auch Ihren speziellen süßen zungenlösenden Wein. Im entscheidenden Moment komme ich mit einer süßen Gratisjause aus dem *Café Heller* vorbei. Es müssen ohnedies eine Menge Torten vertilgt werden, bevor sie schlecht werden.« Leopold überzeugte sich noch einmal durch einen Blick in die Vitrine von der Fülle des verlockenden Angebots.

»Und dann wollen Sie Egon ins Kreuzverhör nehmen? Das scheint mir doch ein wenig auffällig«, entgegnete Marksteiner, der von Leopolds Plänen nicht überzeugt schien.

»Einen Versuch sollte es Ihnen wert sein«, befand Leopold. »Sie müssen Ihren Kollegen neugierig machen, dann kommt er bestimmt. Sagen Sie einfach, ein Lehrer Ihrer Schule hat Marion Kirchner gut gekannt und weiß etwas über sie zu erzählen.«

Korber, der bis jetzt schweigend und trinkend zugehört hatte, schreckte von seinem Bier auf. »Meinst du etwa mich?«, fragte er konsterniert.

Leopold machte einen symbolischen Blick in die Runde. »Ist sonst ein Lehrer vom Floridsdorfer Gymnasium da? Ich sehe keinen«, stellte er trocken fest.

»Jetzt gehst du aber zu weit«, beschwerte Korber sich.

Leopold hörte nicht auf ihn. »Wir brauchen nur einen zündenden Einstieg und Ihr gutes Tröpferl, Herr Direktor. Alles andere ergibt sich von selbst«, redete er stattdessen auf Marksteiner ein.

So sehr Marksteiner und Korber an Leopolds Idee zweifelten, so rasch stieg Egon Pelinka beim folgenden Anruf jedoch darauf ein. Offenbar saß er zu Hause vor dem Computer, war ebenfalls mit Arbeit eingedeckt und freute sich über die Gelegenheit, eine Weile davon loszukommen. Gleichzeitig zeigten seine vorsichtigen Fragen, dass er an Informationen zum Mord an seiner Lehrerin durchaus interessiert war. Er wollte sich in etwa einer Stunde in Marksteiners Direktion einfinden.

»Na bitte«, zeigte sich Leopold zufrieden.

Marksteiner ging daraufhin zurück ins Gymnasium. Leopold gab ihm den Rat mit auf den Weg, mit Pelinka schon zur Begrüßung ein Gläschen von dem Spezialwein zu trinken. Dann bat er ihn noch, sich rechtzeitig zu melden, damit er mit Korber und den Erfrischungen ehebaldigst zur Stelle sein konnte.

Er bediente ein paar Gäste, ehe er sich wieder Thomas Korber zuwandte. Dem war das alles gar nicht recht. »Sag mir bloß, was du dir dabei wieder gedacht hast«, wetterte er. »Welche Geschichte soll ich Pelinka überhaupt auftischen?«

»Die Wahrheit natürlich«, trug Leopold ihm auf.

Korber verstand nicht.

»Du erzählst ihm, dass du Marion von eurer Studienzeit her gut kanntest – sehr gut sogar«, half ihm Leopold auf die Sprünge. »Dass ihr euch schnell wieder nähergekommen seid. Das stimmt doch, oder? Wir schauen einmal, wie er darauf reagiert. Es geht darum, dass wir trotz seiner Neugier mehr aus ihm herausbekommen als er aus uns. Vielleicht fällt uns zusätzlich etwas ein, das ihn gesprächig macht.«

Da kam Thomas Korber wieder der Zettel in den Sinn, den ihm Marion Kirchner zugesteckt hatte. Er zeigte ihn Leopold. »Etwas in der Art?«, fragte er. »Ich hatte schon darauf vergessen, weil ich nur Marions Kontaktdaten darauf vermutet habe. Aber gestern Abend habe ich ihn mir genauer angesehen. Marion wollte dringend mit mir sprechen.«

Leopold stutzte. Handelte es sich um jene Nachricht, die von der attraktiven Dame gesucht wurde? Sofort schoss ihm diese Möglichkeit durch den Kopf. Aber so sehr es ein deutlicher Hinweis auf Probleme Marions zusätzlich zu ihrem Engagement am Bisamberg war, die bei dem Mord an ihr eine Rolle spielen mochten, so wenig war etwas Konkretes daraus abzulesen, das irgendeiner Partei von Nutzen sein konnte. »Das passt sehr gut«, sagte er, den Gedanken deshalb wieder verwerfend. »Vielleicht hängt es sogar mit Pelinka zusammen. Er hatte beim Heurigen eine Debatte mit ihr. Wir werden sehen. Auf jeden Fall bringen wir es bei unserem Gespräch ins Spiel.«

»Ewig schade, dass ich ihr nicht mehr helfen konnte«, grübelte Korber vor sich hin.

»Die Notiz ist auf jeden Fall ein Beweis dafür, dass Marion in Schwierigkeiten steckte«, erklärte Leopold. »Und dort müssen wir nachhaken. Was wissen wir über ihr Privatleben? Einstweilen so gut wie nichts. Das Interessante dabei: Die Spuren führen auch nach Deutschland. Das ist an sich nichts Ungewöhnliches, schließlich kommt sie ja von dort. Es heißt aber auch, wir können nach wie vor nicht ausschließen, dass Erwin Bader und deine Monika in der Sache drinstecken. Baders Verhalten in der Mordnacht war laut deinem Direktor jedenfalls sehr merkwürdig. Fast scheint es, als hätte er Marion und nicht Monika gesucht.«

»Ich würde nicht zu viel hineininterpretieren«, widersprach Korber. »Da war etliches an Alkohol im Spiel.«

»Spinnen wir unsere Gedanken weiter«, führte Leopold aus. »Plötzlich taucht unser deutscher Kaffeeexperte in dem Szenario auf. Er hat offenbar mit Marion Kirchner gesprochen, und kein Mensch weiß, wie es danach weitergegangen ist. Wir müssen vermuten, dass er ebenfalls irgendwie beteiligt ist. Fragt sich nur, ob wir ihn so bald wieder im *Heller* zu Gesicht bekommen. Er hat sich sehr schnell verabschiedet, als er Marksteiner erkannte.«

»Wenn du meinst, dass die Lösung des Rätsels in Deutschland liegt, wirst du nicht umhinkönnen, dort nach ihr zu suchen«, machte Korber seinen Freund aufmerksam. »Wäre übrigens ganz reizvoll, wieder einmal das gute alte Heidelberg zu besuchen.«

»Damit du deine Monika wiedersiehst? Das könnte dir so passen«, ätzte Leopold. »Ich streite nicht ab, dass es notwendig werden könnte. Aber zunächst wollen wir doch einmal sehen, was wir von Direktor Pelinka erfahren. Durchaus möglich, dass wir da auf ein neues Motiv stoßen. Wir sollten nach allen Richtungen offenbleiben.«

»Was wird Frau Heller dazu sagen, dass du jetzt so einfach weggehst?«, wunderte sich Korber.

»Das lass nur meine Sorge sein«, entgegnete Leopold. »Wenn es dich beruhigt: Ich habe vorgesorgt. Meine Vertretung wird gleich eintreffen.«

Korber meinte, Leopold nach dem Weggehen Marksteiners kurz mit dem Handy gesehen zu haben. Er ahnte etwas. »Sabine?«, fragte er.

Leopold nickte. »Ich habe Kontakt mit ihr aufgenommen, bevor du gekommen bist, weil ich dringend Unterstützung brauche. Sie war nicht so begeistert wie sonst, wird aber herkommen. Vorhin hat sie mir am Telefon versichert, dass sie gleich da sein kann. Zwei Stunden hat sie Zeit. Besser als gar nichts.«

»Meinst du?« Korber überkam ein mulmiges Gefühl.

»Sicher! Allein schaffen wir das nicht«, teilte Leopold ihm mit. »Wir müssen unsere Ressourcen ausschöpfen, so gut es geht.«

Da steckte Sabine Patzak auch schon den Kopf zur Tür herein. Sie drückte Leopold ein Busserl auf die Wange und sagte Korber kurz hallo. »Wir müssen bald weg«, informierte ihr Vater sie. »Du bist so nett und unterstützt Frau Heller in der Zwischenzeit auf deine charmante Art. Danach bekommst du von mir ein paar Hausaufgaben.«

»Gut«, nickte Sabine. »Und ich darf jederzeit wieder aussteigen, wenn es mir zu viel wird?«

»Versprochen«, sicherte Leopold ihr zu.

»Wo ist denn Frau Heller?«, wollte Sabine wissen.

»Die ist schon da«, meldete sich die Chefin des Hauses und kam dabei aus ihrer kleinen Küche herausgeschossen. »Was wird denn da hinter meinem Rücken verhandelt?«

»Es ist alles in Ihrem Sinn«, versuchte Leopold, ihr den Wind aus den Segeln zu nehmen.

»Ach, Sie unternehmen endlich etwas gegen Bergmann?«, zeigte sich Frau Heller erfreut.

»Sozusagen. Wir sind dabei, eine Strategie gegen ihn zu entwickeln«, machte ihr Leopold Hoffnung. »Dazu muss ich leider kurz das Kaffeehaus verlassen und ein paar von den Torten mitnehmen, die in der Vitrine herumstehen und auf Abnehmer warten. Meine Tochter wird mich inzwischen in bewährter Art und Weise vertreten.«

Frau Heller schaute skeptisch drein. »Wenn das ein Trick ist, um mich in Sicherheit zu wiegen, wissen Sie, was es geschlagen hat, Leopold«, mahnte sie ihn.

Leopold bekam eine SMS von Marksteiner auf sein Handy. »Es geht alles mit rechten Dingen zu, Frau Sidonie«, beeilte er sich zu sagen. Gleichzeitig holte er ein paar von den Mehlspeisen aus der Vitrine. Dann gab er Korber das Zeichen, dass es Zeit war, zur Tat zu schreiten.

Frau Heller beobachtete alles mit Argusaugen. Trotzdem fehlte ihr der Durchblick. »Hauptsache, Sie machen Bergmann zur Schnecke«, ermutigte sie Leopold noch einmal. »Enttäuschen Sie mich nicht!«

»Auf keinen Fall, Frau Sidonie«, versicherte Leopold ihr, während er von Sabine einen weiteren Schmatz erhielt.

»Bis später! Erzähl mir dann genauer, worum es überhaupt geht«, bat ihn seine Tochter dabei.

Korber hätte Sabines Lippen in diesem Moment auch gern auf seinen Wangen gespürt.

Aber vorläufig blieb das ein frommer Wunsch.

*

Josef Marksteiner und Egon Pelinka saßen bereits bei einem Glas Wein, als Leopold und Thomas Korber in der Direktion des Floridsdorfer Gymnasiums eintrafen. Es schaute hier nicht nach konzentrierter Arbeit aus. Auf Marksteiners Schreibtisch stapelten sich zwar Ordner und Papiere, aber auf dem Bildschirm seines Computers war ein schmutziger Herrenwitz zu sehen. Die beiden plauderten zudem mehr miteinander als sie debattierten.

Marksteiner bat Leopold und Korber herein. Pelinka nahm daraufhin seine Brille ab, setzte sie wieder auf, nahm sie erneut ab und begann, am rechten Bügel zu kauen. »Das sind die Herren, von denen du mir erzählt hast?«, fragte er seinen Kollegen. Mit einem Mal war er sehr ernst.

Marksteiner nickte nur.

»Ich nehme an, der mit dem Mascherl ist der Ober. Ich glaube sogar, mich an ihn aus dem *Café Heller* erinnern zu können«, bemerkte Pelinka und wälzte sich dabei auf dem Sofa herum. »Dann ist der andere dein Lehrer. Treten Sie näher!«

Korber tat, wie ihm geheißen. Pelinka musterte ihn streng und setzte zu diesem Zweck seine Brille wieder auf.

»Nehmen Sie doch auf den beiden Fauteuils Platz«, bat Marksteiner seinen Besuch, gegen die steife Atmosphäre ankämpfend.

»Sie haben also Marion Kirchner von früher gekannt. Interessant!« Pelinka hatte die Brille wieder abgenommen und knabberte am Bügel.

»Ich habe ein Jahr zusammen mit ihr in Heidelberg studiert«, erwiderte Korber verkrampft.

Marksteiner scharwenzelte herum. »So trinken Sie doch einmal einen Schluck«, forderte er Leopold und Korber auf, stellte zwei Gläser vor sie hin und schenkte seinen berühmten Wein ein.

»In Heidelberg? Soso«, brummte Pelinka. »Und wie war das Studium im Allgemeinen?«

»Anstrengend und schön!« Korber tat sich schwer mit dem Antworten. Er brauchte den Wein. Zur Sicherheit leerte er gleich einmal das halbe Glas.

»Haben Sie wirklich gemeinsam studiert? Ich meine,

nicht nur dieselben Fächer belegt, sondern auch gemeinsam gelernt?« Pelinka kniff die Augen zusammen.

Mehr als ein »Ja« brachte Korber nicht heraus.

»Sie haben aber nicht nur zusammen Ihre Köpfe in die Skripten gesteckt, darauf wette ich«, wurde Pelinka nun deutlicher, und ein schäbiges Grinsen umspielte dabei seinen Mund. »Sie sind sich sicher mit der Steckmethode auch in der unteren Körperhälfte nähergekommen. Habe ich recht?«

Korber wollte entschieden den Kopf schütteln, da bekam er einen deutlichen Stupser von Leopold. »Ja«, bekannte er daraufhin zum Schein.

»Alles andere hätte mich auch gewundert«, ließ Pelinka seine Kenntnisse in Psychologie aufblitzen. »Marion muss damals ein ganz steiler Zahn gewesen sein. Und Sie sehen auch nicht gerade hässlich aus. Darauf trinken wir. Prost!«

Sie stießen die Gläser aneinander. Pelinka wirkte nun richtig aufgemöbelt. »Wie sieht es denn in eurem Gymnasium aus?«, wandte er sich an Marksteiner. »Treiben es die Schüler schon ordentlich vor der Matura? Und wenn, dann eher innerhalb der Klassenverbände oder bunt gemischt?«

»Also darüber führe ich keine Statistik«, bemerkte Marksteiner.

»Solltest du aber«, belehrte Pelinka ihn. »Dann würdest du nämlich herausfinden, dass bei mehr als 50 Prozent der letzten Klassen Sympathie zwischen den Geschlechtern unweigerlich zum Sex führt. Da staunst du, was?«

»Nun, wir waren auch nicht gerade prüde«, erinnerte Marksteiner sich. »Vielleicht sind wir nicht so offen damit umgegangen. Aber verboten ist es ja nicht.«

»Nein, nein, keineswegs«, kam es mit schallendem Lachen von Pelinka. »Es handelt sich eben um einen interessanten Nebeneffekt des Miteinanders in einer Schulklasse.« Er widmete sich nun wieder Korber: »Ihre Studienjahre waren also durchaus von Heiterkeit erfüllt. Und dann haben Sie und Marion sich aus den Augen verloren?«

»Gewissermaßen ja. Ich bin wieder nach Österreich zurückgekehrt, und sie ist damals klarerweise in Deutschland geblieben. Jeder von uns hat fortan sein eigenes Leben gelebt«, schilderte Korber mit einem Achselzucken und bat Marksteiner nachzuschenken.

Pelinka fixierte ihn mit seinen Augen. »Dann der überraschende Moment des Wiedersehens nach vielen Jahren. Sie ein anderer Mann, Marion eine andere Frau. Was ist da in Ihnen vorgegangen?«, forschte er nach.

»Ich habe ihn ihr einfach wieder reingesteckt«, behauptete Korber, den die Situation zu erheitern begann. »Aus reiner Sympathie!«

Ein Schatten fiel über Pelinkas Gesicht. Seine gute Laune war im Nu verflogen. »So ohne Weiteres?«, erkundigte er sich vorsichtig. »Haben Sie sich gar keine Gedanken darüber gemacht, ob sie … äh … frei ist?«

Das Spiel gefiel Korber unter Einwirkung des Alkohols immer besser. »Wozu?«, meinte er. »Es hat ihr gefallen. Und weitererzählt wird sie's auch nicht haben. Selbst wenn sie einen Partner hatte, war der mit Sicherheit ahnungslos.«

»Als derart leichtes Mädchen haben Sie meine Lehrerin behandelt?«, wunderte Pelinka sich.

»Ich habe einfach dort weitergemacht, wo wir vor circa 20 Jahren aufgehört hatten«, bemerkte Korber gleichgültig.

»Das habe ich nicht von ihr gedacht«, sagte Pelinka mehr zu sich.

»Ist es nicht egal, was Ihre Lehrkräfte in ihrer Privatzeit tun?«, mischte sich Leopold nun in das Gespräch ein.

»Sie verstehen mich nicht! Ich hatte einen völlig anderen Eindruck von Frau Professor Kirchner«, erklärte Pelinka, den Kopf leicht in Richtung Leopold hebend.

»Warum sagen Sie nicht *von Marion*? Im Kaffeehaus haben Sie sie auch geduzt«, fühlte ihm Leopold auf den Zahn.

»Das geht Sie einen Dreck an«, wurde Pelinka vulgär.

»Wenn sich ein Direktor und eine Lehrerin duzen, die noch gar nicht so lange an seiner Schule unterrichtet, ist das auffällig«, ließ Leopold nicht locker. »Wenn sich dieser Direktor auch noch für das Liebesleben der Dame interessiert, lässt das einige Schlüsse zu. Man könnte denken, es gäbe ein Nahverhältnis zwischen den beiden.«

»Warum auch nicht?«, verteidigte sich Pelinka. »Ein Verhältnis, das eben rein geprägt ist durch …« Er brach unvermittelt ab.

»Durch Sympathie, wollten Sie sagen?« Leopold musste über die Falle, die sich Pelinka selbst gebastelt hatte, lachen. »Nun ja, Sympathie kann einiges bewirken, wie wir vorhin von Ihnen gehört haben.«

»Haben Sie ihn ihr etwa auch hineingesteckt, Herr Pelikan?«, amüsierte Korber sich.

Pelinka rang derart mit sich selbst, dass er diese Verunstaltung seines Namens gar nicht merkte. »Nichts von alldem«, wehrte er sich seiner Haut.

»Ich glaube Ihnen sogar«, gestand ihm Leopold. »Sie wirken auf mich, ehrlich gesagt, nicht wie der große Verführer, der Typ, dem die Frauen zu Füßen liegen. Und Sie wussten auch genau, dass Sie Ihr Autoritätsverhältnis Marion gegenüber nicht ausnützen durften. Aber vielleicht hat sie Ihnen schöne Augen gemacht, und Sie haben *gehofft*, dass sich daraus eine Abwechslung zu Ihrem eintönigen Familienalltag ergeben würde. Dadurch haben Sie ihr rasch vertraut.«

Pelinka wand sich auf dem Sofa. »Sie war eine intelligente Frau. Eine wertvolle Kraft«, schilderte er. »Als ich ihr von unserem Projekt am Bisamberg erzählt habe, hat sie von Eichendorff geschwärmt, mir Gedichte von ihm vorgetragen. Sie meinte, dass er damit genauso zu Wien wie zu Heidelberg gehöre. Es war, auf eine gewisse Art, sehr romantisch.«

»Sodass Sie – selbstverständlich nur platonisch – in sie verliebt waren und sie immer mehr in Ihre Pläne eingeweiht haben«, stellte Leopold mitleidlos fest.

»Ich musste doch annehmen, dass sie auf unserer Seite stand«, rechtfertigte sich Pelinka. »Sie hat sich so für das Projekt interessiert. Ständig ist sie mir in den Ohren gelegen, ob ich etwas Neues darüber wisse.«

»Was ist eigentlich Ihre Aufgabe bei dem Projekt?«

»Unsere Schule unterstützt es sozusagen ideell«, verriet Pelinka. »Die Schüler sollen ab Herbst etwa Ideen für ein Logo oder die Gestaltung eines Eichendorff-Pfades entwickeln, wofür sie schöne Preise gewinnen können. Mein erster Gedanke war natürlich, dass Marion diese Arbeit betreuen sollte. Als sie sich da geziert hat, hätte ich mir schon meinen Teil denken können.« Er schüttelte sein kahles Haupt. »Ich habe ihr viel zu viele Informationen gegeben.«

»Welche Informationen?«, bohrte Leopold.

»Mein Gott, vertrauliche Dinge, die ich im Nachhinein besser nicht gesagt hätte. Ich dachte eben, sie sei auf unserer Seite.« Pelinka wurde heiß. Er wischte sich den Schweiß von der Stirn.

»Sie muss Sie ja ganz schön am Kinn gekrault haben«,

konnte Leopold nicht umhin zu bemerken. »Plötzlich die große Enttäuschung!«

»Das kann man wohl sagen! Am Donnerstagabend war ich komplett aus dem Häuschen, als sie auf einmal die Sitzung der Gegenseite moderierte«, verteidigte Pelinka sich. »Mir war klar, dass ich einen schweren Fehler gemacht hatte, und malte mir aus, was geschehen würde, wenn die Mitglieder unserer Gruppe, zum Teil persönliche Freunde von mir, das erfuhren.«

»Deshalb haben Sie versucht, noch am selben Abend mit ihr zu sprechen«, schloss Leopold.

Pelinka verfiel immer mehr, versuchte verzweifelt, seine Situation verständlich zu machen: »Ich musste versuchen, das Schlimmste zu verhindern. Ich hatte mitbekommen, dass sie sich noch mit jemandem am Ende der Stammersdorfer Kellergasse treffen wollte. Dort habe ich sie schließlich gefunden, nachdem ich vorher auf Josef und seinen Begleiter gestoßen war.«

»Es ist Ihnen aber nicht gelungen«, sagte ihm Leopold auf den Kopf zu.

»Die Situation war reichlich verworren«, wich Pelinka aus. »Frau Kirchner … äh … Marion war mit Franz Kerbl zusammen. Ich musste erfahren, dass dieser Hitzkopf meines Lehrkörpers sich ebenfalls für die Gegenpartei engagierte und um Marion bemühte. Es waren auch noch zwei, drei andere Personen da, die ich nicht kannte. Sie spendierte eine Runde. Ich versuchte, währenddessen mit ihr zu reden. Da nahm sie plötzlich Reißaus.«

»Sie mussten sie also zum Schweigen bringen«, hielt ihm Leopold daraufhin vor.

»Was meinen Sie? Sie wollen doch nicht behaupten, dass ich …« Pelinka versagte die Stimme.

Leopold begann zu dozieren: »Warum nicht? Sie waren wütend, Sie hatten getrunken, Sie waren sich der Gefahr bewusst, die Ihnen drohte. Sie sahen kaum eine Möglichkeit, Marion Kirchner zum Stillhalten zu bewegen. Sie war durch verschiedene Umstände ebenfalls in Rage. Also blieb als letzte Konsequenz nur mehr die reine Gewalt. Sie liefen ihr nach, nachdem Sie sich in dem Durcheinander beim *G'spritzten Toni* einen der Spazierstöcke, die dort an der Wand angebracht sind, entwendet hatten. Zwei-, dreimal haben Sie sie noch angefleht, die vertraulichen Auskünfte nicht gegen Sie und Ihre Partner zu verwenden. Als das alles nichts nützte, haben Sie sie beim Denkmal ins Jenseits befördert.«

Leopold setzte seine charakteristische Taktik ein. Vorwurf reihte sich an Vorwurf. Pelinka verfiel während seines Monologs immer mehr. Er wirkte, als sei er nicht mehr Herr seiner selbst. »Ich habe Marion geliebt – wenn auch nicht auf die Art und Weise, wie Sie es sich vorstellen«, stammelte er unter Tränen.

»Das beweist noch gar nichts! Liebe schlägt bekanntlich schnell in Hass um«, entgegnete Leopold.

»So lassen Sie ihn doch und quälen Sie ihn nicht weiter«, kam Marksteiner seinem Kollegen zu Hilfe.

»Wenn Sie mir wenigstens etwas über die Art der Informationen mitteilen würden, die Sie an Marion Kirchner weitergeleitet haben«, bearbeitete Leopold ihn nichtsdestotrotz. »Haben Sie sich nur verplaudert, oder hatte sie auch etwas Schriftliches in der Hand?«

Pelinka biss sich fest auf die Lippen und sagte dann, die Augen nach oben verdrehend: »Nicht, dass ich wüsste!«

»Ich denke, es reicht«, machte Marksteiner dem Ganzen ein jähes Ende. Es war ihm sichtlich unangenehm, Gastgeber dieser Befragung zu sein.

Leopold sah ein, dass er vorläufig nicht weiter in Pelinka dringen konnte. Vielleicht hätte er noch mehr aus ihm herausbekommen, wenn er ihn ein wenig länger in die Mangel hätte nehmen dürfen. Aber er beschloss, sich für den Augenblick mit dem zu begnügen, was er bisher von ihm erfahren hatte, und das einmal zu verarbeiten. Er war nicht unzufrieden. Wieder war er ein kleines Stück weitergekommen.

»Greifen Sie zu, meine Herren«, machte er Marksteiner und Pelinka zum Abschied noch auf die mitgebrachten Torten aufmerksam. »Beste Auswahl unserer neuen Köstlichkeiten aus dem *Café Heller*. Lassen Sie es sich gut schmecken!« Dann schnappte er Korber, der sich gerade vom Wein nachschenken wollte, und verließ mit ihm zusammen das Floridsdorfer Gymnasium.

KAPITEL 9

Samstag, 24. Juni, abends

Draußen trennte sich Thomas Korber allerdings gleich von Leopold. Offenbar wollte er in seinem derzeitigen leicht berauschten und sentimentalen Zustand nicht mehr mit Sabine Patzak zusammentreffen. Leopold hingegen stellte für sich die folgenden Überlegungen an:

Erstens: Pelinka hatte ihm das Wichtigste verschwiegen, nämlich den Inhalt der vertraulichen Informationen, die er an Marion Kirchner weitergegeben hatte. Das machte ihn nicht nur verdächtig, sondern eröffnete eine neue Perspektive. Musste jemand fürchten, durch diese Indiskretionen in Teufels Küche zu kommen? Standen sie vielleicht gar in Zusammenhang mit dem geheimnisvollen Dokument, hinter dem seine attraktive Bekanntschaft vom Vortag her war?

Zweitens: Es gab einige Hauptverdächtige, an die er noch nicht herangekommen war:

»Frankie« Franz Kerbl, der sich in derselben Projektgruppe wie Marion engagierte, mit ihr am Korneuburger Gymnasium beschäftigt war und augenscheinlich auch privat um ihre Gunst gekämpft hatte. In der Mordnacht war er in Rage geraten, weil sie zusammen mit dem auf ein Liebesabenteuer hoffenden Filou Othmar Demmer beim Heurigen aufgetaucht war. Ein Mord aus Eifersucht schien durchaus möglich.

»Bio-Charly« Karl Gstettner, den Marion zur Versammlung geholt, dann aber wegen seines provokanten Verhaltens hinausgeworfen hatte. Charly war bei der Polizei kein unbeschriebenes Blatt, ihm gingen immer wieder einmal die Nerven durch. Hatte er am Bisamberg auf Marion gewartet, sie um eine Aussprache gebeten und dann zugeschlagen? Ein Mord aus gekränkter Ehre also? Das schien ebenfalls möglich. Leopold musste sich Charly ehebaldigst vorknöpfen, die Kontaktdaten hatte er ja.

Ludwig Bergmann, der laut Erika noch vorgehabt hatte, einen nächtlichen Spaziergang auf dem Bisamberg zu machen. Die Möglichkeit zum Mord bestand also, die Motivlage war jedoch undurchsichtig. Vielleicht betrafen Marions Informationen gerade ihn, und das hatte ihn zu der furchtbaren Gewalttat veranlasst. Wenn Bergmann in den Fall verwickelt war, würde die Beweisführung allerdings sehr schwierig werden. Andererseits galt es, belastendes Material gegen ihn zu finden, ehe er zu einer dauerhaften Gefahr für das *Café Heller* wurde. Irgendwie musste Leopold mehr über ihn erfahren.

Drittens: Auch über Marion Kirchners Vorleben in Heidelberg wusste Leopold praktisch nichts. Kannte sie etwa Monika Aberle oder Erwin Bader von früher? Oder gar jenen deutschen Kaffeehausgast, der ihn in letzter Zeit ein paarmal gequält hatte? Dieser war immerhin sowohl in der Kellergasse als auch bei den Versammlungen im *Heller* zugegen gewesen. Zufall? Leopold weigerte sich, daran zu glauben. Sabine musste diese Spuren zurückverfolgen, so gut sie konnte. Vielleicht traten dann Verbindungen zwischen Marion und diesen Personen zutage.

Eine Menge Aufgaben waren also in nächster Zeit zu erledigen. Ganz in seine Gedanken verloren, hatte Leopold eine Runde um den Häuserblock gemacht, ehe er sich wieder im *Café Heller* blicken ließ. Sabine und Frau Heller warteten bereits auf ihn. »Bin ich zu spät?«, fragte er mit einem Blick auf die Uhr.

»Nein, aber kaum warst du weg, hat man nach dir verlangt«, informierte seine Tochter ihn.

»Haben Sie in letzter Zeit eine Frauengeschichte gehabt? Vielleicht im illuminierten Zustand wie Ihr Freund Korber?«, wollte Frau Heller wissen.

»Wer war denn da?«, erkundigte Leopold sich.

»Eine Frau. Ihren Namen hat sie nicht genannt, Papa. Angeblich ist es aber wichtig. Darum hat sie das für dich dagelassen und mich gebeten, es dir unbedingt zu geben.« Sabine überreichte ihm ein Kuvert mit einem Zettel darin. »Jetzt weiß ich halt nicht: Gehört das zu deinem Mordfall oder ist es privat?«, fügte sie ein wenig irritiert hinzu.

Leopold stieg sofort ein betörender Duft in die Nase, als er die Nachricht herausnahm. »Das weiß ich selbst noch nicht so genau«, antwortete er ausweichend. Dann las er den kurzen Text:

> »Habe Sie leider nicht angetroffen. Angelibad wird nach Ihrem Dienstschluss schon zu sein, treffen Sie mich deshalb bitte gleich anschließend beim Heurigen *Fuhrmann*. Sie verkehren dort ja hin und wieder, habe ich mir sagen lassen. Wir müssen einige Dinge klären, und ich mag Sie. Ihre Bekannte von gestern.«

Leopold war sich nicht sicher, was er davon halten sollte. Die Botschaft stammte ohne Zweifel von der sympathischen Frau, die ihn gebeten hatte, für sie nach einem Schriftstück zu suchen, das Marion Kirchner angeblich bei der Versammlung am Donnerstag bei sich gehabt hatte, und das dann verschwunden war. Bis jetzt hatte er zu seiner Schande noch gar nicht richtig Ausschau danach gehalten. Zu diffus und verworren kam ihm alles vor, zu wenige Anhaltspunkte gab es. Aber die Frau hatte ihn sofort in ihren Bann gezogen. Sie hatte etwas Geheimnisvolles an sich.

Sollte er zu dem Treffen gehen? Es konnte eine Falle sein, bot aber auch die Chance, neue Einzelheiten über den Mord zu erfahren und die sympathische Frau näher kennenzulernen. Wenn etwas Unvermutetes geschah, würde er sich zu helfen wissen. Man kannte Leopold beim *Fuhrmann*, und Thomas Korber wohnte auch gleich gegenüber.

»Sieht jedenfalls so aus, als hätte ich nach der Arbeit noch einen Weg«, erwähnte er in Sabines Richtung.

»Möchtest du, dass ich dich begleite, Papa?«

»Nein danke«, lehnte Leopold ab. »Ich komme schon allein zurecht. »Hör mal, ich dachte, du musst dringend weg.«

Sabine Patzak zuckte mit den Achseln. Es schien so, als begänne der Fall sie zu interessieren, besonders das Rendezvous ihres Vaters. »Ich habe noch etwas Zeit und da dachte ich ...«

»Ich denke, du gehst jetzt besser, wie wir ursprünglich vereinbart haben«, unterbrach Leopold sie. »Dafür nützt du deine freie Zeit für einige Hausaufgaben, die ich dir gleich erklären werde. Das würde mir sehr helfen. Und wenn du bis morgen Mittag schon etwas herausgefunden hast, bist du auf Erikas traditionelle Schnitzel mit Erdäpfelsalat eingeladen!«

Er setzte Sabine die Situation im Detail auseinander. »Du möchtest mich also wirklich nicht dabeihaben?«, vergewisserte sie sich anschließend noch einmal.

»Nein«, war Leopolds eindeutige Antwort.

*

Thomas Korber haderte mit seinem Schicksal. Vielleicht hätte er doch versuchen sollen, ein paar Worte mit Sabine zu wechseln, um zu sehen, ob sie ihm gegenüber schon besser drauf war. Aber es hätte wohl nicht viel Sinn gemacht. Leopold wäre die ganze Zeit um sie herum gewesen, und gerade er durfte auf keinen Fall merken, dass zwischen Korber und seiner Tochter ein Nahverhältnis bestanden hatte. Außerdem wirkte der Alkohol derart auf ihn, dass er zwar starke Gefühle hatte, aber immer weniger klar denken konnte.

Also sah er nur eine Möglichkeit, die Situation zu bewältigen: weiterzutrinken und sich dann so müde ins Bett fallen zu lassen, dass er gleich einschlief. Er lenkte seine Schritte deshalb zum *Fuhrmann*, seinem Stammheurigen, der sich gleich gegenüber dem Haus befand, in dem er wohnte. Dort setzte er sich in den Garten, trank Wein und ließ sich von der Sonne anscheinen. So konnte man es aushalten.

Nach einiger Zeit bemerkte er eine Frau, die ein paar Tische weiter allein saß, und die ihm ausnehmend gut gefiel. Sie sah so aus, als ob sie mit jemandem verabredet wäre, aber das musste ja nicht unbedingt zutreffen. Also beschloss Korber, ein wenig zu warten. Wenn sie nach einer gewissen Zeit immer noch ohne Begleitung war, würde er sie einfach fragen, ob er sich zu ihr setzen dürfe. Der

Abend konnte durchaus noch erfreulicher verlaufen, als er sich das vorgestellt hatte. Als sie zu ihm herüberschaute, prostete er ihr mit seinem Weinglas zu. Sie prostete nicht zurück, lächelte ihn aber immerhin an. Korber nahm das als gutes Zeichen.

Er trank nun mit einer gewissen Hoffnung weiter gemütlich vor sich hin. Da geschah etwas, bei dem er sich beinahe verschluckte. Leopold stürzte in den Gastgarten, schaute zunächst ein wenig ratlos um sich und eilte dann mit zielsicheren Schritten auf die einsame Frau zu. Korber kam aus dem Staunen nicht heraus. Entspannte sich sein Freund etwa heimlich mit Damen, von denen Erika nichts wusste? Beinahe konnte man es vermuten. Korber war froh, dass er ein wenig abseits saß und Leopold ihn deshalb nicht entdeckt hatte. Er beschloss, die weitere Entwicklung zu verfolgen.

Leopold setzte sich indes zu der schönen Unbekannten. »Ich hoffe, Sie haben noch nicht lange gewartet«, suchte er nach einer höflichen Begrüßung.

»Ich bin ja selbst schuld, wenn ich früher da sein muss, weil ich keine genaue zeitliche Vereinbarung mit Ihnen getroffen habe«, empfing sie ihn. »Schön, dass Sie gekommen sind.«

»Ich kann aber leider noch mit keinem Ergebnis dienen.«

»Ach so?« Die Frau zog die Augenbrauen hoch.

»Vielleicht liegt es daran, dass ich noch überhaupt nicht weiß, wonach ich suchen soll«, führte Leopold an. »Ein paar Hinweise sollten Sie mir schon geben. Sonst wird das, fürchte ich, nichts.«

»Schade! Ich habe gedacht, Sie sind ein so kluger Mann, der gleich auf alles draufkommt. Ein Streiter für Recht und Gerechtigkeit. So sind Sie mir beschrieben worden«, nahm ihn die Frau in die Pflicht. »Haben Sie denn noch gar keine Spur?«

»Ich habe natürlich nachgedacht«, ließ Leopold sie wissen. »Nachgedacht, worum es Ihnen geht, wohinter Sie her sind, zu wem Sie gehören. Es ist einfach zu behaupten, Sie seien für die gerechte Sache. Aber sind Sie das wirklich? Mir stellen sich die Dinge ein wenig anders dar.«

»Ich höre!« Mit einer ausladenden Handbewegung lud sie Leopold ein, ihr seine Ansicht mitzuteilen. Gleichzeitig winkte sie die Kellnerin herbei, und beide bestellten ein Achtel Wein.

»Es liegt doch auf der Hand«, führte Leopold schließlich weiter aus. »Die werte Verblichene kann das, was Sie suchen, nicht im *Heller* vergessen haben. Das wäre mir aufgefallen. Sie und ihre Gesinnungsgenossen sind gleichzeitig gegangen, und ich habe gleich nachher die Tische sauber gemacht und alles wieder an seinen Platz gestellt. Sie haben das also ins Blaue hinein gesagt, und ich kann mir schon vorstellen, warum: weil Sie es in ihrer Tasche gesucht und nicht gefunden haben. In jener Tasche, die Marion Kirchner als Lebende noch bei sich hatte, die aber nach ihrem Tod verschwunden ist.«

»Jetzt fangen Sie mit Ihren abenteuerlichen Kombinationen an. Das gefällt mir!« Die Frau erweckte den Anschein, als amüsiere sie sich.

»Es gibt zwei Möglichkeiten«, fuhr Leopold ungerührt fort. »Entweder Marion ahnte etwas von einer drohenden Gefahr und hat das Objekt Ihrer Begierde während der Sitzung schnell jemandem zugesteckt. Oder sie hatte es noch in der Tasche bei sich, und es ist jetzt im Besitz des Mörders. Vor allem im ersteren Fall kann ich Sie nicht aus dem Kreis der Verdächtigen ausschließen, Gnädigste.

In keinem Fall aber stehen Sie, wie Sie augenzwinkernd behaupten, auf Marions Seite.«

»Ich habe weder von gerechter Sache noch von Marions Seite gesprochen, sondern nur gesagt, dass wir beide dieselbe Angelegenheit unterstützen«, korrigierte ihn die Frau. »Kannten Sie Marion Kirchner überhaupt? Wissen Sie, was für ein Mensch sie war?«

»Versuchen Sie nicht, um die Fakten herumzureden«, mahnte Leopold mit erhobenem Zeigefinger.

»Ich dachte, Sie wollten, dass ich Ihnen ein bisschen etwas erzähle.« Sie setzte sich bequem hin, überkreuzte die Beine und zündete sich eine Zigarette an. »Also gut, ich helfe Ihnen. Mit Ihren wilden Hauruck-Vermutungen tappen Sie ja ziemlich im Dunkeln. Marion Kirchner war nicht der leicht chaotisch wirkende Mensch mit Autoritätsproblemen, als der sie sich meist dargestellt hat. Ich bezweifle auch, dass sie viel für die Erhaltung der Umwelt übrighatte. Ich weiß allerdings, dass sie lästig sein konnte und Geld brauchte.«

»Na also, immerhin etwas«, nickte Leopold anerkennend. »Hat sie Sie erpresst?«

»Wie kommen Sie denn darauf? Es wäre besser, Sie würden anderen Menschen zuhören, wenn Sie etwas erfahren wollen, und sie gegebenenfalls ausreden lassen. Das fällt Ihnen offenbar schwer.« Einige Augenblicke lang wirkte die Frau beleidigt, dann umspielte wieder ein strahlendes Lächeln ihren Mund. »Und merken Sie sich eines«, fügte sie hinzu, »ich habe Sie um eine kleine Gefälligkeit gebeten. Wenn ich überhaupt etwas bin, dann also Ihre Auftraggeberin und nicht eine von Ihren üblichen Verdächtigen. Verwechseln Sie das nicht!«

Sie nahm Leopold komplett den Wind aus den Segeln. Gerade jetzt, wo er zum Angriff ansetzte, behandelte sie ihn wie einen Schulbuben. Und sie tat dies mit einem Charme, der ihn ins Schwitzen brachte. Beinahe wehrlos saß er da, an ihren Augen, ihren Lippen hängend.

»Marion war ein lästiges kleines Biest«, wiederholte die Frau, während sie ihre Zigarette ausdämpfte. »Nicht mehr, aber auch nicht weniger. Wer immer sie umgebracht hat, wird seine Gründe dafür gehabt haben. Zu überlegen, wem sie bei der Versammlung etwas zugesteckt haben könnte, ist meines Erachtens ein guter Ansatz. Verfolgen Sie bitte diese Spur weiter, damit wir endlich zu Resultaten kommen. Jetzt vergessen wir das Ganze aber für ein paar Minuten. Trinken wir noch etwas, und plaudern wir dabei ein bisschen.« Sie bestellte einen halben Liter vom gemischten Satz mit zwei Gläsern.

Thomas Korber war inzwischen ans äußerste Ende seiner Sitzbank gerutscht, um hinter den Blättern eines Kastanienbaums Schutz zu suchen. So konnte er aus seinem Versteck bequem und unerkannt in Richtung Leopold lugen. Er sah, wie sein Freund immer näher zu der schönen Unbekannten rückte, beinahe schon an ihr klebte. Zu gern hätte er auch verstanden, worüber sie sprachen, doch dafür war er zu weit entfernt. Die Situation war jedenfalls eindeutig. Das hätte er von Leopold, der ihm immer wieder die Irregularität seiner amourösen Beziehungen vorwarf, nicht gedacht.

Doch während sich Korber noch seiner Rolle als heimlicher Spion erfreute, spürte er eine schwere, unnachgiebige Hand auf seiner Schulter. »Hab ich mir's doch gedacht, dass du mir noch einmal allein über den Weg läufst«, raunte ihm eine wohlbekannte Stimme ins Ohr. »Wie wär's mit einem Begrüßungskuss?«

Rita stand neben ihm. Was er bis vor Kurzem gefürchtet hatte, kam für Korber, der schon den ganzen Tag über seinen versäumten Chancen nachgeweint hatte, nun wie eine Erlösung. Das schwarze Top ließ die Wohlgeformtheit ihrer kleinen Brüste ahnen. Die stark geschminkten roten Lippen beflügelten seine unanständigen Gedanken, während sie sich erwartungsvoll mit geöffnetem Mund zu ihm herabneigte. Korber konnte sich nicht mehr zurückhalten. Er drückte Rita auf die Bank neben sich, nahm ihr Gesicht in beide Hände, suchte mit seiner Zunge die ihre und vereinigte sich mit ihr in einem stürmischen, feuchten Kuss. »Du gehst ja wieder ganz schön ran«, befand sie nach ausgiebigem Geknutsche. »Deine Flamme von vorgestern ist also weg. Das müssen wir ausgiebig feiern.«

»Gehen wir gleich zu mir nach Hause?«, fragte Korber erwartungsvoll.

»Nicht so hastig«, bremste Rita ihn ein. »Lass uns doch erst mal etwas trinken, damit wir in Stimmung kommen. Dabei kannst du alles in Ruhe anschauen und betasten wie damals im *Botafogo*.«

Korber willigte ein. Auf das eine Glas kam es auch nicht mehr an. »Du bist ganz schön hartnäckig«, attestierte er Rita. »Ich hätte nicht gedacht, dass du es so schnell wieder probieren würdest.«

»Schön langsam solltest du wissen, dass ich das, was ich mir in den Kopf gesetzt habe, auch erreiche«, erinnerte sie ihn und streichelte ihm dabei über die Wange. »Wir müssen unsere Sache zu Ende bringen. Das kann ich mir einfach nicht entgehen lassen.«

»Das habe ich mir auch gedacht. Deshalb hätte ich mich sicher bald bei dir gemeldet«, versicherte Korber.

»Was du nicht sagst! Weil's dich gewaltig juckt, seit dein Besuch nicht mehr da ist. Du hast bloß Glück, dass es bei mir auch kribbelt«, meinte Rita.

In der Folge feierten sie den Abend eng umschlungen mit der entsprechenden Menge Alkohol. Dabei redeten sie nicht mehr viel, weil sie einander kaum etwas zu sagen hatten. Der körperliche Einsatz ihrer Hände und Lippen ersetzte die Sprache. Korber machte dort weiter, wo er im *Botafogo* aufgehört hatte.

Auch Leopold und seine schöne Gefährtin kamen sich langsam näher. Die Frau kraulte ihn hin und wieder zärtlich am Kinn, und er ließ es sich gerne gefallen. Sie lobte seine Klugheit und seinen Charme. »Ich weiß nicht, womit ich das verdient habe, Gnädigste«, wehrte Leopold bescheiden ab.

»Es ist zwar noch nicht die Zeit, über Verdienste zu sprechen«, hauchte sie, »aber ich hoffe, sie kommt bald. Fühlen Sie sich wohl in meiner Nähe?«

»Natürlich! Sie sind eine gescheite Frau!«

»Nur gescheit?«

Leopold war sich wohl selten einer Sünde so bewusst gewesen wie jetzt, wo er bereit war, ihre wunderbaren Lippen, die nur mehr ein paar Zentimeter von den seinen entfernt waren, mit seinem Mund zu berühren. »Nein, auch … verführerisch«, entfuhr es ihm.

»Wie verführerisch?«

Gleich fahre ich in die Hölle, dachte Leopold. Dann hörte er den lauten Aufschrei einer Frau. War das schon Erika, die gekommen war, ihn zu richten? Irritiert drehte er sich um. Von Erika, Gott sei Dank, keine Spur. An einem anderen Tisch war etwas passiert. Einige der Gäste waren bereits aufgestanden, um zu sehen, was sich da abspielte.

»Trinken und Schmusen – des vertragt sich halt ned miteinander«, hörte man einen ersten Kommentar.

»Ah wos! Die richtige Stellung brauchst – wie im Bett«, meldete sich ein Zweiter.

»Eines darf man auf den Heurigenbankerln dabei auf keinen Fall: sich zurücklehnen«, beurteilte ein Dritter fachmännisch die Lage. »Da kriegst ein Übergewicht, und schon liegst unten!«

»Is wer verletzt?«, wollte eine besorgte Frau indes wissen.

»Wenn sich die beiden bei dem Sturz ned gegenseitig die Zunge abbissn haben, glaub i ned«, zeigte sich ein weiterer Gast überzeugt.

Am Boden kullerten Thomas Korber und Rita auseinander und dann wieder aufeinander zu. Beide waren von der Schwerkraft überrumpelt worden und kannten sich für einige Momente nicht aus. Der Alkohol machte sie schwindelig. Ein drahtiger Mann im Fahrraddress, der Korber offensichtlich kannte, eilte herzu und fragte: »Haben Sie sich wehgetan, Herr Professor?«

Korber schüttelte den Kopf. »Alles in Ordnung«, versicherte er. Ein Blick auf Rita, die nach dem ersten Schreck aus vollem Hals zu lachen anfing, zeigte ihm, dass es auch ihr gut ging. Wie durch ein Wunder war alles heil geblieben, nicht einmal der Wein war verschüttet worden.

Korber versuchte als Erster, wieder auf die Beine zu kommen. »Zahlen wir und gehen wir dann«, schlug er vor. Er sehnte sich nun aus den verschiedensten Gründen nach einem Bett.

»Du zahlst«, berichtigte ihn Rita prustend.

»Von mir aus!«

Nun stand Korber. Viele Augenpaare waren auf ihn gerichtet, auch das von Leopold. Als er Korber erkannte, durchlief eine Schockwelle seinen Körper. Alles, nur nicht von seinem Freund entdeckt werden! Seine Reaktion war klassisch. Er drehte sich um und versuchte, sein Gesicht zwischen Hals und Schultern seiner Gefährtin zu verbergen. Diese wertete das als Zeichen, dort weiterzumachen, wo man eben unterbrochen worden war. Sie nahm Leopold und drückte ihm einen zärtlichen Kuss auf die Lippen.

Leopold ließ es gern geschehen. Er hatte nicht die innerliche Kraft, sich loszureißen, klebte förmlich an seiner Begleiterin fest. Genau das erspähte Korber, sobald er sich vollständig aufgerappelt hatte. Du alter Genießer, dachte er bei sich. Wer weiß, wie lange du schon ein Doppelleben führst. Deine Moralpredigten kannst du dir in Zukunft sparen! »Das ist ja der Oberkellner vom *Café Heller*«, rief Rita gleichzeitig so laut, dass es der gesamte Gastgarten hörte.

Jetzt war alles verloren. Da nützte es auch nichts, dass Korber aufgrund der Distanz und der einsetzenden Dämmerung den Lippenstift in Leopolds Gesicht nicht sehen konnte. Sein Name war öffentlich ausgerufen, seine Reputation beim Teufel. Durchaus möglich, dass Erika bereits über alles unterrichtet war, wenn er nach Hause kam.

Leopold war im Begriff, auf seinen Freund zuzueilen, um ihm alles zu erklären. Doch Korber und Rita waren in ihrer Vorfreude auf den letzten Teil des Abends dahin, ehe er zu ihnen gelangte. Und als er kehrtmachte, musste er feststellen, dass auch seine schöne Begleiterin verschwunden war.

KAPITEL 10

Sonntag, 28. Juni

Als Leopold nach Hause kam, fiel ihm ein, dass Erika noch mit ein paar Freundinnen unterwegs war. Die Chancen standen also gut, dass sich die Dinge nicht bis zu ihr herumgesprochen hatten. Er beschloss, sich mit seinem kleinen Schwips gleich niederzulegen, um in keine verfänglichen Gespräche mehr verwickelt zu werden. Gegen seine Gewohnheit stellte er sich auch schlafend, als er sie im Bett neben sich spürte. Die Zärtlichkeiten mussten diesmal ausfallen.

Am Sonntagmorgen kam er Erika allerdings nicht mehr aus. Auf dem Weg in die Küche, wo sie sich gleich daranmachen würde, ihre berühmten Schnitzel zuzubereiten, fragte sie ihn beiläufig: »Wie war's denn gestern? Bist du noch irgendwo gewesen?«

»Ich habe ein bisschen in dem Mordfall recherchiert«, antwortete Leopold vorsichtig. Man konnte nie wissen.

»Du hast getrunken, Schnucki! Man hat's an deinem Atem gerochen«, registrierte Erika, immer noch beiläufig.

»Ein wenig«, gab Leopold zu.

»Ganz schön viel«, ließ Erika das nicht gelten. »Du hast mich nicht einmal bemerkt, als ich mich neben dich gelegt habe. Normalerweise bist du in so einer Situation sehr liebesbedürftig. Und geschnarcht hast du wie ein Walross!«

»Es war halt ein anstrengender Tag«, erwähnte Leopold und fühlte sich gar nicht gut dabei.

»Erzähl doch ein bisschen was«, forderte Erika ihn auf. »Mit wem warst du beisammen?«

»Ich frage dich auch nicht, was du gestern mit deinen Freundinnen getrieben hast«, antwortete er spröde.

»Hast du etwa Geheimnisse vor mir?«, staunte Erika. »Willst du mir gar nichts verraten?«

»Ich war noch mit Thomas Korber unterwegs«, kam es daraufhin kleinlaut von Leopold. Etwas Besseres fiel ihm im Augenblick nicht ein. Sein schlechtes Gewissen war ein sehr unsanftes Ruhekissen.

»So etwas Ähnliches habe ich mir gedacht«, seufzte Erika. »Ich weiß, Thomas ist dein Freund, und ich schätze ihn auch. Aber im Augenblick scheint mir dein Umgang mit ihm äußerst problematisch.«

»Wegen seiner Frauengeschichten?«

»Wegen seiner Trinkerei natürlich!«

»Du traust mir also solche Liebesabenteuer nicht zu?« Für einen Augenblick fühlte Leopold sich überlegen.

Erika unterdrückte ein spöttisches Lachen. »Nimm dir nur ja kein Beispiel an ihm, in der einen Hinsicht nicht und in der anderen schon gar nicht«, mahnte sie Leopold dann. »Ich hoffe, du bist dir bewusst, welche Schatten das auf unsere Beziehung werfen würde.«

Mit diesen Worten verschwand sie in der Küche, um ungestört das Mittagessen zu kochen. Leopold nahm ihre Worte mit gemischten Gefühlen auf. Bald musste es wieder zu einer Begegnung mit der schönen fremden Frau kommen. Ob er da an die Schatten denken würde?

Seine Tochter Sabine erlöste ihn von seinen Grübeleien. »Servus, Papa! Ich habe einen Mordshunger«, begrüßte sie ihn.

»Erika legt gleich die Schnitzel in die Pfanne«, beruhigte Leopold sie. »Warst du erfolgreich?«

Sabine zuckte mit den Achseln. »Wie man's nimmt! Du glaubst immer, was du nicht zusammenbringst, schaffe ich mit links. Aber so leicht ist das nicht.«

»Erzähl deinem lieben Vater einfach, was du herausgefunden hast«, schlug Leopold vor.

»Dann schauen wir uns einmal an, was es zu Marion Kirchner zu berichten gibt. Bis vor drei Jahren hat sie am Eichendorff-Gymnasium in Heidelberg unterrichtet. Dann hat sie sich scheiden lassen und ist sehr bald nach Österreich übersiedelt«, berichtete Sabine ihrem Vater.

»Weiß man, mit wem sie verheiratet war?«

»Ihr Mann hieß Christian Keller und war Finanzbeamter in Heidelberg. Er ist vor etwa einem halben Jahr gestorben.«

»Weißt du, woran?«

»Keine Ahnung! Unerwartet, habe ich gelesen, mehr nicht. Er war erst Ende 40.«

»Gibt es Eltern oder sonstige Verwandte?«

»Die Mutter ist tot, der Vater lebt in einem Pflegeheim. Ich habe die Adresse zu Hause wo aufgeschrieben. Einen Bruder gibt's in Dortmund.«

Das waren zunächst keine guten Aussichten für Leopold, der gehofft hatte, jemanden aus der Familie kontaktieren zu können. »Das macht die Sache nicht einfacher«, murmelte er in sich hinein.

»Etwas anderes wird dich mehr interessieren«, versuchte Sabine, ihn aufzumuntern. »Monika Aberle und

Erwin Bader unterrichten auch am Eichendorff-Gymnasium!«

»Was?« Sofort besserte sich Leopolds Laune. »Wunderbar! Ich hab's doch geahnt, dass es da einen Zusammenhang gibt. Jetzt müssen wir nur noch hinter ein mögliches Motiv kommen!«

»Noch etwas! Bergmann, der Erikas Buchhandlung und eurem Kaffeehaus solche Schwierigkeiten macht, ist am Eichendorff-Gymnasium in Heidelberg zur Schule gegangen. Danach hat er eine Buchhändlerlehre absolviert und dort als Buchhändler gearbeitet. Schließlich ist er einer Frau zuliebe, wie es heißt, nach Österreich gekommen«, informierte Sabine ihren Vater.

»Bergmann?« Leopold konnte es kaum fassen. Verschob sich plötzlich alles an den Neckar? »Toll, dass du so viel über ihn herausgefunden hast«, lobte er Sabine.

»Steht alles auf seiner Homepage. Das hättest du auch zusammengebracht«, bemerkte sie schnippisch. »Schön langsam könntest du wirklich an den Grundkenntnissen der Internetrecherche arbeiten. Dann würde ich weniger Zeit mit Unnötigem vertrödeln. Und schneller ginge es auch.«

»Wir lassen die Aufgabenverteilung einstweilen so«, ließ sich Leopold nicht überzeugen. Er speicherte die neuen Informationen über Bergmann in seinem Kopf. Vieles wurde ihm dabei klarer: Warum er sich in Floridsdorf um eine Buchhandlung bemüht hatte, weshalb er ein Kenner und Liebhaber Joseph von Eichendorffs war. Was er nicht wusste, aber voraussetzte: Bergmann und Marion Kirchner hatten sich gekannt. »Wie lange ist Bergmann schon hier?«, fragte er neugierig.

»In Österreich? Schon etliche Jahre«, schilderte Sabine.

»Zuerst hat er allerdings in Salzburg gelebt, dann ist er nach Wien gekommen und hat da geheiratet.«

»Das hast du wirklich gut gemacht«, zollte Leopold seiner Tochter nochmals Anerkennung. »Tust du mir noch einen großen Gefallen?«

»Du meinst, ich soll Frankie Kerbl ausfratscheln«, brummte Sabine nicht gerade begeistert. Ihr Vater hatte schon mit ihr darüber geredet.

»In Gesprächen erfährt man halt doch am meisten«, arbeitete er zaghaft daran, seiner Tochter diese Aufgabe schmackhaft zu machen.

»Darin bist aber du der Spezialist«, ließ sie bei ihm keine Hoffnungen aufkommen. »Außerdem weißt du besser als ich, was du erfahren möchtest. Ich habe die nächsten Tage wenig Zeit, und Männern schöne Augen machen, damit sie mir was verraten, ist auch nicht mein Ding. Herr Professor Kerbl hat morgen um 10 Uhr Sprechstunde. Das schaffst du!«

»Ist es etwa schon wieder aus mit deiner Unterstützung?«, sorgte Leopold sich.

»Aber nein«, versicherte Sabine ihm. »Die Geschichte interessiert mich. Ich muss halt noch was für mein Studium erledigen. Wenn du's genau wissen willst: Übermorgen steht eine Prüfung an. Aber morgen könnte ich dich im Kaffeehaus vertreten, und wenn du vorhaben solltest, eine Spritztour nach Heidelberg zu machen, nimm mich bitte mit!«

»So gefällst du mir schon viel besser«, war Leopold wieder beruhigt. »Vielleicht sollte ich mich wirklich dort umschauen, um mir Klarheit zu verschaffen. Alle aktuellen Hinweise deuten in diese Richtung. Du wärst mir dabei eine große Hilfe!«

Ihr Gespräch wurde vom Brutzeln des heißen Fetts in der Schnitzelpfanne begleitet. Jetzt öffnete sich die Tür, und Erika kam aus der Küche. Es war zwei Minuten nach 12 Uhr. »Ich bin beinahe pünktlich«, stellte sie fest. Dann begrüßte sie Sabine und bat sie und Leopold zu Tisch.

Als sich alle gesetzt hatten, läutete es an der Tür. »Wer ist da?«, fragte Leopold durch die Gegensprechanlage.

Es meldete sich Thomas Korber.

*

Ein Schaudern ging durch Leopolds Körper. Was wollte Thomas um die Mittagszeit hier? Ihn etwa wegen gestern Abend bloßstellen?

»Wer ist es denn?«, erkundigte sich Erika indessen aus dem Wohnzimmer.

»Thomas«, teilte ihr Leopold knapp mit. »Ich sage ihm, er soll später vorbeischauen.«

»Aber warum denn?«, widersprach ihm Erika. »Es sind genügend Schnitzel da, er kann gleich mitessen. Sicher hat er Hunger. Vielleicht ist er über den gestrigen Abend gesprächiger als du.« Sie hatte nun das Heft in der Hand und erhoffte sich Aufklärung, was da geschehen war.

Korber wirkte verschlafen und noch ein wenig desorientiert. Sein Blick traf kurz den von Leopold. »Na, was gibt's?«, fragte der nervös.

»Nichts Besonderes«, eröffnete ihm Korber achselzuckend. »Störe ich? Ich wollte nur schauen, wie's euch so geht. Ihr sitzt ja gerade alle harmonisch beisammen.«

»Hast du etwas anderes vermutet?«, fragte Leopold. »Es ist Sonntagmittag.«

»Pfauch ihn doch nicht gleich so an, Schnucki«, tadelte

Erika ihn. »Wir freuen uns über deinen Besuch, Thomas. Nimm ruhig Platz. Ich denke, dein Magen hat heute noch nicht viel Arbeit bekommen.« Sie brachte einen zusätzlichen Teller. Jeder nahm sich mit seiner Gabel Schnitzel und gab etwas Erdäpfelsalat in seine Salatschüssel. Und dann, beinahe unschuldig, machte Erika die Bemerkung: »Ich habe gehört, ihr hattet gestern viel Spaß, du und Leopold.«

»Du weißt darüber?«, fragte Korber erstaunt.

»Erika weiß das, was ich ihr erzählt habe. Unsere kleinen Geheimnisse habe ich ihr natürlich nicht verraten«, beeilte Leopold sich zu sagen.

Korber nickte. »Ach so! Klar!« Er verstand überhaupt nichts.

»Ich meine, ich habe ihr nichts darüber gesagt, was wir miteinander geplaudert und wie viel wir getrunken haben. Kapiert?«, ergänzte Leopold deshalb.

»Wenn ihr Streit habt, halte ich mich raus«, betonte Korber.

»Warum sollten Erika und ich streiten?«, lächelte Leopold verkrampft. »Weil wir zwei ein bisschen miteinander gefeiert haben?«

»Na ja, wenn du es so siehst!« Korber wiegte ahnungslos den Kopf hin und her.

»Was habt ihr denn gefeiert?«, wollte Sabine jetzt wissen.

»Es ist noch nicht ganz spruchreif«, sagte Korber so vor sich hin.

»Dann kann ich's mir denken«, überlegte Sabine, während sie ein Stück von ihrem Schnitzel abschnitt. »Du hast eine neue Freundin, und zwar die, mit der ich dich unlängst gesehen habe. Diese Monika Aberle aus Deutschland, nicht wahr? Sie wirkt zwar älter als du, sieht aber nicht übel aus. Und die Entfernung spielt heutzutage kaum mehr eine Rolle.«

»Genau«, bestätigte Leopold.

»Also stimmt's?« Sabine war begierig, mehr zu erfahren.

Korber ärgerte sich, dass sich das Gespräch in diese Richtung gedreht hatte. »Wenn's soweit ist, werde ich es euch mitteilen«, erklärte er. »Vorläufig kann man darüber genauso wenig sagen wie über den Grund, warum Leopold gefeiert hat.«

Leopold verschluckte seinen Bissen so unkontrolliert, dass er husten musste.

»Aha! Was war denn? Raus mit der Sprache«, forderte Erika.

»Wir könnten etwas gegen Bergmann in der Hand haben«, war das Einzige, was Leopold einfiel.

»Das wäre ja großartig! Und was?« Erika war ganz Ohr.

»Die Hinweise sind noch etwas verschwommen.«

»Ich glaube, eure Hirne sind noch von gestern verschwommen«, konstatierte Erika enttäuscht. »Anders kann ich mir dieses Gelaber nicht erklären, Schnucki. Hör jetzt bitte damit auf, du verdirbst mir den Appetit. Der Alkohol macht aus dir einen ganz anderen Menschen.«

Auf Erikas Worte hinauf verlief der Rest des Mittagessens schweigsam, außer ein paar Belanglosigkeiten traute sich niemand mehr, etwas zu sagen. Schließlich begleitete Sabine Patzak Erika Haller in die Küche, um ihr beim Saubermachen und beim Kaffee zu helfen. Die Frauen wollten ein wenig unter sich sein. Kaum hatten sie die Tür hinter sich zugemacht, nahm Leopold Thomas Korber wild gestikulierend ins Verhör: »Bist du wahnsinnig geworden? Wieso um alles in der Welt kommst du ausgerechnet heute zu Mittag hierher und redest so einen Stuss zusammen?«

»Ich möchte wissen, wer den größeren Stuss geredet hat«, erwiderte Korber. »Ich wollte euren Sonntagsfrieden nicht stören. Ich habe mich bloß einsam gefühlt. Mir war nach ein bisschen menschlicher Nähe. Und natürlich bin ich auch neugierig, was die neuesten Entwicklungen betrifft.«

»Ist deine neue Flamme, mit der du dich gestern beim *Fuhrmann* am Boden gewälzt hast, denn schon wieder weg?«, erkundigte sich Leopold.

Korber nickte. »Für mehr als eine Nacht reicht's bei mir offenbar derzeit nicht. Das geht mir schwer aufs Gemüt.«

»Also wird da nichts draus?«

»Was weiß ich! Auf meine Fragen hat sie mir nur verschwommene Antworten gegeben. Ich denke, sie hat jetzt das, was sie wollte, und wäre mich gern wieder los, so wie ich zuerst sie.«

»War's wenigstens schön?«

Korber kramte in seinen lückenhaften Erinnerungen. »Es war jedenfalls ziemlich wild. Ich habe ein paar Kratzer am Rücken.«

»Ich hatte schon beim Heurigen den Eindruck, dass so etwas kommen musste«, gestand Leopold. »Soll Erika dich verarzten?«

»Nein danke, es geht schon«, winkte Korber ab. »Ich bin bloß immer noch ein wenig durcheinander. Und wie ist es bei dir gelaufen?«

»Was meinst du?«, tat Leopold völlig gleichgültig. »Diese Frau ist quasi eine Klientin von mir. Sie hat mir einen Auftrag erteilt. Es handelt sich um einen Fall im Fall. Sehr kompliziert!«

»Da gehören wohl innige Umarmungen auch dazu«, motzte Korber.

»Schließ nicht immer gleich von dir auf andere«, riet Leopold ihm. »Schau lieber, dass du deine Affären in Ordnung bringst. Deine Vermutungen gehen völlig ins Leere. Sag mir lieber, ob dir Marion außer dem einen Zettel, den du mir gezeigt hast, noch etwas zugesteckt hat. Darum geht es nämlich. Um ein Schriftstück, vermutlich kompromittierenden Inhalts, das sie bei ihrem Tod nicht mehr bei sich hatte.«

»Also ich habe von ihr nichts mehr bekommen«, versicherte Korber.

Leopold überlegte. »Meine Klientin behauptet, dass das Papier im Kaffeehaus liegen geblieben ist oder dort den Besitzer gewechselt hat. Sie könnte sich jedoch auch täuschen! Das kann beim Heurigen ebenso der Fall gewesen sein. Und der Erste, der mir da einfällt, und mit dem sich Marion dort verabredet hat, ist ›Frankie‹ Franz Kerbl.«

»Ob's stimmt oder nicht, du hast wenigstens eine Aufgabe«, seufzte Korber.

»Komm mir ja in keine sentimentale Stimmung«, warnte Leopold seinen Freund. »Deiner Monika brauchst du übrigens keine Träne nachzuweinen. Sie und Erwin Bader haben wie Marion Kirchner am Eichendorff-Gymnasium in Heidelberg unterrichtet.«

»Ich weiß. Es besteht aber kein Grund, sie deswegen zu verdächtigen«, reagierte Korber unwirsch.

»Ich muss es tun«, rechtfertigte sich Leopold. »Zu deinem Trost: Bergmann war dort Schüler!«

»Na also! Verdächtige, wohin das Auge reicht! Das ist doch die Hauptsache für dich«, meinte Korber resignierend.

»Das nützt mir nichts, solange die Motivlage derart verworren ist«, musste Leopold zugeben. »Es gibt immer mehr Querverbindungen nach Deutschland. Ist das Zufall? Ich stehe an und komme nicht weiter.«

Während er Korber sein Problem klarmachen wollte, läutete es erneut. Diesmal war es Oberinspektor Richard Juricek.

*

Juricek steckte seinen Sombrero durch die geöffnete Tür. »Die Schnitzel hast du leider verpasst, Richard«, empfing Leopold ihn. »Aber einen guten Kaffee können wir dir anbieten. Was führt dich um diese Zeit hierher?«

»Die Vermutung, dass du wieder einmal dein eigenes Süppchen kochst«, antwortete Juricek und hängte dabei seine Kopfbedeckung auf die Garderobe. »Du hast nichts mehr von dir hören lassen. Dabei merke ich, dass du recht umtriebig unterwegs bist.«

»Das heißt noch lange nicht, dass ich etwas Entscheidendes in Erfahrung gebracht habe. Der Fall gestaltet sich kompliziert«, vermeldete Leopold vorsichtig. »Ich suche, ehrlich gesagt, nach einem Motiv.«

»Ach so? Auseinandersetzung im Zuge eines umstrittenen Projekts, Erschleichen geheimer Daten, möglicherweise Erpressung«, begann Juricek aufzuzählen. »Eifersucht und andere persönliche Verwicklungen. Genügt dir das nicht?«

»Bei den persönlichen Verwicklungen müssen wir einhaken«, legte Leopold ihm gleich nahe. »Solange wir da nicht genauer Bescheid wissen, kommen wir nicht voran.«

Juricek klopfte ihm auf die Schulter. »Braver Junge, du machst dir die richtigen Gedanken«, attestierte er ihm. »Eine Menge Personen trifft an diesem verhängnisvollen

Abend mit Marion Kirchner zusammen – erst im Kaffeehaus, dann beim Heurigen in Stammersdorf. Praktisch jeder hat die Möglichkeit, sie umzubringen. Aber wer war's und warum? Welche wichtigen Informationen fehlen uns über Marions Beziehungen zu ihnen?«

Erika Haller und Sabine Patzak hatten Juriceks Kommen bemerkt. Sie brachten eine Tasse mehr mit und deckten auf. Zusätzlich zum Kaffee gab es noch einen köstlichen Schokoladekuchen. Juricek ließ sich nicht stören und dozierte weiter: »Von einem Teil der Personen wissen wir, dass sie mit Frau Kirchner unmittelbar vor ihrem Tod beisammen waren, von anderen vermuten wir es.«

»Bei einem Teil wissen wir noch nicht einmal genau, um wen es sich handelt«, warf Leopold ein.

»Möglich! Nicht alle Aussagen haben uns weitergeholfen. Außerdem fehlt immer noch die Mordwaffe. Ein möglicher Hinweis ist das Verschwinden von Charly Gstettner. Wir erreichen ihn derzeit nicht. Aber ihn deswegen gleich als Mörder abzustempeln, wäre voreilig. Er könnte genauso gut untergetaucht sein, weil er etwas weiß. Wir suchen jedenfalls intensiv nach ihm.« Juricek nahm seine Kaffeetasse und machte einen bedächtigen Schluck.

Vielleicht hat Charly das Dokument, das ich suche, rätselte Leopold. Marion war mit ihm gemeinsam ins *Heller* gegangen. Nichts einfacher, als ihm vorher das Schriftstück zu übergeben. Vielleicht hatte sie den Streit mit ihm sogar provoziert, damit es einen Grund gab, dass er vor allen anderen das Geschehen verließ. Versteckte er sich wegen dieses Zettels? War die Nachricht so brisant?

»Marion Kirchner kam – so wie übrigens auch Eichendorff, gegen dessen Vereinnahmung durch ein umstrittenes Projekt sie mit ihrer Gruppe protestierte – aus Deutschland und verbrachte eine Zeit ihres Lebens in beziehungsweise nahe von Wien. Es erhebt sich die Frage, ob ihre deutsche Vergangenheit etwas mit der Tat zu tun hat«, fuhr Juricek, weiter in kleinen Schlucken seinen Kaffee trinkend, fort. »Wir haben uns mit den Behörden in Heidelberg in Verbindung gesetzt und um deren Unterstützung gebeten. Das hat nicht viel gebracht. Sie lebte bereits über zwei Jahre hier und hatte ihre Zelte in Deutschland abgebrochen.«

»Man sollte etwaige Spuren doch genauer zurückverfolgen«, meldete sich Leopold zu Wort. »Um nur ein Beispiel zu nennen: Ludwig Bergmann stammt aus Heidelberg.«

»Auf die Gefahr hin, mich zu wiederholen: braver Junge«, kam ein erneutes Lob von Juricek. »Was wäre ich ohne deine Kombinationsgabe? Darum lasse ich dich ja hin und wieder heimlich schnüffeln, obwohl du dich nie an die Spielregeln hältst. Du weißt, wie man die Dinge beim Schopf packt, und rührst um, wo wir nicht so gut hinkommen.«

Leopold lauschte aufmerksam. Er wusste immer noch nicht, worauf sein Freund hinauswollte, aber es hörte sich gut an.

»Würdest du unter Umständen nach Heidelberg fahren?«, ließ Juricek die Katze aus dem Sack.

Leopold jubilierte innerlich. »Das wäre natürlich wunderbar! So leicht komme ich allerdings nicht von meiner Arbeit im Kaffeehaus weg«, musste er einschränken.

»Das wird sich doch machen lassen, oder?«, zwinkerte Juricek ihm zu.

»Warum ist dir das auf einmal so wichtig?«, wollte Leopold wissen.

»Wir könnten zwei Fliegen mit einer Klappe schlagen«, klärte Juricek ihn auf. »Du würdest ein schönes Stückchen von der Welt sehen und könntest ungestört deinen kriminalistischen Neigungen nachgehen. Und ich würde das Problem los, dass meine deutschen Kollegen andere Sorgen haben, als auf gut Glück in Dingen zu wühlen, die sie eigentlich nichts angehen. Das ist eher deine Spezialität.«

»Und was wäre zu tun?«

»Darüber hast du dir sicher schon deine Gedanken gemacht. Ich gebe dir anschließend ein paar Informationen und lasse dir sonst weitgehend freie Hand. Höre dich um bei Leuten, mit denen Marion zu tun hatte: ehemaligen Nachbarn und Kollegen etwa.«

»Die Kollegen sind zum Teil auch verdächtig«, meldete Leopold Bedenken an.

»Umso besser! So etwas magst du ja besonders«, bestärkte Juricek ihn.

Leopold war von der Aufgabe angetan. »Wo kriege ich bloß eine Vertretung fürs Kaffeehaus her?«, überlegte er und schaute dabei in Sabines Richtung.

»Das kannst du dir abschminken, Papa«, eröffnete sie ihm sofort. »Ich möchte mitfahren!«

»Dann wird es schwer«, seufzte Leopold.

»Lässt sich denn gar nichts mit deinen Freunden vom *Café Schopenhauer* machen?«, kam ihm Juricek zu Hilfe. »Du bist ja nur zwei, höchstens drei Tage weg.«

»Das könnte klappen«, hoffte Leopold.

Korber hatte die ganze Zeit ruhig zugehört. Nun platzte es aus ihm heraus: »Was ist mit mir? Nächsten Freitag ist Schulschluss! Könnt ihr nicht so lange warten?«

»Je früher, desto besser«, machte ihm Leopold klar. »Den morgigen Tag brauchen wir noch zur Vorbereitung, am Dienstag geht's los. Tut mir leid, aber du musst deine Monika dann eben während der Sommerferien besuchen.«

»Ein schwacher Trost«, brummte Korber. »Wer weiß, ob du sie in der Zwischenzeit nicht schon hinter Gitter gebracht hast.«

»Wenn sie unschuldig ist, nicht«, versicherte Leopold.

»Du wirst niemanden hinter Gitter bringen«, stellte Juricek klar. »Dazu fehlt dir jegliche Befugnis. Du sollst dich bemühen, Dinge in Erfahrung zu bringen, die uns weiterhelfen und uns dann umgehend Bericht erstatten. Alles Weitere liegt in unserer Hand. Wenn du Hilfe brauchst, wende dich an Hauptkommissar Ziegler, der weiß Bescheid. Ich gebe dir die Kontaktdaten. Aber schau zu, dass alles möglichst unauffällig abläuft.«

»Gewiss«, nickte Leopold. »Du kannst dich wie immer auf mich verlassen, Richard. Jetzt muss ich nur noch meine Chefin überzeugen.«

Erika Haller war in der Zwischenzeit beim zweiten Stück Schokoladekuchen angelangt, in das sie kräftig hineinbiss. »Mich fragt natürlich wieder einmal niemand um Erlaubnis«, stellte sie dabei resignierend fest.

KAPITEL 11

Montag, 29. Juni

Der Vorschlag Juriceks, er solle nach Heidelberg fahren, um dort nach dem vielleicht entscheidenden Hinweis zu suchen, hatte Leopold bei aller Freude einigermaßen überrascht. Auf einmal hatte er alle Hände voll zu tun, um diese Reise zu organisieren. Er versuchte, sich zu erinnern, wann er das letzte Mal um einer derartigen Fahrt willen sein geliebtes Floridsdorf verlassen hatte. Das mochte gut 20 Jahre oder noch länger her sein.

Wo hatte er diesen Urlaub verbracht? In Lignano, richtig. Mit zwei seiner Kaffeehausoberkollegen. Kleine Liebesabenteuer hatten damals eine große Rolle gespielt, das Meer bei ihm hingegen keinen bleibenden Eindruck hinterlassen, obwohl er es bei dieser Gelegenheit das erste und einzige Mal gesehen hatte. Er hatte beim Hineingehen eine schier endlose Anzahl von Schritten machen müssen, bis ihm das Wasser bis zu den Hüften gegangen war. Die Adria war ihm so vorgekommen wie ein riesiger seichter, salziger Neusiedler See. Die Begeisterung anderer Menschen für Sonne und Strand hatte er nicht nachvollziehen können. Schwimmen konnte man in der Alten Donau bei Weitem besser.

Später hatte das Reisen in seinem Leben keine besondere Bedeutung mehr gespielt. Ein paarmal war er mit seiner Rosi, Sabines Mutter, über die Grenze vom Burgenland nach Ungarn gefahren, einmal hatte er einen Freund in Vorarlberg besucht. Mehr fiel ihm dazu nicht mehr ein. Er hatte halt immer seine Arbeit im Kaffeehaus gehabt und sich auch sonst in seiner unmittelbaren Heimat am wohlsten gefühlt.

Deshalb war er froh, dass sich seine Tochter Sabine um ein Quartier und die sonstige Organisation kümmerte. Das Kofferpacken würde Erika erledigen. Sie war am Sonntag kurz eingeschnappt gewesen, hatte sich aber schnell wieder beruhigt und in ihrer Aufregung sogar den peinlichen Eindruck vergessen, den Leopold nach seinem Besuch beim Heurigen gemacht hatte.

Ihm selbst stellten sich vor seiner Abfahrt drei Aufgaben:

Erstens: Besuch in der Sprechstunde von Franz Kerbl. Klärung der Fragen: Kam er als Tatverdächtiger in Betracht? Wusste er mehr über Marion Kirchners Privatleben? Hatte sie ihm jene ominöse Nachricht zugesteckt, die er suchte? Oder wusste er zumindest etwas davon?

Zweitens: Kurzbesuch im *Café Schopenhauer*, wo er in der Früh bereits angerufen hatte. Klärung der Frage: Wie konnte eine Vertretung für ihn im *Café Heller* organisiert werden?

Drittens: Dienstantritt im *Café Heller*. Klärung der Frage: Wie würde Frau Sidonie Heller, die von seinen Plänen noch keine Ahnung hatte, auf seine Vorschläge reagieren?

Die erste Aufgabe stand unmittelbar bevor. Leopold parkte sein Auto vor dem Korneuburger Gymnasium und betrat den modernen, freundlich wirkenden Bau. Dabei hoffte er, dass ihm Direktor Pelinka nicht über den Weg lief. Kerbl kannte ihn nicht. Das konnte ein Vorteil sein.

Er klopfte an der Tür des Lehrerzimmers. Franz Kerbl öffnete selbst. Leopold erkannte ihn sogleich vom Foto her. Das Haar war zerzaust und leicht angegraut, das Gesicht zeigte mehr Falten als auf dem Lichtbild. Ein paar Bartstoppeln verstärkten den unordentlichen Eindruck. Dafür schien Kerbl bemüht, mit einem bunten T-Shirt und Jeans einen jugendlichen Eindruck zu machen. Seine Kleidung wirkte bereits sehr sommerlich und dem nahen Schulschluss entsprechend.

»Professor Kerbl. Kommen Sie zu mir? Was kann ich für Sie tun?«, empfing er Leopold ohne Begeisterung.

»Mein Name ist Hofer«, stellte Leopold sich vor.

»Dann geht es wohl um Tanja Hofer«, vermutete Kerbl. »Aber die hat doch bei mir ein ›Sehr gut‹. Es gibt keinerlei Probleme. Ich kann Ihnen und ihr nur schöne Ferien wünschen.«

»Es geht nicht um diese Schülerin. Es geht um Marion Kirchner«, ließ Leopold die Katze aus dem Sack.

Kerbls Gesicht lief rot an. »Was soll das? Was wollen Sie?«, fragte er erregt.

»Mit Ihnen sprechen. Sie haben doch Sprechstunde, oder?«, antwortete Leopold. »Ich suche nämlich etwas von ihr und denke mir, dass Sie es haben könnten.«

»Und wie kommen Sie auf diese Idee?«, bemerkte Kerbl nun eher spöttisch, Leopold von oben bis unten mit den Augen messend.

»Weil Sie eine Vertrauensperson von ihr waren.«

»Worum handelt es sich? Bitte machen Sie schnell! Ich bin nämlich gerade dabei, meine Sachen vor dem Schulschluss aufzuräumen, und das dauert.«

»Sie waren doch nicht nur Kollegen, sondern haben auch gemeinsam gegen das geplante Eichendorff-Projekt am Bisamberg gekämpft«, holte Leopold aus. »Sie haben sie deswegen noch knapp vor ihrem Tod gesehen, oben bei den Heurigen in der Stammersdorfer Kellergasse. Da könnte sie Ihnen ein Papier zugesteckt haben. Etwas Wichtiges, das niemandem anderen in die Hände fallen sollte, falls ihr etwas zustieß.«

»Sie sprechen in Rätseln«, stellte Kerbl fest und zeigte dabei deutlich seine Ungeduld.

»Dann muss ich deutlicher werden! Marion und Sie hatten die Absicht, an Material zu kommen, das die Gegenseite belasten könnte. Dazu hatten Sie einen genialen Plan. Marion ließ gegenüber Ihrem Direktor ihren ganzen Charme aufblitzen, um an Insiderinformationen zu kommen. Offenbar ist sie dabei auf etwas Heißes gestoßen. Als in der Mordnacht Gefahr im Verzug war, hat sie es schnell jemandem übergeben, auf den sie sich verlassen konnte – Ihnen!«

Kerbl wurde nervös und ging mit Leopold ein paar Schritte weiter, auf einen weniger belebten Teil des Gangs. »Wie kommen Sie auf derartige Spekulationen? Wer sind Sie überhaupt?«, drang er in Leopold.

»Ich habe Marion gekannt. Ihr Tod geht mir sehr zu Herzen«, teilte der ihm mit.

Kerbls Erregung steigerte sich. Er atmete kurz und schnell. »Auch einer von denen«, stieß er hervor.

»Einer von welchen?«

»Denen sie schöne Augen gemacht hat, wenn sie Entspannung gebraucht hat«, entgegnete Kerbl verächtlich. »Lassen wir das, man soll nicht schlecht über die Toten reden.«

»Waren Sie ihr Liebhaber?«, fragte Leopold.

»Ich war wohl der Einzige, dem diese zweifelhafte Ehre

nicht zuteilwurde«, bekannte Kerbl. »Aber ich habe sie sehr gemocht.«

»Geliebt?«

»Was geht das Sie an?«

»Es geht mich etwas an, weil unerfüllte Liebe oft Grund für maßlose Eifersucht ist«, erklärte Leopold. »Marion hat Sie abgewiesen, gleichzeitig hatten Sie sie in Verdacht, mit anderen Männern zu schlafen. Ich habe gehört, dass Sie beim Heurigen, knapp vor ihrem Tod, noch eine heftige Auseinandersetzung mit ihr hatten. Sie neigen anscheinend zur Aggression. Liegt da nicht die Vermutung nahe, dass Sie sie in blinder Wut umgebracht haben?«

Er wurde im Ton so heftig, dass sich Kerbl umschaute, ob eine Kollegin, ein Kollege oder über den Gang laufende Schüler mithörten. »Bitte unterlassen Sie solche aus der Luft gegriffenen Anschuldigungen«, forderte er, sich mit Mühe beherrschend.

»Dann bitte ich Sie, endlich gesprächiger zu werden«, ging es Leopold nun wieder ruhiger an. »Sie sind Marion also nicht zum Eichendorff-Denkmal gefolgt?«

»So ein Blödsinn«, verneinte Kerbl. »Ich war nicht gut auf sie zu sprechen, als sie zu unserer Verabredung mit einem Typen aufgekreuzt ist, dem man auf 100 Meter ansehen konnte, dass er nur das eine von ihr wollte. Schließlich hatten wir vereinbart, Informationen auszutauschen, die diesen Kerl einen Dreck angegangen sind. Dazu ist es dann nicht gekommen. Wir hätten uns aber am nächsten Tag in der Schule wiedergesehen, wenn sie nicht … ermordet worden wäre. Also bin ich einfach nach Hause.«

»Sie haben von ihr keine Nachricht auf einem Zettel bekommen?«

»Nein!«

Leopold gönnte Kerbl ein paar Sekunden Pause. »Es könnte so gewesen sein«, konzedierte er dann. »Ich bin geneigt, Ihnen zu glauben, möchte Sie aber bitten, mir noch zwei Fragen zu beantworten. Nummer eins: Welche Beziehung bestand zwischen Marion und Charly Gstettner?«

Ein kurzes, spöttisches Grinsen zeigte sich auf Kerbls Lippen. »Charly fühlt sich wie das Urgestein aller Umweltbewegungen nördlich der Donau«, schilderte er. »Seine Zeit ist aber längst vorbei. Zu viel Alkohol, zu viele Phrasen und nichts dahinter. Trotzdem versucht er jedes Mal, wenn er merkt, dass sich irgendwo ein Protest regt, sich dort in einer führenden Rolle einzubringen. Natürlich auch bei uns. Wir wollten das nicht. Marion hat es jedoch nicht übers Herz gebracht, ihm komplett die kalte Schulter zu zeigen. Sie meinte, er könne uns bei der Versammlung am Donnerstag mit einer Rede in die richtige Stimmung bringen. Er wurde aber ausfällig, und um das Schlimmste zu verhindern, musste Marion ihn hinauskomplimentieren.«

Klang nicht so, als sei Charly zum geheimen Aufbewahrer eines wichtigen Papiers auserkoren gewesen, eher das Gegenteil. »Könnte er sie daraufhin umgebracht haben? Aus Wut oder gekränkter Ehre? Was meinen Sie?«, forschte Leopold weiter.

Eine junge Lehrerin huschte über den Gang. Kerbl bedeutete Leopold, leiser zu sprechen. Im Flüsterton erklärte er ihm: »Ich habe dazu keine Meinung. Mir geht Marions Tod zwar auch nahe, aber Spekulationen machen sie nicht wieder lebendig.«

»Gestatten Sie mir dennoch eine letzte Frage: Was wissen Sie über Marions Vergangenheit in Deutschland?

Könnte hier ein Grund für das Verbrechen an ihr vorliegen?«

»Sie hat wenig über ihr Vorleben gesprochen«, erzählte Kerbl. »Sie hatte eine unglückliche Ehe, deshalb hat sie nach der Scheidung den Ortswechsel vollzogen. Sie hat immer betont, dass es gut sei, jetzt hier zu leben. Meines Wissens hat sie alle Brücken nach Heidelberg abgebrochen. Aber manchmal hat sie Angst gehabt. Man hat es ihr direkt angesehen. Einmal habe ich sie darauf angesprochen. Sie hat sich um die Antwort gedrückt, nur flüchtig gesagt: ›Da ist etwas, das noch nicht ausgestanden ist.‹ Dann hat sie sofort wieder das Thema gewechselt.«

Jetzt sah Kerbl aus wie ein Schüler, der seiner Meinung nach alle Prüfungsfragen beantwortet hatte und sehnsüchtig darauf wartete, vom Lehrer in die Bank geschickt zu werden. Als Leopold überlegte, ob er ihn noch ein wenig quälen sollte, ertönte die Stimme Direktor Pelinkas aus der Ferne. Er verabschiedete sich mit einem hastigen »Auf Wiedersehen und schöne Ferien« und eilte in Richtung Ausgang.

*

Der nächste Weg führte Leopold ins *Café Schopenhauer*, wo er vor gar nicht langer Zeit gearbeitet und dabei einen Mord aufgeklärt hatte, um seinen Freund David Panozzo vom Verdacht dieses Verbrechens reinzuwaschen. Jetzt ging es um etwas anderes. Leopold wollte nach Heidelberg, musste sich dafür kurzfristig von Frau Heller beurlauben lassen und deshalb um einen geeigneten Ersatz kümmern. Aus diesem Grund hatte er schon zeitig in der Früh bei Herbert Bäcker, dem Chef des *Schopenhauer*, angerufen.

Nun saß er gemütlich mit Bäcker bei Kaffee und Kuchen in der kleinen, liebevoll »Währings Wohnzimmer« genannten Bibliothek des *Schopenhauer*, die hinten rechts nach der Theke etwas versteckt lag und wohl der gemütlichste Raum des Lokals war. Bäcker schlug theatralisch die Hände über dem Kopf zusammen. »Du kannst es nicht lassen, Leopold! Schon wieder ein Mord«, tadelte er sein Gegenüber zum Spaß.

»Bei uns passiert halt immer was«, rechtfertigte Leopold sich augenzwinkernd.

»Mir hat die eine Geschichte damals gereicht«, gestand Bäcker. »Und du willst jetzt für ein paar Tage nach Deutschland und kommst zu mir. Du hoffst, dass ich deiner Chefin und dir helfen kann, weil ich ein guter Latsch bin.«

»Wir haben uns doch eine Zusammenarbeit unserer beiden Kaffeehäuser versprochen. Und da habe ich mir gedacht, das wäre eine gute Gelegenheit dafür«, befand Leopold.

»Hast du dir gedacht, jaja«, wiederholte Bäcker mit gespieltem Ärger. Er wollte sich nicht anmerken lassen, dass er nach Leopolds Anruf im Kopf schon längst alles geregelt hatte. »Was soll ich mir denken? Ab nächster Woche sind Ferien, da ist dann weniger los. Aber im Augenblick haben wir das volle Geschäft. Da kann ich nicht so leicht jemanden entbehren. Also den David auf keinen Fall, der ist gut eingearbeitet und hat jeden Tag Dienst …« Er ließ sich Zeit, wiegte den Kopf hin und her. Damit wollte er Leopold ein wenig auf die Folter spannen.

»Er sollte ein bisschen Erfahrung mitbringen und nicht zu viel mit der Chefin streiten«, umriss Leopold seine Vorstellungen.

»Da gibt's ohnehin nur einen: deinen Freund«, teilte Bäcker ihm nüchtern mit.

»Den Anton? Na, da legst dich nieder«, fiel Leopold aus allen Wolken.

»Stoß dich bitte nicht an den kleinen Reibereien, die ihr damals gehabt habt«, ersuchte Bäcker ihn. »Der Anton ist eine Seele von einem Menschen. Außerdem habe ich zurzeit keinen anderen. Er ist der Einzige, der im fraglichen Zeitraum zwei freie Tage hat. Du musst es ihm natürlich schmackhaft machen, ich kann ihn zu nichts zwingen. Am besten, ich hole ihn einmal herein. Er weiß nämlich noch nichts von seinem Glück!«

Anton betrat die Bibliothek auf die ihm eigene schusselige Art. »Ui jegerl«, riss es ihn, als er Leopolds ansichtig wurde, den er beim Hereinkommen nicht bemerkt hatte. »Ich bin mir keiner Schuld bewusst, ich hab nichts angestellt!«

»Davon redet doch kein Mensch«, versuchte Bäcker, ihn zu besänftigen. »Der Leopold ist da, um dir einen Vorschlag zu machen. Schaut, ob ihr miteinander ins G'schäft kommt.«

»Ich habe dir nach deinem netten Brief, den du mir zum Abschied geschrieben hast, längst verziehen«, strich ihm Leopold um den Bart. Dann erklärte er ihm, worum es ging.

»Wenn ich das mache, sind meine freien Tage dahin«, unkte Anton.

»Wann hat ein Ober schon einen freien Tag«, hielt Leopold dagegen.

Anton zog ein Schnoferl: »Außerdem ist es ein Mördercafé!«

»Vor den vielen Verdächtigen im Mordfall um euer Kaffeehaus hast du dich auch nicht gefürchtet«, wandte Leopold ein.

»Die hab ich ja alle gekannt«, rechtfertigte sich Anton.

»Wenn du ehrlich bist, hast du mit deinen Brieferln sogar ganz schön mitgemischt«, erinnerte Leopold ihn. »Aber das ist jetzt alles vorüber. Ich suche halt wieder einen Mörder, und wahrscheinlich finde ich ihn nur, wenn du mir diesen Gefallen erweist. Auf Revanche!«

Anton druckste herum. Recht war es ihm nicht, das sah man ihm deutlich an. Andererseits wollte er kein Spielverderber sein. »Na gut, ich mach's«, stimmte er schließlich so leise zu, dass man es kaum hörte.

*

Als Leopold ins *Café Heller* kam, um seinen Dienst anzutreten, sah er Frau Heller geschäftig mit zwei ihm unbekannten Männern durch die Gegend wieseln. Sie zeigte dabei immer wieder auf die Decke, die Wände und die Beleuchtungskörper. In den Glasvasen auf den Tischen standen frische Blumen, und die Vitrine war wieder üppig mit Kuchen und Torten gefüllt.

»Da ist Gefahr im Verzug«, ließ ihn sein Kollege Waldemar »Waldi« Waldbauer wissen. »Es schaut so aus, als ob sie das Kaffeehaus komplett umbauen will.«

Herr Heller erhob sich vom Haustisch, um zwei Stockwerke höher in der Heller'schen Wohnung ein nachmittägliches Nickerchen zu machen. Er wusste anscheinend auch nicht genau, was hier im Gange war. »Wenn sie was Gröberes machen will, muss sie mir zeigen, wo sie das Geld dafür hernimmt«, brummte er. »In alles andere mische ich mich nicht ein.«

Bei Leopolds Dienstbeginn waren die Männer gegangen. Frau Heller begab sich wieder hinter die Theke und stärkte sich mit einem Pfiff Bier. Während Leopold noch überlegte, ob das ein guter Zeitpunkt war, ihr sein Anliegen vorzutragen, begann sie, ihm ihre Pläne mitzuteilen. »Es muss sich einiges in unserem Kaffeehaus ändern, Leopold«, eröffnete sie ihm. »Das ganze Wochenende habe ich darüber nachgedacht. Wir müssen moderner werden und romantischer zugleich. Verstehen Sie, was ich meine?«

»Sie werden es mir gleich verraten«, blieb Leopold abwartend.

»Zunächst einmal brauchen wir neue Tapeten«, vertraute sie ihm an. »Die alten sind sowieso schmutzig vom Rauch der vergangenen Jahre. Es gibt viele schöne, idyllische Motive, wie es sich für ein Romantikcafé gehört. Und dann die Beleuchtung! Ich habe gar nicht gewusst, welche Möglichkeiten einem da offenstehen. Wir haben die Entwicklung einfach verschlafen. Wir müssen umdenken, wenn wir ein paar kuschelige Ecken schaffen wollen.«

Leopold erschien seine Chefin immer dann am gefährlichsten, wenn sie ihn mit einem Schwall möglicher Veränderungen konfrontierte. Er verlor dann vollständig die Orientierung. »Wo wollen Sie diese Ecken schaffen?«, fragte er irritiert. »Es steht doch alles auf seinem Platz.«

»Dieser Platz wird eben anders eingeteilt«, unterwies ihn Frau Heller. »Wir haben zum Beispiel in letzter Zeit nicht mehr so viele Kartenpartien. Also kann man hier etwas von der Fläche und den Tischen wegnehmen. Da geht sich dann an der Wand hinter den Billardtischen ein neuer lauschiger Bereich für unsere Jugend aus.«

»Kartenspieler und Billardspieler inmitten jugendlicher Turteleien – wie soll sich das miteinander vertragen?«, beanstandete Leopold verständnislos.

»Ich denke, es wird wunderbar funktionieren, weil alle

etwas davon haben. Wenn wir die jungen Menschen dort platzieren, können sie zum Beispiel gleich den Kartentipplern beim Spielen zuschauen und etwas lernen«, hielt Frau Heller dagegen.

»Und die alten Kartentippler schauen den jungen Pärchen beim Schmusen zu und lernen auch etwas«, bemerkte Leopold.

»Sie haben eine seltsame Art, die Dinge zu verdrehen«, mokierte sich Frau Heller. »Junge Leute bringen frischen Wind in ein Lokal, und das ist wiederum gut für unsere älteren Stammgäste. Die bleiben übrigens immer öfter aus oder sterben uns weg. Wenn wir da nicht gegensteuern und junge Leute motivieren, zu uns zu kommen, können wir in ein paar Jahren zusperren – oder schon früher, wenn Bergmann uns mit seinem neuen Kaffeehaus das Wasser abgräbt. Das müssen wir unter allen Umständen verhindern!«

»Aber wie und vor allem wann wollen Sie denn das alles machen?«, erkundigte sich Leopold skeptisch.

»Seien Sie doch nicht so schwer von Begriff, Leopold! Die Ferien stehen vor der Tür! Die Leute fahren in den Urlaub. Jahrelang haben wir unser Kaffeehaus durchgehend offengehalten, auch wenn der Geschäftsgang im Sommer eher mäßig war. Jetzt erlauben wir uns eben, zwei oder drei Wochen zu schließen, bis die Renovierungsarbeiten erledigt sind«, erklärte Frau Heller. »Seien Sie froh! Endlich können Sie einmal mit Ihrer Erika eine schöne Reise machen und sich erholen.«

»Die hat doch ihre Buchhandlung!«

»Sie hat vor allem tüchtige Mitarbeiter, die den Laden ohne Weiteres schupfen können, auch wenn sie ein paar Tage nicht da ist.«

Der Augenblick schien günstig. Leopold setzte auf den Überraschungseffekt. »Das ist mir zu unsicher, Frau Sidonie«, behauptete er. »Ich möchte meinen Urlaub sofort antreten!«

Ein merklicher Ruck ging durch Frau Heller. »Was ist denn jetzt wieder in Sie gefahren?«, fragte sie verwundert.

»Ich brauche diesen Urlaub, um den Mörder von Marion Kirchner zu finden«, setzte Leopold seiner Chefin auseinander. Sie wollte etwas einwenden, aber er ließ sie nicht zu Wort kommen. Er informierte sie darüber, dass er nur für kurze Zeit weg sein würde, seine Vertretung bestens mit dem *Café Schopenhauer* geregelt hatte und alles im Einklang mit Oberinspektor Juricek geschah. Am Schluss vergaß er nicht zu erwähnen, dass seine Reise durchaus Beweismittel gegen Ludwig Bergmann zutage fördern konnte.

Daraufhin besserte sich Frau Hellers Laune zusehends. Es huschte sogar so etwas wie ein Lächeln über ihr Gesicht. »Dann fahren Sie in Gottes Namen«, entschied sie. »Und schauen Sie, dass wir etwas gegen diesen eingebildeten Kerl in der Hand haben, womit wir ihn ausschalten können. Das Kaffeehaus wird selbstverständlich trotzdem renoviert!«

*

Leopold hatte Mühe, sich auf seine Arbeit zu konzentrieren. In Gedanken war er bei seiner Reise nach Heidelberg und den Vorbereitungen dafür. Sabine teilte ihm telefonisch mit, dass sie ein Quartier oberhalb des Schlosses gebucht hatte, weil sie in der Altstadt so kurzfristig keine zwei Einzelzimmer im selben Haus mehr bekommen hatte. Leopold war's egal, er kannte Heidelberg sowieso nicht.

Dann kam Thomas Korber zur Tür herein, stellte sich an die Theke und bestellte ein Bier. Nun wurde Leopold zusätzlich nervös. Er konnte Korbers Gefühlsduseleien jetzt, wo wichtige Entscheidungen und Entwicklungen vor der Tür standen, nicht brauchen. Eigentlich war er froh, dass sein Freund wegen der Schule an der Mitfahrt verhindert war. Seine Romanze mit Monika Aberle würde eher ein Hindernis als eine Hilfe bedeuten.

»Ich habe heute nicht viel Zeit für dich«, rief er ihm gleich zu. »Morgen geht's los, du weißt ja!«

»Eben deshalb bin ich ja hier«, gab Korber zurück. »Ich fahre mit!«

Leopold wollte das nicht gehört haben. »Du hast deine Verpflichtungen in der Schule«, erinnerte er ihn.

»Gott sei Dank habe ich alles regeln können«, berichtete Korber. »Es hat zwar bis jetzt gedauert, aber meine Geduld hat sich ausgezahlt. Es geht nur mehr um die Betreuung der Klassen, es gibt keine richtigen Stunden mehr. Zwei junge Kolleginnen machen das für mich. Dafür bringe ich ihnen was Schönes aus Heidelberg mit!« Er zwinkerte Leopold schelmisch zu.

Leopold konnte es immer noch nicht glauben. »Und was sagt Marksteiner dazu?«, fragte er.

»Er hat seinem Herzen einen Stoß gegeben und mich persönlich beurlaubt. Ich nehme mir ja nicht grundlos ein paar Tage frei. Unsere Partnerschule könnte in den Fall verwickelt sein, und da ist es Marksteiner ganz recht, wenn ich dabei bin und auf dich aufpasse. Die Diplomatie zählt nämlich nicht zu deinen Stärken!«

Leopold war über diese Entwicklung alles andere als erfreut. »Es geht trotzdem nicht«, ließ er Korber abblitzen, während er ein Krügel Bier vor ihn hinknallte. »Sabine hat bereits ein Quartier für uns beide reserviert. Du wirst auf die Schnelle keines finden. Heidelberg ist praktisch ausgebucht.«

»Oh doch«, hielt Korber dagegen. »Monika kümmert sich darum. Und wenn sie nichts für mich bekommt, kann ich bei ihr übernachten.«

Leopold gingen die Argumente aus. »Das geht nicht! Sie ist eine Verdächtige«, behauptete er.

»Das geht schon, es will nur nicht in deinen Sturschädel hinein«, erwiderte Korber.

»Bist nicht du es, der stur ist? Was findest du eigentlich an dieser Monika? War der erste Eindruck so überwältigend?«, wollte Leopold wissen.

»Das verstehst du nicht«, wehrte Korber ab. »Sie passt eben genau zu meinem jetzigen Gefühlszustand.«

»Das führst du jedes Mal ins Treffen, wenn du es mit einer getrieben hast«, schmetterte Leopold diese Begründung ab. »Was ist mit der vom *Fuhrmann* am Samstag? Ich glaube, Rita heißt sie. Entspricht die nicht eher deiner derzeitigen Stimmung?«

Korber lachte kurz heiser auf. »Die wollte nur dieses eine Mal Sex! Deswegen hat sie mich verfolgt. Jetzt ist das Thema offenbar für sie erledigt. Ich glaube nicht, dass ich ihr so schnell wiederbegegne. Außer …« Er dachte kurz nach. »Außer vielleicht in Deutschland. Rein österreichisch hat sie nicht geklungen. Der Jammer ist, dass heute schon so viele einen Sprechstil haben, bei dem man das kaum unterscheiden kann.«

»Dem Bergmann hört man's auch nicht gleich an«, sinnierte Leopold. »Man müsste bei manchen einen Sprachtest machen. Am sichersten stellt man die Zugehörigkeit so fest: Ein Deutscher sagt *Ka*ffe mit Betonung auf der ersten Silbe, ein Österreicher Ka*ffee* mit Betonung auf der zweiten, wie es sich gehört.«

»Glaubst du, dass es weitere Verdächtige aus Deutschland gibt?«

»Mein Ziel ist es, das herauszufinden. Nimm nur zum Beispiel meinen deutschen Quälgeist, von dem wir leider so gut wie nichts wissen, der aber in der Mordnacht sowohl hier, im *Café Heller,* als auch beim Heurigen in der Kellergasse zugegen war. Natürlich könnte er etwas mit dem Mord oder zumindest mit der Toten zu tun haben. Aber deutsche Wurzeln oder eine Verbindung nach Deutschland sind auch bei anderen möglich. Bei Charly Gstettner etwa. Der ist plötzlich abgängig. Seltsam, oder?«

Nun geschah das, was Leopold eigentlich hatte vermeiden wollen. Er redete mit Korber vertraulich über den Fall, statt ihn auf Distanz zu halten. In seinem Inneren hatte er sich längst damit abgefunden, dass sein Freund mit von der Partie sein würde. Nach zwei Serviergängen in den Schanigarten gab er schließlich nach. »Na schön«, entschied er. »Ich bin unter gewissen Umständen bereit, dir ein Wiedersehen mit Monika zu ermöglichen. Erstens: Du reduzierst in den nächsten Tagen deinen Alkoholkonsum gegen null. Zweitens: Du verträgst dich mit Sabine. Mag sein, dass ich mich irre, aber in letzter Zeit habe ich eine gewisse Spannung zwischen euch bemerkt. Drittens und am wichtigsten: Was auch immer wir tun oder herausfinden, du bewahrst darüber gegenüber Monika strengstes Stillschweigen. Sonst kannst du schauen, wie du wieder nach Wien kommst, und die Freundschaft kündige ich dir überdies auf.«

Korber hörte andächtig zu und trank dabei hastig sein Bier aus. »Klar«, stimmte er kopfnickend zu.

»Dann gehst du am besten gleich nach Hause«, riet Leopold ihm. »Wir starten morgen um 7 Uhr früh. Ich hole dich ab.«

So trottete Korber gemächlich heimwärts, erleichtert, dass er doch mitfahren durfte. Auf dem Weg holte er kurz sein Handy heraus, um Rita anzurufen. Er kam jedoch nur in ihre Sprachbox.

*

An diesem Abend schaute Leopold öfter auf die große Kaffeehausuhr als sonst. Mochte sie auch immer ein wenig nachgehen, weil sich das für eine Kaffeehausuhr so gehörte, zeigte sie ihm doch an, wie rasch die Stunden vergingen. Morgen um diese Zeit würde er ganz woanders sein, in einem fremden Land. Er hoffte, dass er trotz der Aufregung gut schlafen würde, dass Erika seine Sachen gewissenhaft gepackt hatte und dass Sabine im Internet die Informationen gefunden hatte, die er für seine Ermittlungen in Deutschland brauchte.

Die Fahrt nach Heidelberg würde ihn nahe an die Lösung des Mordfalles heranbringen, davon war Leopold überzeugt. Der mysteriöse Hinweis, den Marion Kirchner vor ihrem Tod angeblich an jemanden weitergegeben hatte, bereitete ihm jedoch nach wie vor Kopfzerbrechen. Eine attraktive Dame seines Alters hatte ihn gebeten, dabei für sie den Detektiv zu spielen. Er wusste aber nicht, wer diese Dame war und auf welcher Seite sie stand, ob ihre Geschichte stimmte oder es sich nur um ein Ablenkungsmanöver handelte. Er wusste nur, dass er in den nächsten Tagen hier vermutlich nicht fündig wurde. Wie würde die Unbekannte reagieren? Warum gab sie sich nicht zu erkennen? Dieses Versteckspiel machte sie nur verdächtig, obwohl Leopold zugeben musste, dass er sie mochte, vielleicht mehr, als für ihn gut war.

Wieder riskierte er einen Blick auf die Uhr und die Zahl der anwesenden Gäste. Wenn er Glück hatte, würde das *Heller* heute ein wenig früher Schluss machen. An einem Montag gingen die Leute zeitiger nach Hause als an anderen Tagen. Aber gerade, als er sich diesbezüglich Hoffnungen machte, schneite jemand bei der Tür herein, den er gut kannte: Othmar Demmer.

»Nanu, der Herr Othmar«, begrüßte er ihn verwundert. »Gar nicht in der freien Natur? Das wäre doch jetzt gerade deine romantische Stunde.«

»Keine Angst, ich mache mich gleich auf den Weg«, kündigte Demmer an. »Ich wollte nur vorher schauen, was es bezüglich des Mordfalles Neues gibt und dabei ein gutes Bier trinken.«

»Ist dir vielleicht noch etwas eingefallen, das du mir erzählen könntest?«, fragte Leopold wissbegierig. »Es sind nicht mehr allzu viele Leute da. Es bliebe ganz unter uns.«

»Eine Kleinigkeit«, gestand Demmer, während Leopold sein Bier zapfte. »Ich habe mir aber gedacht, ich sollte es dir sagen, damit du im Bilde bist.«

»Hab ich mir's doch gedacht«, zeigte sich Leopold zufrieden. »Worum handelt es sich?«

»Es stimmt zwar, dass ich mit der Dame meines Herzens beim Eichendorff-Denkmal war, bevor der Mord geschehen ist, aber als wir darangegangen sind, es uns dort so richtig gemütlich zu machen, haben wir jemanden kommen gehört«, ließ Demmer die Katze aus dem Sack.

»Stimmen?«, erkundigte sich Leopold sofort. »Männlich? Weiblich?«

»Es waren Schritte und leise Stimmen«, führte Demmer aus. »Wahrscheinlich Menschen beiderlei Geschlechts, aber es war schwer zu unterscheiden. Sie waren noch zu weit weg. Wir mussten auf jeden Fall schnell das Platzerl wechseln, das war jetzt für uns das Wichtigste. In der Eile ist mir dabei das Präservativ herausgekullert, das du gefunden hast.«

»Was war weiter?

»Wir haben ungestört unser Vergnügen gehabt«, erteilte Demmer mit zufriedenem Gesicht Auskunft.

»Hast du noch etwas herausgefunden? Das kann doch nicht alles gewesen sein«, wurde Leopold ungeduldig.

»Ich habe dich schon einmal darauf hingewiesen, dass man in solchen Momenten nicht darauf achtet, was um einen herum geschieht«, erinnerte Demmer ihn. »Wir waren dann, wie gesagt, ein Stück vom Denkmal weg. Als wir fertig waren, hat alles ruhig und friedlich gewirkt.«

»Du machst mich rasend! Komm endlich zum Wesentlichen«, forderte Leopold ihn auf.

»Wenn du nicht ständig dazwischenreden würdest, wäre ich schon fertig«, verteidigte Demmer sich. »Wir sind also wieder hinuntergegangen, über die schöne große Wiese, die demnächst verschandelt werden soll. Plötzlich wären wir in der Dunkelheit fast in jemanden hineingelaufen. Ich habe einen kurzen Blick riskiert und bin mir sicher: Das war dieser Wichtigtuer, dieser Bergmann.«

»War er auf dem Weg hinauf oder hinunter?«

»Er war auf jeden Fall auf dem Weg schnell weg von mir. Kaum ist er uns ausgewichen, war er auch schon wieder verschwunden. Wahrscheinlich hat er mich auch erkannt, und diese Begegnung war ihm äußerst unangenehm.«

Demmers Aussage hatte für sich keinerlei Beweiskraft. Sie deutete aber darauf hin, dass sich Bergmann zur fraglichen Zeit in der Nähe des Tatortes befunden hatte. Einerseits hatte er laut Erika Haller nach der Versammlung im *Café Heller* angekündigt, noch eine Runde am Bisamberg drehen zu wollen. Aber andererseits war es dafür zum Zeitpunkt der Begegnung mit Othmar Demmer schon mehr als spät. Mit einem ruhigen Gewissen hätte er auch keinen Grund gehabt, vor ihm zu fliehen. Also hatte er sich verdächtig gemacht. Hatte bereits aus früheren Jahren eine Beziehung zwischen ihm und Marion Kirchner bestanden? Auch darauf hoffte Leopold, in Heidelberg eine Antwort zu finden.

»Um welche Uhrzeit hat sich das alles abgespielt?«, fragte er.

Dafür erntete er ein breites Grinsen von Demmer. »Wir sind etwa um 23.30 Uhr aus dem Auto ausgestiegen und etwas nach 0.30 Uhr wieder losgefahren«, gab er an. »Dazwischen habe ich nicht auf die Uhr geschaut.« Er setzte sein leeres Glas ab und machte sich zum Gehen bereit.

Natürlich! Er war mit Marion allein im Auto, dämmerte es Leopold. »Eines musst du mir noch sagen«, bat er Demmer, während er sein Geld einstreifte. »Du hast doch zunächst Marion Kirchner in die Kellergasse hinaufgeführt. Hat sie da eine Bemerkung über einen Zettel gemacht? Oder dir etwas zugesteckt?«

»Zugesteckt? Wie meinst du das?«

»Vielleicht, indem sie kurz die Hand in deiner Hosentasche hatte?«, half ihm Leopold auf die Sprünge.

Sofort setzte Demmer wieder sein breites Grinsen auf. »Wenn diese Marion ihre Hand in meiner Hosentasche gehabt hätte, hätte das bei mir eine eindeutige körperliche Reaktion hervorgerufen«, klärte er Leopold auf. »Ich hätte mein Stelldichein dann mit ihr gehabt, und sie wäre heute noch am Leben. Aber im Ernst. Ist das wichtig?«

»Das kannst du dir denken!«

»Ich habe an diesem Abend eine leichte Jacke angehabt«, überlegte Demmer. »Man verkühlt sich sonst so leicht, wenn man vorher gehörig ins Schwitzen gekommen ist. Da könnte sie etwas hineingetan haben. Ja, jetzt erinnere ich mich! Sie hat mich gebeten, etwas für sie aufzuheben und sie dann in den nächsten Tagen anzurufen. Es solle mein Schaden nicht sein. Ihre Telefonnummer sei dabei. Es sei aber nur für mich, für niemanden sonst. Ich habe mir das später nie angesehen, weil sie ja tot war.«

»Der Zettel ist also noch drin. Wo befindet sich diese Jacke?«, wurde Leopold ungeduldig.

»Zu Hause in meinem Kleiderschrank, wo sie hingehört«, antwortete Demmer.

Leopold kritzelte etwas auf seinen Kellnerblock. »Schau bitte zuverlässig nach, worum es sich handelt, Othmar«, ersuchte er Demmer. »Und kein Wort davon zu irgendjemandem. Sobald du Bescheid weißt, schreib mir bitte eine SMS an diese Nummer. Du kannst mir dann ein allfälliges Dokument mit einer Mail schicken. Ich bin nämlich ab morgen in Deutschland. In heikler Mission quasi!«

Demmer pfiff durch die Zähne. »Verstehe! Internationale Mörderjagd.«

»So in etwa«, bestätigte Leopold. »Kann ich mich auf dich verlassen?«

Demmer nickte. In Gedanken war er allerdings bereits beim nächsten erotischen Abenteuer auf dem Bisamberg.

KAPITEL 12

Dienstag, 30. Juni

Während der Nacht hatte Leopold kaum ein Auge zugetan. Auch Sabine Patzak und Thomas Korber machten keinen sehr munteren Eindruck, als er sie am Morgen mit seinem Auto abholte. Sabine setzte sich auf den Beifahrersitz neben ihm und tat anfangs zumindest noch so, als sei sie frisch und ausgeschlafen. Korber hingegen nahm auf der hinteren Sitzbank gleich eine Position ein, die keinen Zweifel daran ließ, dass er vorhatte, in sanften Schlummer zu verfallen, sobald sie die ersten Kilometer hinter sich gelassen hatten.

Auf der Autobahn ging Leopold daran, ihnen trotz ihrer begrenzten Aufnahmefähigkeit seine Pläne zu erläutern. »In ein paar Stunden sind wir in Heidelberg«, begann er. »Wir haben dort nicht viel Zeit, weil Thomas und ich am Freitag wieder unseren Dienst antreten müssen. Wir sollten uns also einen möglichst effizienten Ablauf unseres Aufenthaltes überlegen.

Es gibt zwei Gründe, warum wir nach Heidelberg fahren. Der eine ist, dass Marion Kirchner am Eichendorff-Gymnasium unterrichtet hat, wo Monika Aberle und Erwin Bader ihre Kollegen waren und Ludwig Bergmann Schüler war. Da kommt schon einmal einiges an Verbindungen und Verdächtigen zusammen. Grund Nummer zwei ist Marions privates Umfeld in Heidelberg. Sie war verheiratet, hat aber allem Anschein nach keine glückliche Ehe geführt, die schließlich geschieden worden ist. Details darüber sowie über den Tod ihres Mannes könnten uns weiterhelfen. Und sie hatte offenbar vor etwas Angst, steckte in der Klemme. Darüber wollte sie noch mit Thomas sprechen.«

Korber riss es auf der hinteren Sitzbank, als er seinen Namen hörte. »Was ist los?«, fragte er verwirrt.

Leopold schüttelte den Kopf. »Es ist wirklich erfrischend zu sehen, wie gut ihr zuhört«, kritisierte er. »Ich habe davon geredet, dass sich Marion dir anvertrauen wollte, ehe sie das Zeitliche segnete.«

»Stimmt! Und vor Monika hat sie mich auch gewarnt«, ergänzte Korber halb verschlafen. »Das sollte für dich aber kein Freibrief sein, ihr den Mord in die Schuhe zu schieben.«

»Dazu komme ich gleich«, fuhr Leopold fort. »Zunächst müssen wir uns die elementare Frage stellen, wo wir am ehesten etwas über Marions damaliges Privatleben, eventuelle Konflikte und damit zusammenhängende Mordmotive erfahren können. Verwandte gibt es praktisch nicht, das hat mir Richard bestätigt. Die Mutter ist tot, der Vater durch eine fortschreitende Demenz schwer beeinträchtigt. Ein Bruder lebt schon lange in Dortmund und hatte über Jahre keinen Kontakt zu ihr. Die Polizei hat ihn befragt, er konnte ihr nichts von Belang mitteilen. Wir werden uns also dort umhören, wo sie gewohnt hat, nämlich in der Dantestraße, und den Leuten dort auf den Zahn fühlen. Dann schauen wir weiter.«

»Wie willst du das anstellen? Ich bin's, Oberkellner Leopold aus Wien! Ich hätte einige Fragen an Sie?« Korber lachte und musste dabei husten.

»Spotte nicht, ich bin gerade dabei, es euch auseinanderzusetzen«, teilte Leopold ihm mit. »Du wirst damit ohnehin nicht viel zu tun haben. Deine Aufgabe ist es, mir zu helfen, aus Monika Aberle etwas Brauchbares herauszukriegen.«

Wieder musste Korber lachen. »Gestern hast du mir noch verboten, sie über die Entwicklung des Falles in Kenntnis zu setzen«, erinnerte er seinen Freund.

»Das sollst du auch nicht«, machte Leopold ihm klar. »Sie darf nicht wissen, wie die Sache steht. Aber befragen werden wir sie gemeinsam und herauszufinden versuchen, warum sie uns nie mitgeteilt hat oder merken hat lassen, dass sie Marion Kirchners Kollegin war. Das ist doch höchst merkwürdig, findest du nicht?«

»Du versuchst nur, ihr alles in die Schuhe zu schieben«, entfuhr es Korber.

»Wenn sie unschuldig ist und sich uns gegenüber kooperativ zeigt, werde ich ihr kein Härchen krümmen«, versicherte Leopold. »Im Übrigen: Wenn dich das alles so aufregt, hättest du ja nicht mitzufahren brauchen.«

»Ich verlange nicht mehr, als dass du fair zu ihr bist!«

»Lass mich endlich weitererklären«, ersuchte Leopold. »Das ist jedenfalls der leichtere Teil. Schwieriger wird es im privaten Umfeld. Meine Hoffnung sind die Nachbarn, die bekommen oft etwas mit. Der Polizei gegenüber waren sie laut Richard zwar nicht sehr auskunftsbereit, aber ich werde mir etwas einfallen lassen und auf Sabines Charme setzen. Ich habe von Richard ein paar Namen bekommen, und sie hat sich im Internet kundig gemacht.«

Sabine zwinkerte Leopold zu. »Ich glaube, die meistversprechende Quelle wird für uns Studienrat Schaller sein«, ließ sie ihn wissen.

»Das glaube ich auch«, nickte Leopold zufrieden.

»Ich weiß nicht. Ich bin äußerst skeptisch, dass da etwas Verwertbares herauskommt«, zweifelte Korber.

»Vielleicht wird es ein Flop, vielleicht stoßen wir auch auf neue Namen, Bekannte und Perspektiven. Wir wissen etwa gar nichts über Marions Ehe und ihren Mann. Auf jeden Fall sollten wir optimistisch bleiben«, befand Leopold.

Korber nahm daraufhin wieder eine der Ruhe förderliche Position auf der hinteren Sitzbank ein. Sabine Patzak fragte ihren Vater hingegen neugierig: »Wann frühstücken wir eigentlich, Papa?«

»Dafür haben wir keine Zeit«, gab ihr Leopold sofort einen abschlägigen Bescheid. »Je früher wir in Heidelberg sind, desto besser!«

*

Knapp vor der Grenze nach Deutschland ließ sich Leopold zu einem kurzen Zwischenstopp überreden. Danach ging es ohne weiteren Aufenthalt an den Endpunkt der Reise: Heidelberg!

Heidelberg, Zentrum der Romantik zu Beginn des 19. Jahrhunderts und seither Ziel von Millionen romantisch veranlagten Menschen aus aller Welt. Heidelberg, Universitätsstadt mit dem berühmten Karzer, in dem sich Hunderte dort strafweise untergebrachte Studenten an den Wänden mit Sprüchen verewigt hatten, während sie, durchaus nicht böse über ihre Inhaftierung, das Bier literweise in ihre trockenen Kehlen rinnen ließen. Heidelberg, Stadt am Neckar, der sich dort lieblich zwischen den Hügeln links und rechts des Ufers der untergehenden Sonne entgegenschlängelt, ehe er seinen Verlauf in Richtung Norden ändert. Und schließlich Heidelberg, die Stadt mit dem berühmten Schloss, das weithin sichtbar eine ruhmreiche und zugleich tragische Vergangenheit bezeugt, merkwürdiges Mittelding zwischen Prachtbau und Ruine und Hauptanziehungspunkt für die Tausenden von Fremden, die jedes Jahr hierherkommen.

Leopold konnte der Schönheit dieser Stadt zunächst nicht viel abgewinnen. Die Reise hatte ihn zu sehr angestrengt. Außerdem passte es ihm nun doch nicht, dass sein und Sabines Quartier ein wenig abseits vom Schuss lag. Das Hotel befand sich in einer wunderschönen, parkähnlichen Anlage oberhalb des Schlosses, aber darauf legte er keinen Wert. »Wie sollen wir von hier aus alles in der kurzen uns zur Verfügung stehenden Zeit erledigen?«, maulte er. »Schon die Fahrt vom Neckar herauf hat eine halbe Ewigkeit gedauert.«

»Du solltest das Auto stehen lassen und mit dem Bus hinunterfahren«, riet ihm Korber. »Hinauf geht es dann mit der Bergbahn, der Rest ist ein schöner Spaziergang.«

»Ich bin nicht hier, um schöne Spaziergänge zu machen, sondern um einem Mörder das Handwerk zu legen«, erklärte Leopold.

»Trotzdem könntest du dich an dieser malerischen Stadt erfreuen, dann geht gleich alles besser«, schlug Sabine vor. »Du bist seit langer Zeit wieder einmal weg von Wien. Das solltest du genießen!«

»Was gibt es da zu genießen? Der Neckar ist im Vergleich zur Donau ein armseliges Bacherl, und das Schloss schaut einigermaßen ramponiert aus.« Leopold war sichtlich gereizt.

»Immerhin fließt der Neckar mitten durch die Stadt und ist von überall schön anzuschauen«, ließ sich Sabine ihre gute Laune nicht verderben. »Bei der Donau meint man immer, sie wolle mit Wien gar nichts zu tun haben, weil sie sich so nach außen hat drängen lassen.«

»Und hier kommt man leicht zu Fuß von einer Seite auf die andere«, fügte Korber hinzu. »Da hättest du keine Ausrede dafür, dass du dich so selten ans andere Ufer traust. Das Schloss wurde leider zweimal zerstört, einmal im 30-jährigen Krieg und dann Ende des 17. Jahrhunderts im Pfälzischen Erbfolgekrieg.«

»Der Stephansdom ist 1945 auch durch ein Feuer zerstört worden, aber man hat ihn rasch wiederhergestellt«, entgegnete Leopold.

»Damals war man eben knapp bei Kasse. Und in der Romantik hat man plötzlich gemerkt, welche Faszination von diesem unvollständigen Gebäude ausgeht«, erklärte Korber. »Es hat die deutschen Dichter inspiriert, auch unseren Freund Eichendorff, der hierher zum Studieren kam. Clemens Brentano hat dieses Gefühl in Verse gefasst:

Die Stadt streckt sich den Fluss hinunter,
mit viel Geräusch und lärmt ganz munter,
und drüber an grüner Berge Brust,
ruht groß das Schloss und sieht die Lust.«

»Du kannst das ja auswendig«, äußerte sich Sabine anerkennend.

»Jetzt, wo ich wieder hier bin, taucht manche Erinnerung aus der Vergangenheit auf«, teilte ihr Korber mit.

»Deine anderen Erinnerungen würden mich mehr interessieren«, bemerkte Sabine schelmisch. Dabei konnte man in ihren Augen ein kurzes Blitzen in Richtung Korber bemerken.

»Mich interessieren vor allem deine Erinnerungen und Arrangements bezüglich Monika Aberle«, fuhr Leopold dazwischen.

Korber seufzte kaum hörbar. »Ich übernachte bei einer Bekannten von ihr, wenn du das meinst. Die hat eine kleine Pension gleich bei ihr um die Ecke. Du brauchst dich nicht um mich zu kümmern, ich finde da schon allein hin. Und meine Tasche hat kaum Gewicht.«

»Siehst du Monika heute noch?«

Wieder seufzte Korber. »Nein, erst morgen, wenn wir sie in der Schule besuchen. Am Abend gehen wir dann essen, wenn du nicht vorher mit deinen Fragen alles versaust.«

»Sehr gut«, konstatierte Leopold. »Obwohl sie sich mittlerweile ihren Teil denken wird, hoffe ich, du hast ihr nicht schon am Telefon alles verraten. Apropos essen: Mein Magen knurrt bereits gewaltig. Ich denke, euch geht es genauso!«

Man kam überein, gleich im Hotel den Hunger zu stillen und erst am nächsten Tag im Rahmen der Befragungen die Stadt zu erkunden. Nach dem Essen wollte Leopold rasch auf sein Zimmer, um sich von den Anstrengungen der Anreise zu erholen. Korber verabschiedete sich von ihm und machte sich auf den Weg zu seinem Quartier. »Warte! Ich gehe noch ein Stück mit dir«, rief Sabine Patzak ihm nach. »Papa kann sich ruhig schon schlafen legen. Ich möchte noch ein bisschen Abendluft einfangen und einen Blick vom Schloss auf Heidelberg hinunter riskieren.«

Sie marschierten gemeinsam und waren auf einmal unter sich. »Das ist eine ganz besonders lohnende Aussicht«, unterrichtete Korber sie. »Während meiner Studienzeit bin ich oft hinauf, um sie zu genießen.«

»Allein?«, fragte Sabine.

»Nicht immer«, musste Korber zugeben.

»Ich beneide dich«, bekannte Sabine. »Deine Zeit in Heidelberg muss ziemlich unbeschwert gewesen sein. Diese Möglichkeit hätte ich auch gern einmal.«

»Das kann ja noch kommen«, redete Korber ihr zu. »Aber wahrscheinlich tragen wir beide im Augenblick ein Idealbild in uns – du von der Zukunft, ich von der Vergangenheit. Ich vergesse zu leicht, dass ich hier oft Stress hatte – und mit der Romantik hat es auch nicht reibungslos funktioniert.«

Sabine war neugierig. »Hattest du was mit Marion Kirchner?«

»Ich hatte ein Auge auf sie, bin aber nie so richtig ran an sie gekommen.«

Sie hielten sich mittlerweile wie selbstverständlich an den Händen. »Und was ist mit Monika Aberle?«, fragte Sabine weiter. »An die kommst du wohl auch nicht so richtig ran.«

Korber antwortete ehrlich: »Sie verhält sich seit der Zeit in Wien mir gegenüber anders, reservierter. Wahrscheinlich war unsere Begegnung nur ein Abenteuer für sie, von dem sie jetzt nichts mehr wissen will. Unter Umständen hat sie sogar einen Ehemann, Lebensgefährten oder Liebhaber.«

»Glaubst du nicht, dass sie dir gegenüber deswegen so zurückhaltend ist, weil sie etwas mit dem Mord zu tun hat? Sie könnte doch zumindest etwas darüber wissen, das sie für sich behalten möchte.«

»Ich weiß nicht. Ich werde aus ihr im Moment nicht mehr schlau«, konstatierte Korber nachdenklich.

»Immerhin hattest du eine nette kleine Romanze mit ihr«, tröstete Sabine ihn. »Mehr solltest du nicht verlangen.«

Dieser Einwand mochte stimmen, hatte jedoch keine aufmunternde Wirkung auf Korber. Seine Romanzen verliefen in letzter Zeit nicht gerade glücklich. Seine Gedanken waren plötzlich bei Rita. Auch das war wohl eine einmalige Angelegenheit gewesen. Oder würde er sie wiedersehen? Bei ihr schien alles möglich. Unter Umständen kam sie in diesem Augenblick hinter einem Busch hervor und stellte sich ihm in den Weg.

Er drückte Sabines Hand fester. »Ich glaube, ich gehe heute auch zeitig schlafen. Ich sollte morgen frisch sein«, sagte er, während sie die ersten Stufen in Richtung Schloss hinuntergingen.

»Du wirst mich jetzt doch nicht allein lassen«, beschwerte sich Sabine. »Kneif ja nicht! Ich möchte mir morgen ein bisschen die Stadt ansehen. Du könntest mir zur Einführung etwas über Heidelberg erzählen, während wir die Aussicht genießen.«

Sabine war ihm gegenüber auf einmal so verändert, gar nicht mehr auf Distanz. Korber konnte es nur recht sein. Er stellte sich mit ihr zu der Mauer, wo man einen wunderbaren Blick nach Westen hatte. Das Schloss winkte von links, die tiefstehende Sonne spiegelte sich in den Fluten des Neckars. Man sah hinüber auf die andere Seite zu dem jüngeren Stadtteil mit dem Universitätscampus. Direkt unter ihnen lagen der Marktplatz mit der Heiliggeistkirche und die Fußgängerzone der Altstadt. Es war ein erhebendes Panorama.

»Schade, dass wir so wenig Zeit haben, die Stadt zu erkunden«, haderte Sabine mit ihrem Schicksal. »Morgen Vormittag bleiben mir gerade ein paar Stunden, während du mit Papa im Gymnasium bist.«

»Du solltest unbedingt mit dem Schloss anfangen«, instruierte Korber sie. »Das muss man einfach gesehen haben.

Es wirkt schon von hier heraußen beeindruckend, die Struktur der inneren Anlage gefällt dir sicher noch besser. Etliches ist ja restauriert worden. Man kann einige Innenräume besichtigen, etwa das Apotheker-Museum. Am bekanntesten ist freilich das große Weinfass mit über 200.000 Liter Fassungsvermögen. Die Statue des ehemaligen Hofnarren Perkeo aus Südtirol bewacht den Riesenbehälter. Er soll von zwergenhaftem Wuchs gewesen sein, aber Mengen an Wein vertragen haben. Auf die scherzhafte Frage, ob er das Fass austrinken könne, soll er geantwortet haben: ›Perché no?‹, also ›Warum nicht?‹ Daher der Name.«

»Klingt wunderbar! Die Gässchen da unten sehen ebenfalls einladend aus.«

»Dann schau sie dir an. Wir werden uns vermutlich irgendwo um den Marktplatz herum zum Mittagessen treffen.«

»Es wäre schön, wenn wir etwas gemeinsam unternehmen könnten. Aber morgen am Abend bist du ja mit deiner Flamme unterwegs.«

»Möglich«, druckste Korber herum. »Wie gesagt …«

»Ist schon recht. War nur so eine Idee von mir. Naja, dann muss ich mich eben allein durchschlagen.« Sabine klang ein wenig enttäuscht.

»Du wirst doch deinen Vater nicht im Stich lassen«, rief Korber ihr ins Gedächtnis. »Der will privat auch was von dir haben. Sonst vergräbt er sich wie heute im Hotel.«

»Richtig, den Papa gibt's auch noch«, erinnerte Sabine sich. »Da sehe ich wirklich schwarz für ein privates Treffen.«

»Vielleicht …«

»Sag jetzt gar nichts«, unterbrach Sabine Korber bereits im Ansatz. »Warten wir's ab! Warten wir einfach ab, was sich ergibt.« Sie schaute ihm wieder tief in die Augen. Auf einmal lagen sie sich in den Armen. »Danke für den schönen Spaziergang«, sagte sie. »Hat mir echt super gefallen.« Dabei küsste sie ihn liebevoll auf die Stirn.

»Tschau«, murmelte Korber, drehte sich um und entfernte sich mit schnellen Schritten. Das ist eben der Zauber Heidelbergs, dachte er. Mehr wollte er vorläufig nicht hineininterpretieren.

KAPITEL 13

Mittwoch, 1. Juli

Leopold war schon zeitig todmüde in sein Hotelbett gefallen. Dafür erwachte er am nächsten Morgen mit frischen Kräften und neuer Energie. Nach dem gemeinsamen Frühstück trennte er sich von Sabine und fuhr mit dem Bus in die Stadt hinunter. Auf dem Universitätsplatz traf er sich mit Thomas Korber. Das Eichendorff-Gymnasium war von hier nur eine kurze Strecke zu Fuß entfernt.

»Monika hat mir geschrieben«, informierte ihn Korber zur Begrüßung. »Sie hat jetzt eine Freistunde. Wir sollen vor dem Gymnasium warten. Sie möchte nicht, dass wir hineingehen.«

»Sie bekommt wohl kalte Füße, was?«, vermutete Leopold.

»Wir sind nicht offiziell zu einem Besuch angemeldet, und Monika dürfte unser Kommen auch nicht angekündigt haben«, stellte Korber ihm die Situation dar. »Klar ist es ihr peinlich, dass wir sie zu einer Mordangelegenheit befragen. Dem Direktor wird es auch nicht passen, dass so etwas in seiner Schule stattfindet. Es hat ja nichts mit unserer Partnerschaft zu tun. Hören wir uns einfach an, was Monika zu sagen hat. Dann schauen wir weiter.«

»Es gefällt mir nicht, dass sie unseren Plan so umdreht. An Erwin Bader kommen wir jetzt nicht ran. Das hättest du verhindern müssen«, beklagte Leopold sich.

Korber zuckte mit den Achseln. »Wie denn?«

»Schon gut«, winkte Leopold ab. »Da kommt sie ja!« Sie bogen gerade um die Ecke zum Gymnasium, als sie Monika Aberle heraushuschen sahen.

»Hallo, Thomas«, rief Monika Korber von Weitem zu. »Da seha mr uns ja gloi wiedr. I fürchd bloß, es is ned aus Symbathie für mi, dass du herkomma bisch.«

»Hallo, Monika! Danke für die Vermittlung des netten Quartiers …«

Leopold wurde ungeduldig und unterbrach sofort. »Könnten Sie bitte so sprechen, dass ich Sie auch verstehe, Frau Aberle?«, bat er. »Vielleicht wären wir jetzt nicht hier, wenn Sie uns in Wien von Haus aus reinen Wein eingeschenkt hätten.«

»Meinen Sie den Mord?«, kam es mit einem unschuldigen Lächeln aus Monikas Mund. »Damit hab i nix zu tun. Was hätt i denn saga solla?«

»Sie haben Marion Kirchner gekannt. Sie waren Kolleginnen hier an der Schule. Und das haben Sie weder uns noch der Polizei gegenüber erwähnt«, warf Leopold ihr vor.

»Das hätte sie auch ned wieder lebendig gemacht. Und der Erwin und ich wollten noch vor dem Wochenende nach Hause«, rechtfertigte Monika sich.

»Du hast Marion gekannt und nicht einmal einen Mucks gemacht, als wir ins Kaffeehaus gekommen sind und du sie gesehen hast«, redete Korber auf sie ein. »Warum?«

»Wär's dir liebr gwesa, wenn i mid ihr statt mid dir gschwäzd hätt?«, entgegnete Monika. »Außerdem hat sie auch nix dergleichen getan. Warum glaubst du wohl?«

»Ihr konntet euch nicht leiden«, schloss Korber. »Sie hat mich sogar vor dir gewarnt, als du auf der Toilette warst.«

»Ich denke, Sie sollten uns einmal alles in Ruhe erzählen«, ersuchte Leopold Monika Aberle. »Sie werden Ihre Gründe gehabt haben. Die würde ich jetzt gerne erfahren.«

Sie holte tief Luft. »Na schön! Vielleicht sollte ich euch ins Bild setzen, damit keine Missverständnisse entstehen. Und zwar extra für den Herrn Leopold auf Hochdeutsch«, begann sie. »Marion war, wie ihr richtig erkannt habt, eine Kollegin von mir, unauffällig und manchmal ein wenig stur. Diese Sturheit verschlimmerte sich, als es mit ihrer Ehe bergab ging. Das wirkte sich auf manche ihrer Schüler schlecht aus, so als habe sie es auf sie abgesehen. Einen davon hatte ich vor ihr in Deutsch unterrichtet. Der Knabe war kein großartiger Sprachkünstler, aber guter Durchschnitt, nicht übermäßig ehrgeizig, aber er machte seine Aufgaben. Eines Tages kam er zu mir um Hilfe, weil ihn Marion in Deutsch durchfallen lassen wollte. Das war kurz nach ihrer Scheidung, da war es besonders schlimm mit ihr. Auf seine Bitte überprüfte ich die Unterlagen. Marion war im Unrecht. Sie hatte seine Klassenarbeiten viel zu streng beurteilt. Die Sache ging zum Direktor, und ich stellte mich gegen Marion. Sie musste den Schüler schließlich aufsteigen lassen. Ihr könnt euch denken, wie sich das auf ihr Verhältnis zu mir ausgewirkt hat.«

»Ihr wart nicht sonderlich gut aufeinander zu sprechen und seid euch aus dem Weg gegangen«, folgerte Leopold.

»Genau«, bestätigte Monika Aberle. »Marion hat uns dann ohnehin in Richtung Österreich verlassen. Vorige Woche kam es im *Café Heller* zum überraschenden Wiedersehen. Wir haben beide instinktiv auf dieselbe Art reagiert, so getan, als ob wir uns nicht kennen würden und uns geduckt nach dem Motto: Wer als Erstes etwas tut, hat verloren. Marion war ohnedies mit ihrer Sitzung beschäftigt. Dass wir sie später oben bei dem Denkmal finden würden, konnte ich nicht ahnen. Das hat mir wirklich zu schaffen gemacht.«

»Aber nicht so sehr, dass Sie mit der Wahrheit herausgerückt sind«, warf ihr Leopold vor.

»Manchmal habe ich eben auch unter solchen Umständen ein kühles Köpfle«, begründete Monika ihr Verhalten. »Ich wollte nicht in den Mord an einer Frau verwickelt werden, die Luft für mich geworden war. Ich wollte nach Hause!«

»Und Sie haben geglaubt, dass niemand auf Ihre frühere Kollegenschaft draufkommt? Das war naiv«, wandte Leopold ein.

»Im Gegenteil, mir war völlig klar, dass es so kommen würde«, erwiderte Monika Aberle. »Aber ich hatte nichts zu befürchten. Man hat mir hier ein paar Fragen gestellt, dann war's auch schon vorbei. Ich habe angeführt, unter Schock gestanden zu sein, was bis zu einem gewissen Grad stimmte. In Wien wäre alles viel unangenehmer gewesen.«

»Was war mit Erwin Bader?«, wollte Leopold wissen.

»Dem hab i gsagt, er soll bloß sei Maul halten. Die Sache hat sich natürlich bis zu ihm rumgsprocha ghabt«, führte Monika an.

»Ich meine, was hat er am Bisamberg getan? Er war auch noch oben. Hat er Ihnen nichts davon erzählt?«, forschte Leopold.

»Wenn Sie meine Meinung wissen wollen: Er muss an dem Abend ganz schön besoffen gewesen sein. Man hat's am nächsten Tag noch gerochen. Er hat gesagt, er kann sich an nicht mehr viel erinnern, und ich glaube ihm das. Verdächtigen Sie ihn etwa? Da muss i do lacha«, verteidigte Monika ihren Kollegen. So als ahnte sie Leopolds nächste Frage im Voraus, fügte sie hinzu: »Er hat im Augenblick viel zu tun. Sie können zwar versuchen, ihn bei seiner Arbeit zu stören, aber er wird Ihnen, denke ich, nicht viel mehr sagen können.«

»Dann müssen Sie mir eben noch ein paar Informationen geben«, bearbeitete Leopold sie weiter. »Da ist noch ein Mann, dem Sie im *Heller* begegnet sind, und der früher am Eichendorff-Gymnasium war, und zwar als Schüler, nämlich Ludwig Bergmann. Was wissen Sie über ihn?«

»Den habe ich vorige Woche zum ersten Mal gesehen«, lächelte Monika Aberle etwas verlegen. »Marion hat ihn, glaube ich, gekannt, vielleicht sogar noch unterrichtet. Sie war länger an der Schule als ich. Ich kam erst später hierher und hatte nichts mit ihm zu tun.«

»Kehren wir zu Marions Privatleben zurück«, schlug Leopold vor. »Mittlerweile wissen wir, dass ihre Ehe unglücklich war und sie das belastet hat. Hatte sie Angst vor ihrem Mann?«

»Des kenna Sie sich denka«, antwortete Monika wie aus der Pistole geschossen.

»Und das war der Grund ihrer Übersiedlung nach Österreich?«

»Ich nehme es an. Den Schilderungen nach war er aufbrausend und unberechenbar. Er wollte sich einfach nicht von ihr trennen.«

»Er ist mittlerweile gestorben. Wissen Sie, wie?«

»Den Gerüchten nach hat er sich versoffen. Mir war's egal. Ich sage es gern noch einmal: Marion Kirchner war seit unserer Auseinandersetzung Luft für mich, erst recht seit ihrem Abgang von unserer Schule.«

»Ich frage mich, vor wem oder wovor sie Angst hatte«, dachte Leopold laut. »Der Ehemann kann's ja nicht gewesen sein.«

»Da kann ich Ihnen leider nicht helfen«, bedauerte Monika Aberle.

Leopold sah ein, dass es keinen Sinn hatte, weiter in sie zu dringen. War sie ehrlich, hatte sie ihm alles gesagt. Und wenn nicht, fehlte ihm im Augenblick eine Handhabe gegen sie. »Kann sein, dass ich mich noch einmal bei Ihnen melde, Frau Aberle. Oder bei Ihrem Kollegen Bader«, warnte er sie sicherheitshalber vor.

»Scho rächd«, nickte sie. Dann gab sie beiden mit ihrer Körpersprache zu verstehen, dass sie wieder zur Schule wollte: »I glaub, i muss jezd ...« Damit verabschiedete sie sich zunächst von Leopold.

Dann umarmte Korber Monika, aber es fehlte die Leidenschaft. »Sehen wir uns noch heute Abend?«, fragte er vorsichtig.

Sie druckste herum. »Ach, weißt du ... sei mir ned bös ... mir wär ein andermal lieber. »Momentan bin i ned ganz alloi. Du weischd, was i mein.«

Korber verstand. »Ach so«, lenkte er ein. »Du hast also etwas Fixes?«

»Noi, sonst hätt mrs in Wien do ned so scheen ghabt«, dementierte Monika. »Des is jezd einfach ein ganz ungünschtiger Zeitpunkt. Meld di do wiedr in a paar Wochn! Mr müssa ja unser Projekt besprecha.«

Mit diesen Worten trat sie ihren Rückweg an. Bald war sie außer Sichtweite – vor allem für Korber.

*

»Du solltest dieser Frau keine Träne nachweinen«, riet Leopold seinem Freund, nachdem Monika Aberle gegangen war. »Die ist nicht für einen Mann allein gemacht. Sie hat es faustdick hinter den Ohren.«

»Aber mit dem Mord hat sie nichts zu tun«, beharrte Korber.

»Mag sein. Ich habe sie zumindest in Verdacht, dass sie uns mit ihrem süßen Schwäbisch für dumm verkauft. Allerdings fehlt ihr zugegebenermaßen ein zwingendes Motiv. Sie mochte Marion Kirchner zwar nicht, aber das Thema war durch ihren Schulwechsel erledigt. Deswegen hat sie sich sicher keinen komplizierten Mordplan mit einer zweiten Person ausgedacht. Sie selbst war ja die ganze Zeit bei uns. Nein, nein, sie deckt höchstens jemanden. Aber ich glaube nicht, dass es sich dabei um Erwin Bader handelt.«

»Und was führt dich zu dieser Vermutung?«

»Wir wissen zwar nichts über ihn und ob er neben seiner beruflichen Beziehung zu Marion noch eine andere hatte, doch als Täter scheidet er aus einer einfachen Überlegung für mich aus: Wenn er einen Mord vorgehabt hätte, hätte er sich nicht so vollaufen lassen. Ich denke, er hat nach seiner Sauftour mit Marksteiner die Orientierung verloren. Die Wurzel des Übels sitzt woanders. Leider habe ich die Antworten, die ich mir dazu von Monika Aberle erhofft habe, nicht bekommen.«

»Nämlich welche?«

»Du hast es selbst gelesen«, erinnerte Leopold ihn. »Marion steckte in Problemen, hatte Angst vor etwas. Sie wollte sich dir diesbezüglich anvertrauen. Das ist die Richtung, in der ich suche. Der Grund für ihren Tod muss in ihrer Vergangenheit liegen, möglicherweise in ihrer Ehe.

Und es muss etwas mit den Personen zu tun haben, die am Donnerstag vor ihrem Ableben im *Heller* versammelt waren. Das ist meine Theorie. Bloß, wer ist der Mörder? Und warum hat er zugeschlagen?«

»Bergmann könnte infrage kommen. Zu ihm lässt sich am ehesten eine Verbindung denken«, argumentierte Korber.

»Vom Gefühl her spricht vieles dafür«, attestierte Leopold. »Aber die Fragen bleiben. Wir haben gegen ihn kein Indiz in der Hand, nicht einmal die geringste Spur. Dass er zur Tatzeit möglicherweise auf dem Bisamberg war, reicht nicht. Der Täter könnte genauso gut Charly Gstettner oder sonst noch wer sein, verstehst du?«

»Was ich nicht verstehe, ist, wie du dir da auf die Schnelle einen Durchblick verschaffen möchtest«, zweifelte Korber.

»Punkt eins, nämlich dein liebes schlampiges Verhältnis, haben wir vorläufig abgeschlossen«, erklärte Leopold. »Dadurch wissen wir immerhin einmal, wo es nicht viel Sinn macht nachzuforschen. Jetzt kommt Punkt zwei. Wir versuchen es bei einem ehemaligen Nachbarn Marions, der die Verhältnisse angeblich gut kannte. Der Polizei gegenüber war er zugeknöpft. Das ist auch ein Grund, weshalb wir da sind. Sabine hat am Telefon ihren Charme spielen lassen. Wir könnten Erfolg haben.«

»Willst du mich nicht näher einweihen?«, fragte Korber.

»Dazu ist es zu früh! Am Abend weiß ich mehr«, vertröstete Leopold ihn.

Während sie durch die Fußgängerzone spazierten, kamen sie bei einem Café vorbei, dessen schattiger Innenhof zum Verweilen einlud. »Könnten wir da Rast machen? Ich habe Hunger«, redete Korber auf Leopold ein.

Leopold schaute auf die Uhr. »Es ist vielleicht keine schlechte Idee«, willigte er ein. »Ich habe allerdings nur wenig Zeit. Sobald Sabine da ist, müssen wir zu unserer nächsten Station. Ruf sie bitte an, und sag ihr, wo sie uns findet.«

Sie setzten sich auf ein gemütliches Plätzchen im Freien. Während Korber telefonierte, studierte Leopold die Menükarte. »*Tomatensuppe mit Sahnehäubchen* geht grad noch«, kritisierte er. »Die *Paradeiser* sind leider auch bei uns so gut wie ausgestorben. Und Sahnehäubchen ... naja, Schwamm drüber! Aber wenn ich *Lachsstulle* lese, vergeht mir der Appetit. Welche Verunglimpfung des belegten Brotes! Und beim *Käsekuchen* soll ich an was Süßes denken? Das ist für mich so was wie Emmentaler im Backrohr.«

Korber hatte die letzten Worte mitgehört. »Du bist eben nicht zu Hause«, machte er Leopold aufmerksam. »Auch wenn wir die gleiche Sprache wie die Deutschen sprechen, gilt es, die kleinen Unterschiede zu beachten.«

Das kostete Leopold einen Lacher. »Gleiche Sprache? Von wegen!«

Inzwischen hatte sich ein diensteifriger untersetzter Oberkellner mit leicht gebückter Haltung zu ihrem Tisch begeben. »Was darf ich denn bringen?«, erkundigte er sich.

»Essen werde ich nichts«, sagte Leopold. »Ich hätte gern eine Melange.«

»Das glaub ich Ihnen, dass Sie die gerne hätten, weil man Ihnen auf 100 Meter ansieht, dass Sie aus Wien sind«, bemerkte der Ober. »Aber so etwas haben wir nicht. Ich habe mich immer gefragt, warum die Wiener ihrer Spezialität einen französischen Namen verpasst haben. Sie hätten sie zum Beispiel ›Mischkulanz‹ taufen können. Euer Schnitzel heißt ja auch nicht ›Escalope Viennoise‹, oder?«

Leopold ärgerte sich über diesen seiner Meinung nach vorlauten Einschub. »Das müssen Sie schon uns überlassen, wie wir unsere Spezialitäten nennen«, belehrte er ihn. »Melange ist das französische Wort für Mischung, da haben Sie schon recht. Als wir dieses Getränk in der ersten Hälfte des 19. Jahrhunderts erfunden haben, war Französisch *die* Modesprache in Wien. Damals haben die Menschen so wenig bei dem Namen gefunden, wie wenn man heute einen Kaffee über die Gasse unnötig auf Englisch als ›Coffee to go‹ anpreist.«

Der Oberkellner stufte Leopold als einen der vielen Besserwisser ein, die das Lokal täglich frequentierten. »Melange gibt's jedenfalls nicht«, wiederholte er mit einem freundlichen, aber bestimmten Lächeln. »Mögen Sie einen anderen *Ka*ffee? Vielleicht einen Cappuccino? Der ist ähnlich.«

Leopold überhörte geflissentlich die Betonung des Wortes »*Ka*ffee« auf der ersten Silbe. Er hielt es nicht für ratsam, sich jetzt auch deswegen auf eine Diskussion einzulassen. Er hatte Wichtigeres vor. Vielleicht war es am besten, sich in die Gegebenheiten zu fügen. Er seufzte laut hörbar und gab seinem Herzen einen Stoß: »Wissen Sie was? Bringen Sie mir einfach ein Kännchen!«

*

»Ich habe mich eben den Sitten und Gebräuchen angepasst«, begründete Leopold wenig später gegenüber Thomas Korber seine Entscheidung. »Und was isst du da für eine Teigflade mit Speck und Zwiebeln?«

»Das ist ein Flammkuchen, eine Spezialität hier in der Gegend«, ließ Korber ihn wissen. »Möchtest du kosten?«

»Nein danke«, lehnte Leopold das Angebot ab. »Frau Sidonie hat einmal überlegt, diese Speise im *Café Heller* einzuführen, weil sie ihr von einer Tiefkühlfirma aufgeschwätzt worden ist. Gott sei Dank hat sie sich doch noch anders entschieden.«

»Der Flammkuchen hier ist frisch gemacht. Das merkt man, er ist äußerst wohlschmeckend«, lobte Korber sein Gericht.

»Mit dem Teig sparen sie offensichtlich. Die Schwaben sollen überhaupt ein sparsames Völkchen sein«, bekrittelte Leopold.

»Jedenfalls ein angenehm fröhliches Völkchen!«

Leopold schaute sich um. »Sie schwatzen und lachen die ganze Zeit und tun dabei so geschäftig, als hätten sie vor, am Nachmittag das Doppelte vom Vormittag zu arbeiten. Irgendwie wirkt das unnatürlich auf mich. Das Kaffeehaus ist zum Granteln da und dazu, dass man über alles spricht, nur nicht darüber, dass man die Absicht hat, an diesem Tag noch einen Finger zu rühren. Das ist Kultur! Nur versteht man die hier offenbar nicht.«

Korber hörte gar nicht hin, sondern schmatzte als Zeichen, dass es ihm schmeckte, und trank dazu ein Pils. Leopold unterbrach daraufhin ihr einseitiges Gespräch und nahm sein Handy heraus. Er hatte es seit seiner Abreise aus Wien nicht mehr benützt. Im Zuge der Fahrt und der Ereignisse hatte er ganz vergessen, dass er auf eine Nachricht von Othmar Demmer wartete. Wie dumm von ihm!

Ungeduldig schaute Leopold in seinen SMS-Eingang. Sein Gesicht hellte sich auf, und seine Augen funkelten, als er die Nachricht las. »Jetzt haben wir dich«, rief er aus.

Korber setzte sein Bier ab. »Wen?«, fragte er, sich den Schaum genüsslich vom Mund wischend.

»Den Bergmann«, triumphierte Leopold. »Öffne bitte in meinen Mails die Beilage, die mir Othmar geschickt hat! Er hat geschrieben, dass es aus ist mit ihm!«

Leopold verwendete sein Handy hauptsächlich zum Telefonieren. Er war es gewohnt, dass Erika ihm jeden noch so einfachen Klick abnahm, wenn er ein Dokument oder eine Information aus dem Internet suchte. Korber wusste um diese Marotte und erfüllte Leopolds Wunsch ohne weiteren Kommentar.

»Was ist es?«, erkundigte sich Leopold erwartungsvoll.

»Ein Konferenzbeschluss des Eichendorff-Gymnasiums«, teilte ihm Korber mit.

»Gib her!« Leopold riss ihm das Mobiltelefon aus der Hand und starrte auf das Display. »Die haben den Bergmann aus dem Gymnasium hinausgeworfen«, stellte er fasziniert fest. »Er hatte einen schwarzen Schüler aus einer anderen Klasse aus rassistischen Motiven zusammengeschlagen. Überdies hatte er Beziehungen zu einer rechtsradikalen Gruppierung. Wenn das der Bezirksrat Mandl erfährt, ist es sein Untergang!«

»Wann war das?«, wollte Korber wissen.

»Lass mich schauen! Der Beschluss stammt aus dem Jahr 2004. Bergmann war damals Schüler der letzten Klasse und stand vor dem Abitur. Jetzt wäre es hilfreich, die näheren Umstände zu kennen«, überlegte Leopold.

»Und wie willst du das anstellen?«, zweifelte Korber.

»Ich? Du wirst das für mich machen«, stellte Leopold Korber vor vollendete Tatsachen.

»Jetzt hör mal …«

Doch Korber kam mit seinem Protest nicht weit. »Ich habe keine Zeit. Ich muss mit Sabine Marions Nachbarn befragen. Und morgen ist es zu spät, da fahren wir wieder nach Hause«, machte Leopold ihm klar. »Also brauche ich deine Hilfe. Es ist doch nicht schwer. Du schließt dich einfach mit Erwin Bader kurz. Ein bisschen kennst du ihn von seinem Besuch, und seine Telefonnummer müsstest du auch haben. Er weiß als Administrator am ehesten, wie das damals abgelaufen ist beziehungsweise wo sich die entsprechenden Aufzeichnungen befinden. Das geht sicher schnell!«

»Der wird jetzt andere Dinge zu tun haben, als mir in dieser Sache Auskunft zu erteilen«, wehrte sich Korber. »Und ob er es überhaupt darf, steht auf einem anderen Blatt.«

»Unsinn«, wandte Leopold ein. »Du musst ihn nur spüren lassen, dass er für uns zu den Hauptverdächtigen zählt. Da er sich an nichts erinnert, kann er auch nichts dagegen vorbringen. Daher wird er daran interessiert sein, dir belastende Fakten gegen Bergmann mitzuteilen, wenn ihn das entlastet.«

Korber war über Leopolds Ansinnen alles andere als erfreut. Viel lieber wäre er am Nachmittag durch Heidelberg gebummelt und hätte nachgeschaut, ob es die alten Studentenkneipen noch gab, die er von früher kannte. »Glaubst du wirklich, dass das für die Lösung des Mordfalles von Bedeutung ist?«, bockte er.

»Die Hintergründe sind auf jeden Fall wichtig«, erklärte Leopold. »Einerseits interessiert sich eine mir unbekannte Dame für dieses Dokument. Da möchte ich schon ein bisserl mehr darüber wissen. Andererseits könnte Marion Kirchner im Sinn gehabt haben, Bergmann mit seiner Vergangenheit zu erpressen. Das ergibt ein wunderbares Mordmotiv. Du selbst hast ihn eben noch als Tatverdächtigen erwähnt.«

»Wie, denkst du, hängt alles zusammen?«, zeigte sich Korber nun wieder ein wenig mehr interessiert.

Leopold breitete daraufhin seine Theorie vor ihm aus: »Es ist noch etwas früh, darüber zu spekulieren, aber ich sehe die Sache so: Marion Kirchner war bereits Lehrerin am Eichendorff-Gymnasium, als die Geschichte mit Bergmann passiert ist. Auch wenn ich ihren Namen auf dem Konferenzprotokoll nicht finde, war sie darüber im Bilde. Wir wissen durch Direktor Pelinka, dass sie eine Neigung hatte, mithilfe ihrer weiblichen Reize an interne Aufzeichnungen zu kommen und sie für sich zu verwenden. Die Frage ist nur, ob sie sich von Haus aus für das Protokoll interessiert hat oder erst, als sie draufkam, dass eben dieser Bergmann von früher plötzlich ein Gegner im Kampf um den Bisamberg war. Ich vermute Letzteres. Sie wird sich erinnert und frühere Verbindungen genützt haben.«

»Bader?«

»Wer weiß! Für uns wäre es gut, dann wäre er in den Fall eingeweiht und hätte andererseits ein schlechtes Gewissen. Aber sprich ihn ja nicht direkt darauf an. Entscheidend ist nicht, wie Marion an das Dokument gelangt ist. Wichtiger sind die näheren Umstände von Bergmanns Gewalttat, seine rechtsradikalen Kontakte, sein allgemeines Verhalten in der Schule und eine etwaige gerichtliche Verurteilung. Am besten holst du dir einen schönen, verwertbaren Überblick!«

Der hat leicht reden, dachte Korber bei sich und kippte die letzten Reste seines Biers hinunter. Nun traf auch Sabine bei ihnen ein. Sie schwärmte von ihrem schönen Vormittag. »Das Schloss ist wirklich toll, das solltest du dir anschauen, Papa«, versuchte sie, Leopold einen Gusto zu machen. »Die Fahrt mit der Bergbahn ist auch ein Erlebnis. Dass du so gar keinen Sinn für die Schönheiten einer fremden Stadt hast!«

»Ich bin hier auf keiner Sightseeingtour«, gab ihr Leopold zu verstehen. »Außerdem wird es gerade spannend.

Wir machen Fortschritte! Thomas hat soeben einen Spezialauftrag von mir übernommen. Wenn wir beide Erfolg haben, kommen wir der Lösung des Falles wieder ein Stück näher!« Er setzte seiner Tochter auseinander, was er und Korber am Vormittag herausgefunden hatten. Sabine trank noch rasch eine Apfelschorle, ehe es zum allgemeinen Aufbruch kam.

Sie lächelte Korber vor dem Auseinandergehen noch einmal zu. Dann war sie im Geist aber bereits bei ihrer kommenden Aufgabe.

*

Leopold und Sabine bewegten sich ein Stück bergauf in Richtung Dantestraße, wo Marion Kirchner gewohnt hatte. Leopold beklagte sich zwar, dass er die ganze Zeit zu Fuß hatschen musste, aber Sabine meinte, sonst würde er überhaupt nichts von Heidelberg mitbekommen. Das Auto brauche auch einmal eine Pause.

Sie waren mit Marions Nachbar Julius Schaller verabredet, den ihnen Oberinspektor Richard Juricek als mögliche Informationsquelle genannt hatte. Der deutschen Polizei gegenüber hatte er sich sehr zugeknöpft gezeigt. Wahrscheinlich wusste er jedoch mehr, als er offiziell zugab. Es kam also auf das richtige Gespür an, um ihm etwas herauszulocken.

Deshalb hatte sich Sabine bei Schaller telefonisch zu einem Besuch mit ihrem Vater angemeldet und dabei ihren ganzen Charme spielen lassen. Sie gab sich als ehemalige Schülerin Marion Kirchners aus, die im Vorjahr bei ihr maturiert hatte. Sie erzählte ihm, dass Marion für sie eine wichtige Persönlichkeit, eine Art Mutterfigur gewesen sei.

Ihr gewaltsamer Tod habe sie sehr erschüttert. Ihr liege es am Herzen, noch ein wenig mehr über Marion und ihr früheres Leben in Heidelberg zu erfahren, bevor sie sich auf immer von ihr verabschieden müsse.

Schaller war auf Sabines herzzerreißenden Vortrag eingestiegen und hatte ihr angeboten, ihr zu helfen, wenn sie glaube, dass er das könne. Man hatte ein Treffen am Nachmittag bei ihm vereinbart. Die Wohnung in der Dantestraße lag ruhig und war einfach möbliert. Im Wohnzimmer stand ein Tisch mit vier Sesseln, der wohl zum Essen und zu allen anderen Beschäftigungen diente. Dazu gab es noch einen bequemen Fauteuil vor dem Fernseher. An den Wänden links und rechts ragten zwei Bücherregale empor, die Schallers Belesenheit dokumentierten.

Er war ein rüstiger Mann um die 70 und trug Brillen mit kleinen Gläsern und noch kleineren Augen dahinter. Sein gesamtes Gesicht schien sich hinter einem schwarzgrauen Rauschebart zu verstecken. Er lächelte seinem Besuch freundlich und neugierig entgegen. »Sehr erfreut, Frau Patzak! Sagen Sie jetzt bloß nicht, dass Sie die weite Reise nur auf sich genommen haben, um mit mir über Marion Kirchner zu reden«, begrüßte er Sabine.

Sie setzte ihr entzückendstes Gesicht auf. »Nicht ganz«, räumte sie ein. »Ich möchte vielleicht schon bald in Heidelberg studieren und sehe mir deshalb mit meinem Vater diese wunderbare Stadt ein bisschen an. Es ist schön, diese beiden Dinge miteinander verbinden zu können.«

Schaller blickte sie wohlwollend an. Eine junge Frau, die mit ihrem Vater einen Städtetrip machte, hatte bei ihm schon gewonnen. »Kommen Sie weiter, und sagen Sie mir, was ich für Sie tun kann. Mögen Sie eine Tasse Tee?«

Etwas später saßen alle um den Tisch, tranken Früchtetee und kamen langsam ins Gespräch. »Ich habe mich gut mit Marion verstanden«, eröffnete Schaller seinen Gästen. »Wir hatten quasi den gleichen Beruf, obwohl ich im Unterschied zu ihr Erwachsene an der Volkshochschule unterrichtete. Aber viele unserer Probleme waren dieselben. Hin und wieder haben wir uns darüber ein wenig ausgetauscht.«

»Sie war eine sehr gute Lehrerin«, befand Sabine. »Man fragt sich natürlich nach einer so schrecklichen Tat, ob sie Feinde hatte. Ich meine Leute, die sie weniger gut leiden konnten.«

»In der Schule? Da ist mir nichts bekannt«, musste Schaller zugeben. »Natürlich gibt es immer wieder Schüler oder Eltern, mit denen man Probleme hat. Marion war in ihrer Arbeit sehr gewissenhaft und ist Konflikten nicht ausgewichen. Aber das waren immer kurzfristige Angelegenheiten.«

»Also nichts, wovor sie sich in Österreich hätte fürchten müssen?«

Schaller schüttelte den Kopf. »Nach so langer Zeit? Nein, das kann ich mir nicht vorstellen.«

»Und privat? Vor irgendetwas aus der Vergangenheit hat sie Angst gehabt«, beharrte Sabine. »Sie hat das oft erwähnt. Es macht mir Kopfzerbrechen, weil ich fürchte, dass es der Grund für ihren furchtbaren Tod war.« Sie schaffte es, eine Träne aus ihrem Auge herauszudrücken.

»Der Einzige, mit dem sie meines Wissens wirklich Probleme hatte, war ihr Mann Christian«, äußerte Schaller nach kurzem Nachdenken. »Es war wohl Marions größter Fehler, ihn geheiratet zu haben. Ein aufbrausender, humorloser Mensch, dazu Trinker. Die letzte Zeit vor der Scheidung und auch noch danach war sie oft verzweifelt.«

»Sie hatte Angst vor ihm und ist deswegen nach Österreich«, folgerte Sabine.

»Es hat sie nichts mehr hier gehalten«, berichtete Schaller. »Christian kannte sich, was Finanzen betrifft, aus. Er hat ihr bei der Trennung genommen, was er konnte. Und seine Gegenwart, seine beständigen unterschwelligen Drohungen, setzten ihr zu. Er hat sie als seinen Besitz betrachtet. Sie musste einfach fortgehen. Für Sie war das ja ein toller Gewinn!«

Sabine nickte. »Natürlich! Trotzdem hätte ich mir gewünscht, Marion ohne diese belastende Vorgeschichte kennenzulernen. Ihr Mann ist gestorben, nicht wahr?«

»Das ist noch gar nicht so lange her. Es war im Februar. Christian hat bis zuletzt gegenüber von mir gewohnt«, erteilte Schaller Auskunft. »Ich habe ihn freilich kaum mehr gesehen, er hat die Wohnung praktisch nicht mehr verlassen. Immer öfter war er krank durch seine Sauferei und wurde frühzeitig pensioniert. Seine Schwester Margarete hat sich um ihn gekümmert. Das hat mich überrascht, denn sie schien mir eher auf flott unterwegs zu sein. Die häusliche Betreuung habe ich ihr nicht zugetraut. Außerdem war sie während Christians Ehe nicht viel da. Sie und Marion haben sich nicht vertragen. Zickenkrieg, wenn Sie mich fragen. Eifersucht des Geschwisterkindes wegen der Heirat des Bruders mit einer ihr nicht sympathischen Person. Genützt hat ihre Pflege dann auch nichts mehr. Wenn einer willenlos dem Alkohol verfällt, ist es nur mehr eine Frage der Zeit, bis es zu Ende geht. So war es dann auch. Gut, dass Marion das nicht mehr erleben musste.«

»Wie hieß die Schwester nochmal?«, mischte sich nun Leopold in das Gespräch ein und erntete dafür einen ärgerlichen Blick von Sabine.

Schaller wendete den Kopf zu ihm, nahm seine Brille ab und kaute am Bügel. »Margarete. Margarete Keller. Warum?«

Leopold schrieb es auf. »Es ist immer gut, wenn man den genauen Namen zur betreffenden Person hat«, gab er als Grund an. »Marion hat einen Bruder, wenn ich mich recht entsinne. Wie heißt der?«

»Roland … Kirchner«, antwortete Schaller zögernd.

»Wissen Sie vielleicht auch, wo sich die beiden derzeit aufhalten?«

»Margarete wird wohl hier in Heidelberg oder in der Umgebung leben«, vermutete Schaller. »Und Roland ist schon vor längerer Zeit in den Norden gezogen, weil … Das ist jetzt aber interessant!« Plötzlich begannen seine Gehirnwindungen zu arbeiten.

»Was denn?«, drängte Leopold.

»Ich bin auf eine merkwürdige Parallele gestoßen«, erwähnte Schaller. »Bei Roland Kirchner gab es ähnliche Reaktionen auf die Hochzeit wie bei Margarete Keller. Er war stinksauer auf seine Schwester, weil sie Christian geheiratet hatte. Nach dem Tod seiner Mutter ist er abgehauen. Sie war herzkrank, und ich denke, Roland gab Marions konfliktreicher Ehe die Schuld an ihrem Dahinscheiden … Warum wollen Sie das alles eigentlich so genau wissen?«

»Mein Vater hat so einen Tick, dass er immer alles notiert«, beeilte Sabine sich zu sagen.

»Ich möchte in Erinnerung behalten, von wem gesprochen wurde«, erklärte Leopold. »Vielleicht will meine Tochter später auch einmal mit Roland reden. Wissen Sie noch von anderen Personen, die in Marions Leben eine Rolle spielten? Haben Sie zum Beispiel einmal einen dieser

Männer bei ihr gesehen?« Er zog zuerst das Foto von Ludwig Bergmann, dann jenes von Charly Gstettner heraus.

Schaller setzte seine Brille wieder auf und beäugte die Bilder. »Kann sein«, äußerte er. »Aber das ist alles lange her. Ich fürchte, ich kann Ihnen in Ihrem Wissensdrang nicht mehr weiterhelfen. Ich bin ein sehr zurückgezogen lebender Mensch geworden. Die Bücher bedeuten mir mehr als die Leute. Aber etwas hätte ich noch gern von Ihnen erfahren, Frau Patzak. Was haben Sie an Marion am meisten gemocht?«

Sabine wand sich ein bisschen. Sie flunkerte nicht gern. »Es war die Wertschätzung«, erzählte sie ihm schließlich. »Sie hat uns das Gefühl gegeben, dass wir wichtig sind und jeden von uns ernst genommen. So haben wir ihr alle vertraut.«

Schaller war mit dieser Antwort offenbar zufrieden. »Das habe ich mir gedacht«, pflichtete er Sabine bei. »Sie hat versucht, ihren Schülern das zu geben, was sie in ihrer Ehe nicht bekommen hat. Und wie ich höre, ist es ihr gelungen.«

Damit war das Gespräch für ihn beendet.

KAPITEL 14

Mittwoch, 1. Juli, abends

»Ich weiß nicht, ob es was gebracht hat. Bist du enttäuscht, Papa?«, fragte Sabine Patzak, als sie wieder auf der Straße waren.

»Ganz im Gegenteil«, versicherte ihr Leopold. »Wir haben viel erfahren. Motive gibt es jetzt genug. Und zwei neue Verdächtige, den Bruder und die Schwägerin.«

»Glaubst du wirklich?«, zweifelte Sabine. »Bloß weil die Schwägerin Marion nicht leiden konnte und der Bruder wegen der Ehe beleidigt war? Deshalb soll einer der beiden extra nach Wien gereist sein, um Marion umzubringen? Das scheint mir etwas weit hergeholt.«

»Die beiden hatten jedenfalls ihre Gründe«, erklärte Leopold. »Wo Gefühle bestehen und möglicherweise verletzt worden sind, kommt oft eine irrationale Komponente ins Spiel. Aber du hast recht, einstweilen sind alles Vermutungen. Schauen wir, was Thomas herausgefunden hat. Dann ziehen wir eine erste Bilanz!«

Thomas Korber meldete sich wenig später von einem Gasthaus am Marktplatz. So saßen sie dort schließlich alle gemütlich beisammen und genossen den Blick auf das rege Treiben und die große Heiliggeistkirche aus rotem Sandstein, die ihnen ihr Hinterteil, also die Apsis, zuwandte. Leopold und Sabine waren hungrig geworden. Er bestellte Käsespätzle, weniger, weil es sich dabei um eine einheimische Spezialität handelte, sondern weil er diese Speise aus Wien kannte. Sabine nahm einen Sauerbraten mit Erdäpfelknödel oder, wie es auf der Karte stand, Kartoffelklößen. Korber hatte ein großes Bier vor sich stehen.

Nachdem man Korber über die wichtigsten Details aus dem Besuch bei Schaller informiert hatte, begann er mit seiner Schilderung: »Bader war froh, dass er mich wieder los war. Er war aber kooperativ, als ich ihm seine Lage geschildert habe, und hat meine Bitte schnell erledigt, um mit seiner anderen Arbeit weiterzukommen. Die Sache hat sich so verhalten: Bergmann hat einen schwarzen Schüler aus einer niedrigeren Klasse auf dem Heimweg abgepasst und wegen seiner Hautfarbe provoziert. Er hat nur darauf gewartet, dass ihm der andere einen Grund gab, auf ihn einzudreschen. Das hat er dann ausgiebig getan. Motiviert war der Angriff durch den Einfluss rechtsradikaler Freunde, von denen er sich angezogen fühlte. Es war für ihn wie eine Aufnahmeprüfung, ein Beweis, was er draufhatte. Als Folge wurde er der Schule verwiesen. Sein Abitur hat er aber bald darauf als externer Schüler abgelegt.«

»Musste er vor Gericht?«, wollte Leopold wissen.

»Ja, aber er kam mit einer Bewährungsstrafe davon«, führte Korber weiter aus. »Er hatte seinem Opfer einige Verletzungen zugefügt, Prellungen und Blutergüsse. Auf der anderen Seite zeigte er Reue und versicherte, er werde sich nicht mehr von falschen Idealen verführen lassen. Der Vater, glaubt Bader, hatte gute Beziehungen nach oben, ähnlich wie Bergmann jetzt …«

»Er hat wohl keine Vermutung darüber geäußert, wie Marion an das Protokoll gekommen ist.«

»Er hat sich nur gewundert, dass ich darüber Bescheid

wusste«, berichtete Korber. Er belohnte sich anschließend mit einem großen Schluck Bier.

Leopold rührte in seinen Käsespätzle herum. »Gut! Die genauen Details diesbezüglich brauchen uns jetzt, Gott sei Dank, nicht zu kümmern. Wir wollen lieber versuchen, die Erkenntnisse des Tages zusammenzufassen und die daraus erwachsenden Theorien zu prüfen.«

»Für Bergmann schaut's nicht gut aus«, urteilte Sabine, die sich an ihrem Sauerbraten delektierte.

»Sein Motiv liegt klar auf der Hand«, bestätigte Leopold. »Marion Kirchner muss sich an den Schulausschluss erinnert haben, als sie erfahren hat, dass ihr ehemaliger Schüler plötzlich zum Gegner in einer für sie wichtigen Umweltangelegenheit geworden war. Sie hat ihm vermutlich mit dem Hinweis auf das Konferenzprotokoll eingeheizt und ihn erpresst. Bergmann lief Gefahr, bei seinen politischen Freunden wie Bezirksrat Mandl jegliche Unterstützung für seine Projekte zu verlieren. Und er musste Angst haben, keine Ruhe von Marion mehr zu bekommen. Man kennt das ja bei Erpressern: Sie hören nicht auf, ehe sie ihr Opfer am Boden haben. Das konnte Bergmann nicht riskieren. Die nächste Frage lautet nun: Hatte er die Gelegenheit?«

»Nach der Versammlung im *Heller* verliert sich seine Spur«, überlegte Korber. »Am Bisamberg ist er nicht gesehen worden.«

»Angeblich kurz von Othmar Demmer. Wir wissen außerdem von Erika, dass er vorhatte, noch dort spazieren zu gehen«, machte Leopold ihn aufmerksam. »Nehmen wir einmal an, dass Marion mit ihm ein Treffen bezüglich ihrer Forderungen vereinbart hatte. Das war eine gute Gelegenheit. Sie musste sich nur zuerst mit Frankie austauschen, damit er keinen Verdacht schöpfte, und ihn dann loswerden. Das Eichendorff-Denkmal als Treffpunkt hatte auch seinen Reiz, wenn man von Bergmanns Sympathie für den deutschen Romantiker weiß. Soweit erscheint alles logisch und nachvollziehbar.«

»Spricht etwas dagegen?«, erkundigte sich Sabine.

»Leider ja«, eröffnete ihr Leopold. »Aber denken wir die Sache vorher noch zu Ende. Nach einer kurzen Debatte erschlägt Bergmann Marion mit einem Stock oder einem ähnlich schweren Gegenstand, den er mithat. Sein Ziel ist damit erreicht. Oder doch nicht? Er findet das Dokument nicht, um das es geht. Und hier kommt die erste Sache, die mich stutzig macht. Marion hat das Protokoll an Othmar Demmer weitergegeben. Wahrscheinlich hat sie das im letzten Moment als kleine Rückversicherung getan und Bergmann weisgemacht, dass noch jemand eingeweiht war. Wäre es da von ihm nicht sehr unüberlegt gewesen, Marion Kirchner gleich umzubringen? Was hätte er damit gewonnen?«

»Und wenn es doch anders gelaufen ist, sodass Bergmann der Überzeugung war, dass er nur sie ausschalten musste?«, wandte Korber ein.

»Da ist nun die zweite bedenkliche Sache«, erwiderte Leopold. »Es gibt tatsächlich eine Frau, die über das Protokoll informiert ist und nur nicht weiß, in wessen Hände es geraten ist. Sie hat mich gebeten, es für sie zu beschaffen. Dass Marion gegenüber Bergmann so gar nichts darüber angedeutet hätte, würde mich wundern.«

»Die schöne Unbekannte! Jaja, die hat's dir angetan«, ätzte Korber. »Wer sagt dir überhaupt, dass sie auf Marions Seite steht? Könnte sie nicht genauso gut im Interesse Bergmanns hinter dem Dokument her sein?«

»Das wäre möglich, aber nicht logisch. Es musste ihr klar sein, dass ich das Dokument lesen würde, sobald ich es gefunden hatte. Damit wäre ich ein Mitwisser. So etwas würde ein kluger Mensch wie sie nicht riskieren, außer sie steht auf Marions Seite«, dozierte Leopold. »Es gibt hier also bei genauerer Betrachtung einige Ungereimtheiten. Schauen wir uns deshalb die anderen Möglichkeiten an.«

»Vergeltung der Schwägerin oder des Bruders – ist das nicht ein wenig weit hergeholt?«, zweifelte Korber.

»Man sollte geschwisterliche Gefühle nicht unterschätzen«, belehrte Leopold ihn. »Sie sind oft intensiver als die eines Partners. Enttäuschung oder Kränkung können ungeahnte Reaktionen auslösen.

»Das hat was für sich«, stimmte Sabine zu.

»Wir wissen allerdings kaum etwas von den beiden, und es ist äußerst zweifelhaft, dass wir bis morgen an sie rankommen«, gab Leopold zu bedenken. »Prüfen wir einmal die Möglichkeit. Könnte einer von ihnen in Wien gewesen sein, ohne dass er oder sie uns aufgefallen wäre? Macht sich jemand aus Heidelberg oder Dortmund extra mit Mordgedanken auf diesen Weg? Das ist die Frage. Mir fällt allerdings gerade eine andere Möglichkeit ein.«

»Und welche?« Korber war gespannt.

»Es wurde jemand mit dem Mord beauftragt«, erklärte Leopold, als sei es die selbstverständlichste Sache der Welt. »Charly Gstettner etwa! Der ist seither spurlos verschwunden. Warum nicht? Hat er Marion wirklich erst in Österreich kennengelernt? Vielleicht kennt er auch Roland Kirchner oder Margarete Keller. Wer weiß!«

»Jetzt fantasierst du aber, Papa«, kritisierte Sabine.

»Ich weiß auch nicht …«, bekannte Leopold. »Ich bin eben ständig auf der Suche nach der Wahrheit.« Er hatte eine Idee und wandte sich an seine Tochter: »Hast du eigentlich schon im Internet nachgeschaut, ob du etwas über die beiden findest? Ein Bild wäre einmal hilfreich.«

»Das wird ein Geduldspiel. Es sind nicht gerade seltene Namen«, befand Sabine. »Schau bitte mit!« Sie gab zuerst *Margarete Keller* mit dem Zusatz *Heidelberg* ein und begann, auf dem Bildschirm herumzuwischen. Hier gab es kein Foto, das Leopold in irgendeiner Weise bekannt vorkam.

Dann versuchte es Sabine mit *Roland Kirchner Dortmund*. Plötzlich veränderte sich Leopolds Gesichtsausdruck. Er starrte auf ihr Smartphone wie ein Jäger, der seine Beute im Visier hat. »Anhalten«, schrie er. »Sofort anhalten!«

Dann, als er das Bild deutlich vor sich hatte, rieb er sich die Hände. »Den kenn ich nur zu gut«, ließ er zufrieden verlauten.

*

»Das ist mein Freund, der Deutsche mit dem ›Kännchen *Ka*ffe‹. Jetzt wird mir einiges klar«, triumphierte Leopold. »Natürlich hatte der Kerl die Möglichkeit. Er ist wahrscheinlich sogar extra zu dem Zweck nach Wien gereist, seine Schwester umzubringen. Er war sowohl bei der Versammlung im *Heller* als auch später in der Kellergasse zugegen. So hat er sämtliche Bewegungsabläufe seiner Schwester kontrolliert, immer ein wenig im Hintergrund, aber stets präsent. Was will man mehr?«

»Das sind Vermutungen, aber keine Beweise«, erinnerte ihn Korber.

»Aber immerhin berechtigte Vermutungen«, wehrte sich Leopold seiner Haut. »Lasst mich noch einmal bei einer Runde um den Häuserblock durchdenken, wie es gewesen sein könnte. Meine Gehirnwindungen brauchen Sauerstoff.«

Sie spazierten hinunter zum Neckar, flanierten am Ufer entlang und genossen die laue Luft des langsam hereinbrechenden Abends. Leopold wirkte sehr nachdenklich. Mehr als einen bloßen Verdacht hatte er nicht in der Hand. Es gab nur lose Informationen zum Verhältnis zwischen Bruder und Schwester, nicht den geringsten Anhaltspunkt, was trotz der Entfernung zu einer Krise hätte führen können, die so tragisch endete.

Andererseits: Weshalb sonst war Roland Kirchner in Wien gewesen?

Sie lenkten ihre Schritte nun wieder bergauf über den Kornmarkt in Richtung der Bergbahn. »Hier unten können wir vorderhand nichts tun«, konstatierte Leopold. »Sollten wir noch schnell wohin müssen, haben wir das Auto oben stehen. Außerdem ist es Zeit, mich mit Richard Juricek kurzzuschließen. Vielleicht kann er uns einen Tipp geben.«

»Glaubst du nicht, dass Roland Kirchner noch in Wien ist?«, fragte Korber.

»Ich sehe keinen Grund dafür«, machte ihm Leopold klar. »Aber in diesem Fall wäre es besonders wichtig, dass Richard Bescheid weiß.«

Leopold erwartete wohl, dass Sabine mit ihm mit der Bergbahn hinauffahren würde, damit sie im Fall des Falles sofort einsatzbereit war. Sabine wollte aber lieber noch mit Thomas Korber auf ein Getränk gehen. Sie dachte krampfhaft nach, wie sie das ihrem Vater diplomatisch beibringen sollte. Er durfte auf keinen Fall ahnen, dass sie einmal etwas mit Thomas gehabt hatte.

»Du, Papa …«, begann sie, als sie in Sichtweite der Bergbahn kamen.

»Was hast du?«, wollte Leopold wissen. Im selben Moment stutzte er. Von rechts näherte sich ihnen ein Mann, der ihm trotz Sonnenbrille ungemein bekannt vorkam. Als er Leopold erkannte, machte er sofort kehrt und rannte auf die Bahnstation zu.

»Der Deutsche«, rief Leopold. »Ihm nach!«

»Warte«, hielt Korber ihn zurück. »Bei der Station ist einiges los. Wenn wir alle zugleich hinstürmen, kommt es höchstens zu einem Tumult, und das Risiko, dass er uns mit der Bahn entwischt, ist zu groß. Wir teilen uns auf. Sabine soll es allein dort versuchen. Sie kennt er noch nicht.«

»Und wir?«

»Wir nehmen die Treppe über den Kurzen Buckel.«

»Die da vorne?« Leopold griff sich auf den Kopf. »Bist du wahnsinnig?«, rief er aus, als er sah, wie direkt es nach oben ging.

»Wenn wir schnell sind, und sein Wagen nicht gleich abfährt, haben wir eine Chance. Es ist der direkteste Weg!«

»Aber anstrengend«, stöhnte Leopold. »Wie viele Stufen sind es überhaupt?«

»Auf jeden Fall mehr als 300. Aber das ist jetzt egal. Du musst deine Fitness beweisen. Hast du noch nie bei einem Kellnerlauf mitgemacht?«

»Nein! Möchtest du vielleicht, dass ich auch noch ein Tablett dabei trage?«, echauffierte Leopold sich.

»Frag nicht so viel und komm«, motivierte Korber ihn. Er rannte los.

Leopold setzte sich ebenfalls in Bewegung. Er nahm die ersten Stufen, machte den ersten Schnaufer, kam zum ersten Treppenabsatz, atmete kurz auf. Doch die Erholung währte nicht lange. Steil ging es empor, endlos schien der Weg, schwer wurden die Beine, kürzer der Atem. Korber, der seine alkoholischen Entgleisungen der letzten Tage spürte, bemühte sich, Tempo zu machen. »Langsamer«, japste Leopold. »Ich schaffe das nicht!«

»Du schaffst es! Spar dir deine Luft zum Laufen«, kam es von Korber zurück.

Leopold fiel es nicht nur immer schwerer, mit Korber mitzuhalten, sondern auch, den ihm entgegenkommenden Menschen auszuweichen. Tollpatschig landeten seine Hände auf Schultern, Rippen und Armen. »So passa S' do uff! Sie fassa ma ja auf d' Herzer«, hörte er auch schon die Beschwerde einer wohlgeformten Dame seines Alters, entschuldigte sich atemlos, ohne etwas verstanden zu haben, und lief weiter. Jetzt stolperte er zum ersten Mal. »Jessas«, entfuhr es ihm.

»Geht's?«, vergewisserte sich Korber, der bereits mehrere Schritte voraus war und sich umgeschaut hatte. »Sabine hat geschrieben, dass sie nicht mehr zu Kirchner in den Wagen gekommen ist, weil sie noch ein Ticket lösen musste. Es liegt also an uns!«

»Dann beeil dich«, keuchte Leopold. »Ich folge dir, so gut ich kann. Aber du musst ihn erwischen!« Die Versuchung, sich einfach niederzusetzen und den Schweiß von der Stirn zu wischen, war groß. Aber dann würde er wohl so schnell nicht mehr aufstehen. Also riss er sich zusammen, schaltete vom Lauf- in einen flotten Gehrhythmus und kämpfte sich weiter die Treppe hoch.

Korber landete indessen auf dem Platz zwischen Bahn und Schloss. Er drückte sich in eine Ecke, wo er die von der Bergbahn Kommenden sehen konnte, ohne gleich selbst gesehen zu werden. Da erkannte er auch schon den nun wieder lässig einherschreitenden Roland Kirchner. Sein Herz klopfte, sein Atem ging wie wild. Trotz seiner Erschöpfung versuchte er, sich Kirchner in den Weg zu stellen. Aber der stieß ihn einfach zur Seite. Korber taumelte nach hinten und hatte dem nichts entgegenzusetzen.

Kirchner eilte im Laufschritt auf die Treppe zu. Er schien wieder nach unten in die Stadt zu wollen. Aber plötzlich lag er am Boden. Er hatte Leopold übersehen, der zwar immer noch nach Luft rang, aber geschafft hatte, ihm ein Bein zu stellen. Leopold und Korber fixierten ihn am Boden.

»Jetzt kommst du uns nicht mehr aus«, gab ihm Leopold ungeachtet der gaffenden Zuschauer zu verstehen.

*

Kirchner bedeutete den beiden, sie sollten ihn loslassen, er würde nicht davonlaufen. »Ich gebe zu, ich habe überreagiert«, beteuerte er. »Aber Sie irren sich gewaltig, wenn Sie glauben, dass ich etwas mit dem Mord an meiner Schwester zu tun habe. Ich bin doch kein Verbrecher, Mensch!«

»Dann haben Sie aber einiges an Erklärungsbedarf«, machte ihm Leopold begreiflich.

Sie machten ein paar Schritte in Richtung Schloss und setzten sich auf eine Bank. Mittlerweile war auch Sabine da und gesellte sich zu ihnen. »Er ist euch in die Falle gegangen! Gott sei Dank«, strahlte sie.

»Wer ist diese hübsche Großwildjägerin?«, witzelte Roland Kirchner.

Leopold räusperte sich. »Meine Tochter. Das tut aber nichts zur Sache. Eigentlich sind wir es, die die Fragen stellen. Warum waren Sie in Wien, Herr Kirchner?«

»Sie werden es nicht für möglich halten, mein lieber obergescheiter Oberkellner«, erklärte Kirchner ihm. »Ich wollte Marion besuchen.«

»Glauben wir ihm das?«, fragte Leopold in die Runde. Sabine und Korber schüttelten den Kopf. »Sie müssen schon ein bisschen deutlicher werden«, forderte er Kirchner daraufhin auf.

»Es ist ganz einfach«, führte Kirchner aus. »Ich arbeite für eine Polstermöbelfirma und hatte geschäftliche Termine in Wien. Ich hatte meine Schwester schon eine Ewigkeit nicht mehr gesehen. Seit ihrer Hochzeit mit diesem furchtbaren Mann hatten wir uns gemieden. Ich hatte ihre damalige Entscheidung wohl zu rückhaltlos kritisiert und war dabei leider auch persönlich beleidigend geworden. Aber ich behielt recht. Die Ehe mit Christian Keller tat Marion alles andere als gut. Nun war Christian, unser Zankapfel, gestorben, und ich dachte mir, probier's und gehe den ersten Schritt auf deine Schwester zu.«

Leopold schaute wieder zu Sabine und Korber hinüber: »Glauben wir ihm das?« Jetzt nickten beide.

»Es hat aber zunächst nichts gefruchtet«, gab Kirchner an. »Marion war nicht sonderlich darauf erpicht, mich zu sehen. Ich quartierte mich trotzdem in Floridsdorf ein, wo sie wohnte. Deshalb kam ich ab und an in eurem schnuckeligen Kaffeehaus auf einen – wie sagt man bei euch doch gleich – Häferlkaffee vorbei. Plötzlich rief sie mich jedoch an, erzählte etwas von einer Versammlung, die sie leiten würde und bat mich zu kommen und ein bisschen aufzupassen.«

»Hat sie einen Grund angegeben?«, mischte Korber sich ein.

»Nichts Konkretes. Allerdings wirkte sie so, als habe sie ein ungutes Gefühl. Früher war Marion der aufrichtigste und mitteilsamste Mensch der Welt, müssen Sie wissen. Aber jedes Mal, wenn sie Christian die Wahrheit sagte, zahlte sie drauf. Drum kriegte man nicht mehr so viel aus ihr heraus.«

»Sie waren im *Heller* und bei den Heurigen in der Kellergasse. Wie lange haben Sie aufgepasst, wenn ich fragen darf?«, übernahm Leopold nun wieder das Kommando.

»Ach Gott, zunächst bin ich mal vorne in eurem Kaffeehaus gesessen und habe mir euren Häferlkaffee schmecken lassen«, schilderte Kirchner ohne große Begeisterung. »Es hat sich nichts getan. Hinten wurde gestritten, aber das wissen Sie ja selbst. Dann setzte sich ein Mann auffällig neben Marion, der war ihr jedoch offensichtlich nicht unsympathisch. Im Heurigenlokal tauchte ein jüngerer Schnösel auf, der wiederum in einem Nahverhältnis zu ihr stand. Alles wirkte völlig ungefährlich. Meine Anwesenheit schien ihr außerdem gar nicht mehr angenehm zu sein. Sie wollte noch wohin, das merkte ich. Sie gab mir aber keinen Bescheid. Plötzlich war sie weg. Na gut, dachte ich: Es ist spät und dunkel, ich kenne mich hier nicht aus, und Marion möchte bei ihrem Weg allein sein. So fuhr ich dann eben in mein Hotel.«

»Haben Sie gar keine Gewissensbisse gehabt, als Sie von ihrem Tod erfahren haben?«, meldete sich Korber zu Wort.

»Ich war konsterniert und traurig«, gestand Kirchner. »Natürlich war Marions Tod sehr tragisch. Aber wie hätte ich ihr helfen können?«

»Das klingt alles etwas komisch«, stellte Korber fest.

»Lässt sich aber auf einfache Weise erklären«, kam ihm Leopold zu Hilfe. »Marion Kirchner war vorerst aus einem bestimmten Grund verunsichert, das hat sich mittlerweile herumgesprochen. Deshalb hat sie den Bruder zur Versammlung zitiert. An diesem Abend haben sich ihre Prioritäten jedoch verschoben. Sie hatte nämlich ihre Verabredung mit Ludwig Bergmann. Und dabei konnte sie niemanden brauchen, nicht einmal ihren Bruder. Bergmann hätte dies keinesfalls toleriert.«

»Auch wieder wahr«, bestätigte Sabine.

»Wenn alles geklärt ist, kann ich ja hoffentlich gehen«, befand Kirchner. »Ich habe ohnehin vor meiner Abreise aus Wien meine Aussage bei der Polizei gemacht. Die weiß also Bescheid, Herr Oberkellner. Und Sie können sich getrost wieder hinter die *Ka*ffemaschine stellen.«

»Das ist typisch Richard«, ärgerte sich Leopold. »Er hat die ganze Zeit von dem Bruder gewusst, es aber vor mir verheimlicht. Wie soll ich da auf einen grünen Zweig kommen?«

»Tja, Pech gehabt«, bedauerte Kirchner ihn zum Schein.

»Moment einmal, hiergeblieben! Eine Antwort sind Sie mir noch schuldig«, hielt Leopold ihn zurück. »Was tun Sie eigentlich hier in Heidelberg?«

Einen Augenblick lang wirkte Kirchner verunsichert. »Ich hatte noch was zu erledigen«, antwortete er ausweichend.

»Glauben wir ihm das?«, wandte sich Leopold noch einmal an Sabine und Korber. Beide schüttelten energisch den Kopf.

»Ich will Ihnen auch sagen, warum das so ist«, setzte er Kirchner auseinander. »Ihre Antwort ist zu banal. Ihnen ist auf die Schnelle nichts eingefallen. Dabei hätte es eine einleuchtende Erklärung gegeben. Sie hätten nur erwähnen müssen, dass Sie Ihren Vater im Pflegeheim besucht haben. Aber in Ihren Bemühungen, den wahren Grund Ihres Aufenthaltes in Heidelberg zu verschleiern, sind Sie auf die einfachste Sache der Welt nicht gekommen.«

Kirchner schwieg betroffen. »Ich muss Ihnen über meine Angelegenheiten keine Auskunft erteilen«, sagte er schließlich.

»Wenn es mit dem Mord an Ihrer Schwester zusammenhängt, schon«, ermahnte ihn Leopold.

»Da habe ich der Polizei gesagt, was ich weiß«, beharrte Kirchner.

»Ich denke, dass Sie uns etwas verheimlichen. Sie haben vor dem Mord an Marion etwas bemerkt«, sagte ihm Leopold auf den Kopf zu. »Nun haben Sie einen Verdacht und haben beschlossen, auf eigene Faust zu handeln. Ich kann das leider nicht zulassen.«

Kirchner wurde ungeduldig. »Belästigen Sie mich bitte nicht mit Ihren aus der Luft gegriffenen Anschuldigungen«, forderte er gereizt. »Ich habe noch einen Weg.«

»Wir werden Sie begleiten«, versicherte Leopold ihm.

»Das ist nicht möglich!«

»Wir haben doch beide dasselbe Ziel«, versuchte es Leopold nun mit Geduld. »Wir wollen Marions Mörder zur Strecke bringen. Tun wir uns zusammen. Entwickeln wir einen Plan. Über Oberinspektor Juricek habe ich Kontakte zur Polizei hier in Heidelberg, die uns sicher voll unterstützt, sobald wir uns bei ihr melden. Ich kann Sie nicht allein gehen lassen.«

Kirchner schien die Zeit davonzulaufen. Er wand sich. »Und ich kann es Ihnen nicht sagen«, gab er sich weiterhin bedeckt.

»Was, zum Teufel noch einmal, ist der Grund dafür?«, wollte Leopold wissen.

»Sie sind mit der verdächtigen Person persönlich bekannt – sogar intim bekannt, glaube ich«, ließ Kirchner die Katze aus dem Sack. »Nicht Sie, Herr Obergescheit – Sie!«

»Ich?«, wunderte sich Korber. Er konnte es kaum glauben.

»Das könnte hinhauen«, schoss es Leopold plötzlich ein. »Es wird wohl so sein, wie Marion dir gesagt hat, lieber Thomas: Nimm dich vor der Deutschen in Acht!«

*

»Hallo, Schmusekönig! Was, um alles in der Welt, machst du denn da?« Rita stand in der offenen Tür ihrer Wohnung und schaute Korber entgeistert an.

»Du hast nie abgehoben, wenn ich versucht habe, dich am Handy zu erreichen. Da habe ich eben gedacht, ich schaue bei dir vorbei. Darf ich reinkommen?« Korber drückte die Tür leicht nach innen und setzte einen Fuß in den Spalt.

»Ich erwarte Besuch«, versuchte Rita, ihn aufzuhalten, aber er war schon drinnen. »Was tust du überhaupt hier?«

»Du warst bei mir in Wien, warum also sollte ich nicht den Weg nach Heidelberg auf mich nehmen, um in deiner Nähe zu sein?«, entgegnete Korber.

»Weißt du, dass ich dir kein Wort glaube?«

»Weshalb nicht? Erinnere dich, wie du mir überall aufgelauert hast, beim Heurigen, im Kaffeehaus, sogar vor dem Haus, in dem ich wohne. Und alles, weil du ganz gierig nach einer schnellen Nummer mit mir warst!«

»Wenn es das ist, was du willst, kannst du es dir abschminken. Es geht jetzt auf keinen Fall«, redete Rita auf Korber ein. »Ich habe dir doch in Wien klargemacht, dass es ein einmaliges Vergnügen ohne Fortsetzung sein würde. Und du fährst mir nach! Muss ich gut gewesen sein! Wie hast du mich überhaupt gefunden?«

Korber ging nicht darauf ein. »Du hast mir nicht gesagt, dass du aus Deutschland bist«, hielt er Rita vor.

»Du hast auch nicht danach gefragt«, parierte sie den Angriff. »Hast du's gar nicht gemerkt? Da siehst du, was für eine schöne, klare Aussprache ich habe.«

»Ich habe mir nicht einmal deine Telefonnummer genauer angeschaut, sonst wäre ich früher draufgekommen«, gab Korber zu. Dann sprang er wieder im Thema: »Ich habe mich außerdem geärgert, dass du nicht ehrlich zu mir warst.«

»Was meinst du?« Rita hatte mittlerweile ihre Hände verschränkt und tippte nervös mit der rechten Fußspitze auf den Boden.

»Du hast mit keinem Wort erwähnt, dass du Marion Kirchners Schwägerin bist, nicht einmal, als ich dir mitgeteilt habe, dass ich sie von früher kannte.«

»Musste ich das?«

»Du hast mir gegenüber auch nicht deinen richtigen Namen angegeben«, attackierte Korber sein Gegenüber weiter.

Sie lachte gereizt auf. »Wenn es dich beruhigt: Rita ist eine Form meines Taufnamens Margarete. Es klingt einfach flotter, nicht so altbacken. Drum nenne ich mich jetzt so.«

»Mag sein. Es war aber auch Teil deines Versteckspiels«, befand Korber. »Du warst nämlich nur wegen Marion in Wien.«

»Soll das ein Verhör werden oder was?«, ging Rita in die Offensive. »Was geht es dich an, aus welchem Grund ich in Wien war? Sei froh, dass du mich auf diesem Weg kennengelernt hast, und ich mich dir hingegeben habe. Und jetzt verschwinde! Ich kann dich hier nicht brauchen!«

Korber ging, aber nur bis zur Tür. Als er sie öffnete, kamen zu Ritas Verblüffung Leopold, Sabine und Roland Kirchner von draußen herein. »Moment mal«, protestierte sie. »Was ist das für ein Aufmarsch? Da wird meine Wohnung bald zu klein. Es war abgemacht, dass du mit deinem Anliegen allein kommst, Roland!«

Kirchner deutete auf Leopold. »Dieser Herr hat mich davon überzeugt, dass das für mich zu gefährlich sein könnte, Margarete«, gab er als Grund an. »Ich musste ihm recht geben. Du hast dich leider selten im Griff.«

»Du wirst doch nicht erwarten, dass ich unsere Angelegenheit vor fremden Leuten mit dir bespreche. Du kannst gleich wieder verschwinden! Verschwindet überhaupt, alle miteinander«, ordnete Rita an. »Sonst …«

»Was passiert sonst?«, fragte Leopold. »Wollen Sie uns eigenhändig hinausschmeißen? Dafür sind wir zu viele, das schaffen Sie nicht. Oder haben Sie vor, die Polizei zu rufen? Das glaube ich nicht! Die Polizei ist im Augenblick das Letzte, was Sie in Ihrer Wohnung haben wollen. Also bleiben wir! Sprechen wir doch gemeinsam über diese Angelegenheit, nämlich den Mord an Ihrer Schwägerin Marion Kirchner.«

»Warum sollte ich das tun?«

»Ganz einfach: Weil Sie die Hauptbeteiligte sind. Sie haben Marion nie leiden können. Nach der Scheidung von ihr hat sich Ihr heiß geliebter Bruder immer mehr dem Alkohol hingegeben. Vermutlich haben Sie Ihrer Schwägerin die Schuld daran gegeben. Aus Abneigung wurde Hass, und Christians Tod war dann der Auslöser für Ihren Plan, Rache an Marion zu nehmen.«

Noch war Rita unbeeindruckt. »Ganz schön abenteuerlich, was Sie daherlabern«, sagte sie nur.

»Ich gebe zu, dass ich in der kurzen Zeit kein vollständiges Psychogramm Ihrer Gefühlswelt erstellen konnte«, fuhr Leopold unbeirrt fort. »Aber Roland Kirchner hat mir bestätigt, dass es bereits während der Ehe zahlreiche Ausfälligkeiten und Drohungen von Christian und Ihnen gegen Marion gegeben hat. Das war sicherlich der Hauptgrund, warum sie nach der Scheidung möglichst weit weg von ihrer Heimat wollte – um ihre Ruhe zu haben. In der jüngsten Vergangenheit wird es wohl ein Telefongespräch gegeben haben, in dem Sie nicht sehr zart mit Marion umgesprungen sind, weil Sie in ihr die Hauptverantwortliche für Christians Tod sahen. Das lässt sich leicht nachverfolgen. Ich denke also, meine Vermutungen haben eine solide Basis. Sie sind nach Wien gekommen, um mit Marion abzurechnen.«

»Vielleicht wollte ich sie nur mal kurz sehen, wenn ich schon da war«, wich Rita aus.

»Aber sicher nicht, um Freundlichkeiten mit ihr auszutauschen«, war Leopold überzeugt. »Nein, Sie hatten andere Ziele. Dazu haben Sie sich zunächst die nötigen Informationen über sie beschafft. Dass Sie darin gut sind, davon weiß mein Freund Thomas ein Lied zu singen. Aber wie sollten Sie an die Sache herangehen? Wie konnten Sie Ihren Plan am besten ausführen? In die Wohnung hätte Sie Marion nicht so ohne Weiteres gelassen. Sie hatte ein ungutes Gefühl und war vorsichtig. In die Schule konnten Sie auch nicht so einfach gehen. Wo also sie abfangen und mit ihr kurzen Prozess machen? Das gestaltete sich schwieriger, als Sie anfangs dachten. Da kam es zu Ihrer schicksalshaften Begegnung mit Thomas Korber.«

»Schicksalshaft? Pah!« Rita schüttelte fast beleidigt den Kopf.

»Was auch immer Sie von Thomas halten, die Begegnung war es«, erklärte Leopold. »Sie waren gerade dabei, sich mit einem Drink im *Botafogo* abzulenken. Thomas stand neben Ihnen. Er hatte bereits ordentlich getankt. Er war anlassig, hat intensiv mit Ihnen geknutscht und Ihnen freimütig mehr über sich verraten, als gut für ihn war. Aber wenn Thomas in Fahrt ist, ist ihm das ziemlich egal, ich kenne ihn. An einem Abend erzählt er alles, was ihn gerade beschäftigt. Da kam die Rede auch auf seine Wiederbegegnung mit Marion Kirchner, dass er sie aus Heidelberg kannte und für Donnerstagabend im *Heller* einen Tisch für sie und ihre Gruppe reserviert hatte. Das war nun unerwartetes Wasser auf Ihre Mühlen. Plötzlich hatten Sie die Möglichkeit, an Marion heranzukommen. Vielleicht ergab sich sogar die Gelegenheit, dabei Ihr Vorhaben in die Tat umzusetzen. Thomas wollten Sie sich auf jeden Fall als Kontaktperson warmhalten und an ihm dranbleiben.«

»Naja, wenn Sie glauben! Ich war damals im *Heller*, das wissen Sie. Ich war wütend auf Thomas, weil er mich im *Botafogo* angemacht und sich dann nicht mehr gerührt hatte. Das ist doch kein Verbrechen! Dass Marion auch dort war, wusste ich nicht«, verteidigte sich Rita.

»Im Gegenteil: Sie waren wegen Marion dort und hatten vor, weit länger zu bleiben, als Sie es tatsächlich taten«, korrigierte Leopold ihre Aussage. »Aber da bemerkten Sie Ihren Schwager Roland. Der sollte nichts von Ihren Plänen mitbekommen. Also haben Sie auffällig mit Thomas gestritten und sind dann wieder aus dem *Heller* hinaus, wobei Sie Marion Ihre Präsenz vorher kurz merken ließen.«

»Und dann?« Ein spöttischer Zug umspielte Ritas Mund.

»Ich gebe zu, dass ich nicht alle Ihre Schritte bis zum

Mord nachvollziehen kann«, räumte Leopold ein. »Dazu war, wie schon erwähnt, die Zeit zu kurz. Aber irgendwie haben Sie mitbekommen, dass Marion noch zum Bisamberg wollte. Jedenfalls waren Sie in der Kellergasse beim *G'spritzten Toni*. Die Kellnerin wird Sie wiedererkennen, verlassen Sie sich drauf! Jetzt haben wir ein passendes Foto. Das Wichtigste: Sie haben dort die Mordwaffe mitgehen lassen, einen schweren Wanderstock von der Sammlung an der Wand. Als Marion das Lokal verlassen hat, sind Sie ihr nach. Wahrscheinlich war sie flott unterwegs, um rechtzeitig zu ihrem Treffen zu kommen, und weil ihr ein wenig mulmig zumute war. Deshalb hatten Sie Mühe, mit ihr mitzuhalten, und mussten bis zum Denkmal rauf. Der Mann, auf den Marion wartete, war noch nicht da. Sie nützten die Gelegenheit und schlugen zu. Marion fiel gegen den Stein, war halb benommen, und Sie haben einfach weiter auf sie eingedroschen, bis Sie sicher sein konnten, dass sie tot war.«

»Ich bewundere Ihre Fantasie«, äußerte Rita. »War's das?«

»Ich bin noch nicht fertig«, versicherte ihr Leopold. »Nachher sind Sie seelenruhig hinunter und in Ihr Quartier. Sie sind noch ein wenig in Wien geblieben und haben es zum Stelldichein mit Thomas Korber gebracht, auf das Sie fixiert waren. Ganz cool sind Sie gewesen. Wer sollte Sie verdächtigen? Beizeiten sind Sie nach Heidelberg zurück. Mit einem Souvenir im Gepäck: der Mordwaffe, dem Stock.«

Rita ahnte etwas. »Verschwindet endlich. Alle!«, zischte sie.

»Wir gehen gleich. Aber gestatten Sie, dass wir uns vorher die Freiheit nehmen, nach dem Stock als Beweismittel zu suchen. Sie haben ihn doch hier, oder?«, erkundigte sich Leopold.

»Das dürfen Sie nicht! Das ist Hausfriedensbruch«, empörte sich Rita.

»Mein Gott, was darf man schon in der heutigen Zeit«, konterte Leopold. »Wir werden's trotzdem versuchen. Wir versprechen Ihnen, dass wir dann sofort weg sind. Wenn es Ihnen nicht passt, können Sie ja die Polizei verständigen.«

Rita warf sich ihnen entgegen, um sie an der Suche zu hindern. Ihr Schwager Roland hielt sie zurück, während Leopold den Wohnzimmerschrank öffnete. Rita riss sich los und stürmte in ihr Schlafzimmer. Für einen Augenblick ließen sie die anderen, vertieft in ihre Arbeit, aus den Augen. Leopold bückte sich, da stand Rita plötzlich mit erhobenem Stock hinter ihm und holte zum Schlag aus – aber Korber ging im letzten Moment dazwischen.

»Da ist ja das Corpus Delicti«, frohlockte Leopold. »Und die Polizei mit Hauptkommissar Ziegler wartet auch schon draußen. Das war's dann wohl für Sie!«

KAPITEL 15

Donnerstag, 2. Juli und Freitag, 3. Juli

Nach ihrer Attacke auf Leopold wurde Margarete »Rita« Keller von Hauptkommissar Ziegler verhaftet. Sie war voll geständig. Die anderen Beteiligten mussten im Verlauf des Abends noch ihre Aussagen machen. Dann war der Mordfall Marion Kirchner für Leopold abgeschlossen.

Er hatte in Windeseile einen Plan entworfen, um Rita zur Strecke zu bringen, dem Hauptkommissar Ziegler nach Rücksprache mit Oberinspektor Richard Juricek zustimmte. Die Aktion war darauf aufgebaut, dass Rita die Mordwaffe, welche trotz einer aufwendigen Suchaktion nicht gefunden worden war, bei sich zu Hause hatte. Außerdem war sie dafür bekannt, dass sie schnell die Nerven verlor. Man entschied sich dafür, die Polizei, die so rasch keinen Durchsuchungsbefehl bekommen hätte, in abwartender Position zu lassen und eine Überrumpelung durch die Gruppe um Leopold zu versuchen. Korber, dessen Sympathiewerte bei Rita am höchsten standen, wurde vorausgeschickt. Man rechnete damit, dass ihn Rita wegen ihrer Verabredung mit Roland Kirchner schnell draußen haben wollte. Bei dieser Gelegenheit sollte er die anderen hereinlassen. Schließlich heizte Leopold Rita mit seinen Vermutungen, die er zwar nicht alle belegen konnte, die aber zum Großteil stimmten, gehörig ein. Die Rechnung ging auf. Rita zuckte aus und lieferte sich damit selbst ans Messer.

Am nächsten Tag trat Leopold gemeinsam mit seiner Tochter Sabine und Thomas Korber die Heimreise an. Diesmal genossen sie die Fahrt. Zu Mittag blieben sie in Nürnberg stehen und machten nach dem Essen einen ausgiebigen Stadtbummel. In Passau tranken sie Kaffee in einem schattigen Gastgarten an der Donau. »Jetzt sind wir bald daheim«, freute sich Leopold. »Wir brauchen nur mehr dem Wasser nachzufahren.«

Sie erreichten Wien spät und müde, aber zufrieden. Erika Haller erwartete Leopold bereits sehnsüchtig. »Da bist du ja, Schnucki«, begrüßte sie ihn. »Gesund und wohlbehalten, das ist das Wichtigste!«

»Und erfolgreich«, beeilte sich Leopold zu sagen. »Nicht nur, weil wir den Mord aufgeklärt haben.«

»Was meinst du, Schnucki?«

»Ich denke, du musst dir keine Sorgen mehr wegen Bergmann und der Buchhandlung machen. Morgen weiß ich mehr!«

*

Freitag am frühen Nachmittag betrat Leopold wieder seine Arbeitsstätte, das *Café Heller*. »Ah, da schau her! Schön, dass du wieder da bist«, empfing Anton ihn erfreut. »Ich hab schon geglaubt, ich muss bis morgen für dich arbeiten.« Er nahm ein Tablett, zischte zu einem Gast ab und war im Nu wieder zurück.

»Und? Bist du gut zurechtgekommen?«, wollte Leopold von ihm wissen.

»Ein bisserl anstrengend war's schon«, stöhnte Anton und wischte sich dabei mit dem Handrücken über die Stirn. »Mehr kann ich dir jetzt nicht sagen.« Er deutete mit dem Kopf in Richtung der kleinen Küche, wo Frau Heller gerade beschäftigt war. »Die hält einen ganz schön auf Trab«, flüsterte er.

»Verstehe«, nickte Leopold. »Dann plaudern wir demnächst darüber bei einem guten Glaserl.«

Plötzlich ging ein Ruck durch Anton. Er erinnerte sich an etwas und eilte hinter die Theke. »Ich hab übrigens da was für dich, ganz in der alten Tradition«, teilte er Leopold mit und überreichte ihm ein Kuvert. »Fir Leopold«, zwinkerte er ihm dabei zu.*

»Sag bloß nicht, du hast das wieder von einem schlecht Deutsch sprechenden Menschen mit dunkler Hautfarbe«, mahnte ihn Leopold zum Scherz.

»Nein«, lächelte Anton. »Von einer tollen Frau. Die war in großer Sorge um dich. Wenn ich nicht wüsste, dass du eine Lebensgefährtin hast …«

»Mach dir darüber keine unnötigen Gedanken«, forderte Leopold ihn auf. Dann öffnete er den Briefumschlag und nahm einen kleinen, gefalteten Zettel heraus. Die Welle des bekannten betörenden Parfums schlug ihm entgegen. Er las:

> »Sind Sie vor mir geflüchtet, Herr Leopold? Jetzt, wo ich Sie dringend brauche, sind Sie auf einmal nicht mehr da. Ich hoffe, Sie haben während Ihrer Abwesenheit an mich gedacht. Ich hätte da eine wunderbare Belohnung für Sie …
> Ich mag Sie immer noch. Bis bald!«

Er steckte den Zettel gedankenverloren ein und ging sich umziehen. Was wusste diese Frau? Auf welcher Seite stand

* Siehe den vorhergehenden Band *Grillparzerkomplott*

sie? Und wie sollte er sich ihr gegenüber verhalten? Auf diese Fragen wusste er noch keine Antwort. Immerhin war es ein gutes Gefühl, wieder sein Mascherl um den Hals zu spüren.

Als er zurückkam, erwartete ihn Frau Heller hinter der Theke. Anton war bereits gegangen. Erst jetzt, zu seinem Dienstbeginn, fielen Leopold wieder die mit Torten überladene Vitrine und die Blümchen auf den Tischen auf. Frau Heller erriet seine Gedanken. »Sie werden sich daran gewöhnen müssen«, eröffnete sie ihm. »Und es wird noch eine Menge mehr geschehen. Ich bin nicht untätig gewesen, während Sie in Heidelberg waren. Wir werden noch in diesem Sommer unser gesamtes Beleuchtungssystem umstellen. Dazu habe ich die Meinung einiger Experten eingeholt. Mir machen nur mehr die Billardtische Kopfzerbrechen. Das grelle, kalte Licht ist dort leider notwendig. Vielleicht kann man es durch einige Spezialeffekte abmildern ... Haben Sie eigentlich etwas ausgerichtet?«

»Ich hoffe doch, Frau Sidonie«, antwortete Leopold. »Wir werden es, denke ich, bald wissen.«

Wenig später betrat ein unerwarteter Gast das *Café Heller*: Ludwig Bergmann. Die Situation war ihm sichtlich unangenehm. Er wirkte so, als wolle er seinen Besuch möglichst rasch hinter sich bringen. »Auf ein Wort, Frau Heller«, wandte er sich an die Chefin, sein glattes Haar mit der rechten Hand nach hinten streifend.

»Aber gerne, lieber Herr Bergmann«, erwiderte sie höflich, aber mit aller gebotenen Vorsicht. »Nehmen Sie doch Platz!« Sie riskierte einen Blick zu Leopold. Der nickte aufmunternd.

Sie setzte sich mit Bergmann an den Haustisch. »Es fällt mir nicht leicht, Ihnen das zu sagen, aber Sie können sich denken, dass die Ereignisse der letzten Tage lange Schatten auf unser Projekt geworfen haben«, begann er. »*Mord beim Eichendorff-Denkmal*, oder *Umweltschützerin brutal aus dem Weg geräumt* waren noch die harmlosesten Schlagzeilen in der Tagespresse. Wir können nichts für diese furchtbare Tat, dennoch haben wir Sympathiewerte in der öffentlichen Meinung verloren.«

»Das ist mir völlig klar«, warf Frau Heller ein.

»Wir sollten deshalb vorsichtig sein und unsere Pläne nicht zu schnell in die Tat umsetzen«, führte Bergmann weiter aus. »Niemand darf den Eindruck gewinnen, wir würden unser Projekt durchboxen, koste es, was es wolle. Deshalb werden wir unser Vorhaben zunächst einfrieren und im Herbst erneut evaluieren. In der Zwischenzeit werden Experten die Sache einer genauen objektiven Prüfung unterziehen. So sind wir fein raus.«

»Natürlich«, bemerkte Frau Heller, um etwas zu dem Gespräch beizutragen.

»Und – Sie werden vermutlich davon gehört haben – ich war drauf und dran, ein Kaffeehaus im Bezirk zu eröffnen. Keine Angst, wir hätten uns da selbstverständlich über alles abgesprochen«, versicherte Bergmann. »Aber aufgrund des derzeitigen Standes der Dinge werde ich das auf unbestimmte Zeit aufschieben. Ich werde mich mit Bezirksrat Mandl beraten. Vielleicht steige ich auch in einen völlig neuen Zweig um. Die Chancen stehen gut. Derzeit jedenfalls … Nun, Sie sehen, wie schnell die Situation sich ändert.«

»Sie werden sicher etwas Passendes finden«, redete ihm Frau Heller erleichtert zu. Sie war mit einem Mal versöhnt mit sich und der Welt. »Mögen Sie vielleicht ein Stück Torte? Wir haben jetzt neue Spezialitäten.«

»Nein danke, ich muss schon zu meinem nächsten Termin«, lehnte Bergmann höflich ab. »Ach ja, wegen der

Buchhandlung, Herr ... Leopold. Sagen Sie Ihrer Erika, ich werde sie keineswegs dabei stören, ihre Ideen umzusetzen und ihre gute Lage im Bezirkszentrum zu nützen. Wir werden uns nicht im Wege sein.«

»Sie werden mit ihr, wie besprochen, eine schriftliche Vereinbarung treffen«, erinnerte ihn Leopold augenzwinkernd.

»Selbstverständlich! Jetzt ist es aber höchste Zeit ... Danke für Ihr Verständnis, Frau Heller!« Mit ein paar ungelenken Bewegungen erhob sich Bergmann von seinem Platz und marschierte in Richtung Tür.

Leopold schmunzelte und sah sich aus den Augenwinkeln um, ob jemand von seinen Gästen einen Wunsch hatte. Dabei fiel sein Blick zum Fenster hinaus. Draußen stand ein Auto, in dem eine elegante Frau wartete. Leopold wusste sofort, wer es war – die große Unbekannte.

Bergmann stieg zu ihr ein, dann fuhren sie los.

*

»Wie Sie das wieder fertiggebracht haben, Leopold! Ich muss Sie loben«, bemerkte Frau Heller verzückt. »Sie haben einen riesengroßen Stein bei mir im Brett!«

»Ich habe heute mit ihm telefoniert und hatte ganz gute Argumente«, erklärte Leopold.

»Würden Sie mich in Ihr Geheimnis einweihen?«

»Das ist leider unmöglich, Frau Sidonie«, machte er ihr klar. »Aber Sie können jetzt wieder die überzähligen Torten aus der Vitrine nehmen. Das schaut gar nicht schön aus! Und mit der Beleuchtung würde ich in Zukunft auch nicht zu viel experimentieren.«

Im selben Augenblick schob sich Oberinspektor Juricek mit seinem Sombrero zur Tür herein. Ohne dass er etwas sagte, bereitete Leopold gleich einen großen Braunen für ihn zu.

»Respekt«, lobte Juricek ihn. »Durch deine Initiative ist die Sache zu einem raschen Abschluss gekommen. Eigentlich hattest du nur den Auftrag, dich ein wenig umzuhören, aber man kennt dich ja. Manchmal haben deine unorthodoxen Methoden etwas Gutes an sich, und Hauptkommissar Ziegler hatte, Gott sei Dank, Verständnis für deinen Plan. Ich vermute, ihm war es am liebsten so. Und Glück war auch dabei. Oder soll ich sagen deine Spürnase? Du hast dir zur richtigen Zeit die richtigen Informationen geholt.«

»Du hast mir einiges verschwiegen«, warf Leopold ihm vor. »Du hast gewusst, dass der Deutsche, der sich hier aufgehalten hat, Marions Bruder war.«

»Mir war wichtiger, dass du mit Personen Kontakt aufnimmst, die dir etwas zum Umfeld der Toten sagen können. Kirchner hatte praktisch keine Verbindung mehr mit ihr. Den Mord konnte er nicht begangen haben, denn er ist vom Heurigen direkt mit dem Taxi in sein Hotel. Außerdem haben wir ihn bereits wieder in Dortmund vermutet. Dass er Margarete Keller zur Rede stellen wollte, konnten wir nicht wissen.«

»Rita – ich nenne sie jetzt aus Gewohnheit so – hat alles gestanden?«

Juricek blickte von seinem Kaffee auf. »Ja! Offenbar hat sie eine sehr problematische exzentrische Persönlichkeit, um es vorsichtig auszudrücken. Sie war vernarrt in ihren Bruder. Marion war von Beginn an ihre persönliche Feindin. Sie gab ihr an allem die Schuld: an der missglückten Ehe, der Scheidung, dem vermehrten Alkoholkonsum Christians danach und damit auch an seinem Tod. Als

Marion dann nicht zu seinem Begräbnis erschien, brachte das das Fass zum Überlaufen. Rita beschloss, nach Wien zu fahren und ihr alles heimzuzahlen. Eigentlich war sie dabei ziemlich ohne Plan. Da lief ihr Thomas Korber in einem Innenstadtlokal über den Weg.«

»Plötzlich haben sich ihr ungeahnte Möglichkeiten eröffnet. Thomas muss das, was er über Marion erfahren hatte, nur so herausgesprudelt haben«, vermutete Leopold. »Nebenbei hat sie auch Gefallen an ihm gefunden.«

»Jetzt tat Rita das, was sie am besten konnte«, fuhr Juricek fort. »Sie folgte ihrem Instinkt. Sie ging ins *Heller*, sah dort aber Roland Kirchner und zog sich sofort wieder zurück. Vor dem Kaffeehaus hatte sie aufgeschnappt, dass Marion noch einen Sprung in die Kellergasse machen wollte. Rita tauchte nun auch dort kurz auf. Sie hoffte auf eine günstige Gelegenheit, um Marion allein im Dunkeln zu erwischen, und ließ nebenbei den Stock mitgehen. Marion hatte indes alle Mühe, vom Heurigen wegzukommen und ihren Termin mit Bergmann nicht zu verpassen.«

»Die Sache hat mir ein wenig Kopfzerbrechen bereitet«, erwähnte Leopold. »Roland sollte auf Marion aufpassen, weil sie ein ungutes Gefühl hatte. Beim Treffen mit Bergmann wollte sie ihn dann doch nicht dabeihaben. Aber klarerweise musste sie da allein sein, sonst hätte es nichts gebracht.«

»Rita hielt sich oben im Hintergrund. Als sie den Heurigen verließ, wird Marion sie nicht gesehen und auch nicht bemerkt haben, dass sie ihr folgte. Zur Sicherheit wird sie einen flotten Schritt eingelegt haben. Rita hat Marion erst beim Denkmal gestellt, etwas außer Atem zwar, aber gerade noch rechtzeitig, ehe Bergmann eintraf. Dann hat sie kurzen Prozess gemacht.«

»Bergmann fand nur mehr die Leiche«, ergänzte Leopold. »Für ihn war ein gewisses Dokument wichtig, das er bei Marion vermutete. Sie hatte es jedoch, einer Eingebung folgend, bei Othmar Demmer deponiert. Wahrscheinlich dachte sie, er würde es für die gute Sache verwenden, wenn ihr etwas zustoßen würde. Bergmann fand jedenfalls nichts und nahm ihre Tasche mit. Dann entfernte er sich eiligst vom Tatort und lief dabei noch Othmar Demmer über den Weg.«

»Was wir ihm allerdings nicht beweisen können«, betonte Juricek. »Offiziell war er nur des Nachts ein wenig da oben spazieren, was er nach eigenen Aussagen öfter tat. Und über sein kleines Problem möchtest du ja vorderhand den Mantel des Schweigens breiten. Nun, mich geht's nichts an.«

»Ich schweige, solange er seine Versprechen hält«, versicherte Leopold. Dann wechselte er das Thema und fragte: »Was geschieht eigentlich mit Rita Keller?«

»Bevor ihr der Prozess gemacht wird, wird es medizinische Untersuchungen geben. Ihre Persönlichkeit ist psychisch instabil. Dass sie den Stock mit nach Hause genommen hat und dich damit im Zorn erschlagen wollte, passt in dieses Bild.«

»Sie wollte ein Erinnerungsstück an ihren Triumph haben«, diagnostizierte Leopold. »Das ist ihr schließlich zum Verhängnis geworden.«

»Ohne die Begegnung mit Roland Kirchner wäre es für euch trotzdem schwer geworden.«

»Der springende Punkt war, dass er Rita im *Heller* erkannt hat. Dadurch sind mir mehrere Lichter gleichzeitig aufgegangen. Ich hatte ›Margarete‹ Keller in Verdacht, kam aber erst jetzt drauf, dass sie und Thomas Korbers Rita ein und dieselbe Person waren. Und Marions Warnung an ihn, sich ›vor der Deutschen in Acht zu nehmen‹, erhielt ebenfalls eine andere Bedeutung. Sie hatte nicht

Monika Aberle gegolten, wie wir zuerst vermuteten, sondern Rita, bei der sich Marion wohl gewundert hat, dass sie und Thomas sich kannten.«

»Uns hat Roland Kirchner über seinen Verdacht leider nicht informiert«, bekrittelte Juricek. »Bei Verwandten – auch bei entfernten – kommt es oft vor, dass man die Dinge einmal untereinander abklären will. Das hat unsere Ermittlungen behindert. Aber Gott sei Dank ist es nicht mehr mein Problem.«

Wie immer, wenn er seinen Kaffee fast ausgetrunken hatte, schaute Juricek noch einmal auf den Boden der Schale, ehe er genüsslich den letzten Schluck machte. »Charly Gstettner haben wir übrigens gefunden. Er wollte sich verdrücken, weil ihm die Suchtgiftabteilung draufgekommen ist, dass er Hanf am Bisamberg angebaut hat. Dort bleibt jetzt wohl einmal alles, wie es ist«, bemerkte er noch, während er ein paar Münzen auf die Theke legte.

»Ich denke schon«, gab sich Leopold überzeugt.

*

Etwa eine Stunde später kam die schöne Unbekannte. Sie stellte sich verführerisch und erwartungsvoll zur Theke. »Wie gut, dass Sie wieder da sind«, lächelte sie Leopold an.

»Ich habe aber leider nichts für Sie«, bedauerte er.

»Oh doch! Sie wollen es mir nur nicht sagen. Sie mögen mich nicht«, unterstellte sie ihm.

»Hören Sie bitte mit dem Katz-und-Maus-Spiel auf«, wurde Leopold eine Spur schärfer im Ton. »Ich habe Sie vorhin im Wagen von Herrn Bergmann gesehen und mich schlaugemacht. Sie sind seine Frau!«

»Noch-Frau«, präzisierte Frau Bergmann. »Sie dürfen

Stefanie zu mir sagen. Sie glauben, ich möchte meinen Mann vor etwas bewahren und habe Sie deshalb auf die Information angesetzt. Aber das stimmt nicht!«

»Egal, Gnädigste. In interne Angelegenheiten von Ehepaaren mische ich mich nicht ein.«

»Es geht doch um unsere gemeinsame Sache«, erinnerte Stefanie Bergmann ihn.

»Nein, es geht Ihnen bloß darum, Ihrem Mann eins auszuwischen«, korrigierte Leopold sie. »Marion Kirchner war dabei, ihn in Schwierigkeiten zu bringen, das sagte Ihnen Ihr weiblicher Instinkt. Sie wussten aber nicht, womit. Dann war sie plötzlich tot. Hatte Ihr Mann damit zu tun? Das wussten Sie auch nicht. Aber Sie wussten, dass Ihr Mann nach der Versammlung nicht das bekommen hatte, wonach er suchte, weil er mit Marions Tasche nach Hause gekommen war. Nun waren Sie neugierig und haben gehofft, ich würde Ihnen helfen.«

»Er ist ein egoistisches, arrogantes Ekel«, ließ Stefanie ihn wissen. »Er hat nur mehr seine Karriere im Kopf, vernachlässigt mich und hält mich für blöd. Und so einem Menschen soll man nicht ein Bein stellen, wenn sich die Gelegenheit dazu ergibt? Warum sind Sie loyal zu ihm? Ihnen macht er doch auch Schwierigkeiten.«

»Ich bin nicht loyal. Ich bin nur nicht an derartigen Dingen interessiert«, informierte Leopold sie knapp.

»Sie geben mir also einen Korb«, beklagte sich Stefanie Bergmann. »Dabei gefallen Sie mir. Sie sind viel einfühlsamer als mein Mann. Wir könnten viele schöne Dinge miteinander machen.« Die nächsten Worte hauchte sie ihm ins Ohr: »Bald bin ich wieder frei. Es gibt allerhand, was ich Ihnen zeigen kann. Sie müssten mir nur sagen, was Sie wissen. Ist das denn so schwer?«

Ihre Wange war ganz nah an der seinen. Leopold wurde heiß und kalt. Er biss sich auf die Lippen. »Es geht nicht«, sagte er schließlich.

»Na schön! Es muss ja nicht gleich sein.« Stefanie Bergmann ließ sich nicht anmerken, dass sie enttäuscht war. Sie legte ihr Namenskärtchen auf die Theke und strich Leopold kurz zärtlich übers Haar. Dann war sie auch schon bei der Tür draußen.

Er stand da wie bestellt und nicht abgeholt. Wer jetzt etwas bei ihm ordern wollte, hatte keine Chance. Er rang nach Luft und ging kurz hinaus ins Freie.

Ich bin überarbeitet, dachte er. Ich fahre in eine fremde Stadt und weiß dann nicht einmal, wie es dort ausschaut. Ich lasse mich von einer fremden Frau verwirren, nur weil sie ein betörendes Parfum hat. Ich gehöre wirklich in den Urlaub. Vielleicht sollte ich mit Erika ein paar Tage wegfahren, wenn das *Heller* im Sommer zusperrt. Dann komme ich auf andere Gedanken. Gleich heute Abend mache ich ihr den Vorschlag.

*

Thomas Korber war nach dem Schulschluss noch mit seinen Kollegen beisammen beim Mittagessen gesessen. Jetzt aber verzehrte er genüsslich mit Sabine Patzak ein Eis auf der Brünner Straße.

»Eigentlich ist es eine Schande«, sagte sie, von der Waffel abbeißend. »Da sind wir zwei Tage in einer so wunderbaren Stadt wie Heidelberg und bekommen fast nichts davon mit.«

»Aus unserem romantischen Abend ist vorgestern auch nichts geworden«, erinnerte Korber sie. »Warum fahren wir nicht noch einmal hin? Wir haben beide Ferien.«

Zu seiner Überraschung willigte sie sofort ein. »Das klingt gut«, stimmte sie ihm zu. »Dann zeigst du mir wirklich alles: die Uni, deine Geheimplätze und so weiter. Aber eins musst du mir versprechen: Urlaub ist Urlaub. Wenn wir uns gut vertragen, heißt das nicht, dass es nachher so weitergeht. Du weißt, was mir meine Freiheit bedeutet.«

»Lass uns einfach einmal ein paar schöne Tage verbringen«, schlug Korber vor.

»In Heidelberg?«, fragte Sabine herausfordernd.

»In Heidelberg!«

GLOSSAR

anlassig = zudringlich

blunznfett = sturzbetrunken

gemischter Satz = Wein aus unterschiedlichen, gemeinsam in einem Weingarten angebauten Rebsorten

miteinander ins G'schäft kommen = sich in einer Sache einigen

g'schmackig = schmackhaft

jessas = du lieber Himmel

Surbraten = Braten aus gepökeltem Fleisch

ui jegerl = herrjeh

wos = was